Nat Luurtsema

Lou und ihr Männerballett

W0199673

Nat Luurtsema

LOU und ihr Männer-ballett

Aus dem Englischen
von Ute Mihr

cbt

Der Verlag weist ausdrücklich darauf hin, dass im Text enthaltene externe Links vom Verlag nur bis zum Zeitpunkt der Buchveröffentlichung eingesehen werden konnten. Auf spätere Veränderungen hat der Verlag keinerlei Einfluss. Eine Haftung des Verlags ist daher ausgeschlossen.

Dieses Buch ist auch als E-Book erhältlich.

MIX
Papier aus verantwortungsvollen Quellen
FSC® C083411
FSC
www.fsc.org

Verlagsgruppe Random House FSC® N001967

1. Auflage 2016
© 2016 by Nat Luurtsema
Die Originalausgabe erschien 2016 unter dem Titel »Girl out of Water« bei Walker Books Ltd, London
All rights reserved including the rights of reproduction in whole or in part in any form
© 2016 für die deutschsprachige Ausgabe cbt Kinder- und Jugendbuchverlag in der Verlagsgruppe Random House GmbH, Neumarkter Str. 28, 81673 München
Alle deutschsprachigen Rechte vorbehalten
Aus dem Englischen von Ute Mihr
Umschlagillustration: Felicitas Horstschäfer
Umschlaggestaltung: Sandra Filic
JB · Herstellung: AJ
Satz: KompetenzCenter, Mönchengladbach
Druck: CPI books GmbH, Leck
ISBN: 978-3-570-16452-5
Printed in Germany

www.cbt-buecher.de

Für Diarmuid

Ende

Du denkst wahrscheinlich, es müsste sich komisch anfühlen, wenn man fast nackt vor so vielen Menschen steht. Tut es aber nicht.

Ich lasse die Träger meines Badeanzugs schnalzen – einmal rechts, einmal links, das bringt Glück –, gehe zum Beckenrand, hole tief Luft und fülle meine Lungen mit dem vertrauten stechenden Geruch nach Chlor und Füßen. Hier bin ich zu Hause.

Ich gehöre zu den schnellsten Schwimmerinnen im Land. Deshalb bin ich auch hier: Ich bewerbe mich für das Hochleistungstrainingslager, das mich in die Nationalmannschaft bringen wird. Dorthin will ich, seit ich denken kann. Also … na ja, kein Druck, alles easy.

Ich glaube, ich schwitze in den Ohren.

Ich trotte am Becken entlang. Andere Schwimmer powern die Bahnen hinauf und wieder hinunter. Sie sehen so stark aus, statt zu schwimmen, boxen sie sich regelrecht durch das Wasser.

Wir befinden uns ist einem … man könnte fast Palast sagen. Ja, ein Palast aus Glas mit vier Becken mit olympischen Maßen! Eigentlich mein Traumhaus. Das Platschen des Wassers und das Geschrei hallen von den Wänden wider. Für neunzig Prozent der Menschen im Raum ist heute der wichtigste Tag ihres Lebens.

Ich schaue mich nach meiner besten Freundin Hannah um. Sie steht in der Nähe der Umkleide. Ich lächle ihr kurz zu. Wahrscheinlich ist ihr auch ein bisschen flau im Magen, denn sie stellt sehr bildhaft dar, wie sie sich ins Becken übergibt. Ein Kampfrichter beäugt sie missbilligend.

Ich weiß, wie ihr zumute ist. Mit zitternden Fingern schiebe ich eine Haarsträhne unter meine Badekappe.

Hannah lässt ihre Schultern zuerst nach hinten und dann nach vorn kreisen. Sie schwimmt Schmetterling. Davon bekommt man richtig breite Schultern, aber sie macht sich nichts draus, sondern trägt einfach Männer-T-Shirts. Alle lieben Hannah. Sie ist lustig. Sie hat dichte blonde Locken, große blaue Augen und redet ununterbrochen. Seit wir sechs sind, ist sie meine beste Freundin, und wenn ich jetzt sehe, wie nervös sie ist, will ich sie trösten, obwohl es mir genauso geht.

Nicht ganz genauso. Ihre Eltern sind ziemlich ehrgeizig. Sie ignoriert es, sonst würde sie durchdrehen. Meine Eltern finden Schwimmen weniger wichtig als – na ja, ziemlich viele andere Dinge.

Hannah steht jetzt neben mir. Grinsend zieht sie am vorderen Rand meiner Badekappe. Ich verschränke die Arme und tue so, als würde ich sie nicht bemerken. Sie zieht den elastischen Rand zehn Zentimeter von meiner Stirn weg, und ich mache mich darauf gefasst, dass sie ihn loslässt, aber stattdessen drückt sie ihre Stirn an meine und versucht, meine Badekappe über unsere beiden Köpfe zu ziehen. Total albern. Deshalb habe ich immer Ersatzbadekappen dabei.

Ich kann nicht ernst bleiben, sondern fange an zu kichern und helfe ihr, das dicke, elastische Material weiter über ihren Kopf zu ziehen. Es tut weh, ihre Nase gräbt sich tief in meine Wange, aber ich bin entschlossen, es hinzukriegen. *Piep!* Hannah reißt die Augen auf, als sie das Signal hört. Das ist ihr Rennen!

Eilig zieht sie den Kopf zurück, sodass ihre eigene Badekappe davonschwirrt und im Becken landet. Ein paar Kampfrichter schauen nicht sehr erfreut zu uns her. *'tschuldigung!* Wir wollen doch nur die gedrückte Stimmung ein bisschen heben. Ich springe ins Wasser, um Hannahs Badekappe zu retten, während sie ihre krause Mähne in einem Dutt bändigt.

Nach einer kurzen Umarmung eilt sie zum nächsten

Becken, wo die Schmetterling-Schwimmer schon bei den Startblöcken warten, darunter ein paar ernst zu nehmende Schultern.

Jetzt bin ich allein und mir ist wieder schlecht wegen meines Rennens. Ich ziehe mir die Badekappe über die Ohren und der ganze Lärm dringt nur noch gedämpft zu mir durch. Eine Kampfrichterin kommt zu mir, um meinen Namen mit der Liste auf ihrem Klemmbrett abzugleichen. Unwillkürlich bemerke ich den dichten Flaum über ihrer Oberlippe. Sie erwischt mich dabei, wie ich darauf starre, und ich senke rasch den Blick.

»Louise?«, fragt sie.

»Brown«, antworte ich ihrem Schuh und sie hakt meinen Namen ab.

Sie ist wahrscheinlich eine von nur zehn Personen an diesem Ort, die nicht vollkommen überdreht sind. Wenn der Feueralarm losginge, würden wir bestimmt alle schreiend im Kreis herumrennen und uns selbst ins Gesicht schlagen.

Mein Rennen wird aufgerufen, und ich stelle mich in eine Reihe von Mädchen, die alle genauso aussehen wie ich. Große Mädchen ohne Hüften, ohne Brüste und mit krausen Haaren sind die Regel hier. Ich werde so gut in das Trainingslager passen! Endlich kann ich mir mal Klamotten ausleihen.

Ich schaue mich nach Hannah und meiner Trainerin

um. Debs steht mit verschränkten Armen am Rand des Beckens, in dem mein Rennen stattfindet, und schaut mich eindringlich an. Dann nickt sie mir zu. Sie ist nicht gerade die Herzlichkeit in Person. Dieses Nicken bedeutet: »Los, Lou, ich weiß, dass du es kannst! Unterstützende Worte usw.!«

Oben auf dem Startblock scharre ich mit den Füßen und starre vor mich hin. Man schwimmt immer nur sein eigenes Rennen.

Der Kampfrichter nickt. Ich beuge mich nach vorn in meine Startposition, umklammere mit den Fingern den Rand des Startblocks und schwanke sanft hin und her, um meine Hüften zu lockern. Die Pause scheint unendlich lang, und ich konzentriere mich auf den Punkt im Wasser, wo ich mit meinem Startsprung landen möchte.

Die Startpistole knallt, die Kraft in meinen Beinen explodiert und ich springe. Der Startblock scheppert, als ich mich mit voller Kraft von ihm abstoße. Ein kalter, harter Schlag gegen meine Oberschenkel und schon bin ich im Schmetterlingsschlag. Bei dieser Technik ist Hannah schneller, aber ich bin auch ziemlich gut. Ich schleudere meine Arme nach oben und über den Kopf. Meine Finger schneiden vor meinem Gesicht durchs Wasser. Während meine Arme nach unten ziehen, knicken meine Hüften ab und meine Beine machen eine

Wellenbewegung wie der Schwanz einer Meerjungfrau – einer der seltenen Momente, in denen ich elegant aussehe.

Jetzt Rücken, meine zweitschnellste Disziplin. Ich halte den Kopf gerade und schaue hinauf an die Decke. Das habe ich gestern Abend geübt, als alle anderen schon fertig waren mit dem Training. Ich zähle die Lampen an der Decke, damit ich nicht mit dem Kopf gegen den Beckenrand stoße und sich dadurch meine Zeit verschlechtert. Debs sagt, das sei die Einstellung eines echten Profis.

Ich bin so glücklich, wenn ich schwimme, stark und anmutig, als wäre alles in der Welt in Ordnung. Das ist mein Ding.

Lagenschwimmen ist ein merkwürdiges Rennen. Die meisten sind beim Brustschwimmen am langsamsten und beim Kraulen am schnellsten. Bei mir ist es genau umgekehrt, deshalb ziehe ich immer in Bahn fünf und sechs vorbei und erarbeite mir hoffentlich einen so großen Vorsprung, dass mich kein verrücktes, affenarmiges Mädchen mit einer unschlagbaren Kraulzeit in Bahn sieben und acht einholen kann.

Und hier bin ich schon bei Bahn sieben und acht. Es ist schwieriger, wenn alle so stark sind. Das Wasser ist aufgewühlt und wirft mich herum. So viel zum Thema Anmut. Hier geht es eher darum, gegen das Wasser zu kämpfen, aber ich spüre rechts und links von mir keinen. Ich muss an allen vorbeigezogen sein. Ausgezeichnet. Alles läuft nach Plan.

Jetzt geht es darum, den Vorsprung zu halten. Ich ziehe meine rechte Hand an meinem Gesicht vorbei und mache eine Furche ins Wasser, die gerade lang genug ist, dass ich mein Gesicht drehen und kurz nach Luft schnappen kann. Das ist nicht ganz einfach in diesem kabbeligen Wasser, deshalb bete ich jedes Mal, dass ich auch Luft finde. Jetzt Wasser in die Lunge zu bekommen kann ich mir nicht leisten.

Die letzte Bahn – und ich bin total in meinem Rhythmus. Ich weiß, dass das Ziel nah ist, aber ich muss weiter so schnell schwimmen wie möglich, damit niemand mich einholt. Es ist mir egal, wenn ich mit dem Kopf gegen den Beckenrand stoße. Ich tue alles, um diese Geschwindigkeit bis zum Schluss durchzuhalten. Mein Handgelenk stößt mit einem Knacken, das ich bis zur Hüfte spüre, gegen etwas Hartes, und ich hab's geschafft.

Ich hab's geschafft! Ich habe gewonnen.

Ich schleudere den Kopf aus dem Wasser, reiße mir die Badekappe und die Schwimmbrille herunter, drücke das Wasser aus meinen Augen und schaue hinter mich. Mein erster Gedanke ist: Wie weit hinter mir sind sie?

Aber da ist niemand.

Sie sind alle neben mir. Alle. *Keine einzige* ist hinter mir. Niemand schwimmt noch.

Das Mädchen links von mir sieht gelangweilt aus, das Mädchen auf der rechten Seite reinigt beiläufig ihre Schwimmbrille mit Spucke. Oh nein … *eine hat das Becken sogar schon verlassen?* Ich habe das einmal gemacht, gegen eine Schrottmannschaft in Swindon, die so langsam war, dass ich das Becken verlassen hatte, bevor das letzte Mädchen fertig war. Debs hatte mich dafür kritisiert. Unsportliches Verhalten, sagte sie.

Debs! Wo ist sie, wo ist meine Trainerin? Vielleicht bin ich versehentlich mehr Bahnen geschwommen? Das muss es sein. Saukomisch, natürlich, genau das ist passiert. Blöd, aber verständlich an einem Tag mit so viel Druck. Das ist *keine* große Sache. Soll ich mit jemandem reden, mit einem Kampfrichter? Wohin gehen alle?! Coach! Debs!! Hallo? Niemand schaut mich an. Bin ich in diesem Becken *gestorben,* bin ich ein Geist?

Könnte durchaus sein. Ich war Letzte. Zum ersten Mal, seit ich mit zehn Jahren anfing, Wettkämpfe zu schwimmen, war ich die langsamste Schwimmerin. Ich fühle mich schwach und friere, meine Beine sind schwer, als das Adrenalin aus mir heraustropft. Keine Ahnung, was ich tun soll … wohin ich gehen soll …

Ich muss Hannah finden. Verzweifelt suche ich sie. Da ist sie! Sie wirft ihre Haare zurück, lacht und gibt einem

Kampfrichter die Hand, der ihr ein Blatt Papier reicht. Sie muss ihren Wettkampf gewonnen haben. Sie fängt meinen Blick auf und ihr Lächeln erstirbt.

Sie ist meine beste Freundin und ich könnte sie gerade umbringen.

1

Mein Kopfkissen stinkt. Ich hätte den Bezug schon vor Wochen wechseln müssen, und jetzt riecht er nach meinem Kopf. Von dem ich gar nicht wusste, dass er so müffelt.

Unten rumort meine Familie, sie knallen Schubladen zu und klappern mit Geschirr. Ich bin diesen morgendlichen Lärm nicht gewöhnt, weil ich normalerweise um fünf aufgestanden bin, damit ich um sechs beim Training sein kann. Vierzig Bahnen Brust, vierzig Rücken, vierzig Kraul, zehn Schmetterling, dann schnell unter die Dusche, schlafwandlerisch durch den Unterricht und um vier wieder zurück ins Becken. Yolo!

Aber seit der Qualifikation vor drei Wochen bin ich nicht geschwommen und habe jetzt eine überraschend hohe Anzahl nutzloser Stunden am Hals. Wer hätte gedacht, dass Tage so lang sind? Früher habe ich mich manchmal gefragt, was ich verpasse, während ich meine Bahnen ziehe. Jetzt weiß ich es: NICHTS.

Allerdings war ich nie zuvor unserem Postboten begegnet – und er hat eine Menge Nasenhaare. Das war's aber auch schon.

Ich heiße Lou und bin eine fünfzehnjährige Ex-Schwimmerin. Ich habe eine ältere Schwester, Laverne. Jap, Lou und Lav. Und wir haben einen Bruder, der heißt Li. LavLiLou.

Nein, kleiner Scherz am Rand. Es gibt nur mich, Lav, Mum und Dad in einer kleinen Doppelhaushälfte in der langweiligsten Stadt der Welt.

In diesem Sommer hörte ich also auf zu schwimmen und lernte unseren Postboten kennen. Und ich weinte endlich alle Tränen, die sich seit Ewigkeiten angesammelt haben. Gut, was? Außerdem habe ich mich eingehend mit dem Konzept Den-ganzen-Tag-im-Bett-liegen-und-nichts-als-Hoffnungslosigkeit-fühlen beschäftigt. Ein Sommer auf dem Zahnfleisch.

Heute ist der erste Schultag. Zur Feier des Tages würde ich ja ein Kleid tragen, aber ich hab keins. Ganz unter uns hatten Hannah und ich uns damit abgefunden, dass wir nur im Transvestiten-Laden ein Kleid finden würden, in das wir mit unseren Schultern passen. Im Schaufenster hängen ganz nette Sachen. (Die Etiketten wollten wir raustrennen.)

Und es ist mein erster Tag ohne Hannah, denn sie ist schon im Trainingslager. Mum meint, jetzt könnte ich aus Hannahs Schatten treten, aber sie hat keine Ahnung. Es hat mir da gefallen! Wieder zur Schule gehen wäre okay, wenn Hannah die Qualifikation auch nicht bestanden hätte. Wir hätten die Sache gemeinsam durchstehen, vielleicht andeuten können, dass der Wettkampf eine einzige große Verschwörung gewesen sei. Dass wir *zu* schnell gewesen seien: Wir hätten die guten internationalen Beziehungen bei den nächsten Olympischen Spielen aufs Spiel gesetzt, wenn wir mit unseren fantastischen Zeiten alle anderen aus dem Wasser gejagt hätten.

»Ja, die Russen«, hätten wir gesagt und uns dabei vorsichtig umgeschaut. »Auf Silber stehen die gar nicht, wenn du verstehst, was ich meine.« Dann hätten wir uns unsere Fedoras in die Stirn gezogen und hätten uns in die Doppelstunde Chemie davongestohlen.

Ich frage mich, ob die andere Seite meines Kissens vielleicht weniger stinkt. Ich drehe es um. Nein.

Aber jetzt ist Hannah ohne mich ins Trainingslager gefahren und ich werde sie das ganze Schuljahr nicht sehen. Wir sind so weit voneinander entfernt! Sie ist in Dorset und ich in Essex. Sie ist auf dem Weg zu den Olympischen Spielen und mein Ziel ist das Badezimmer.

Wundersamerweise ist es frei – ziemlich überraschend in einem Haus mit vier Bewohnern, von denen drei so lange duschen, dass man die Zeit schon fast in Tagen messen muss.

Ich benutze immer noch das scharfe Spezialshampoo für Schwimmer, das Zeug, das das Chlor aus deinen Haaren zieht. Wir sind gerade ein bisschen knapp bei Kasse, deshalb muss ich es verbrauchen, bevor wir anderes Shampoo kaufen. Aber offenbar haben wir eine Flasche erwischt, die niemals leer wird. Ich shampooniere meinen Kopf und denke darüber nach, dass der Geruch mich an mein altes Leben erinnert, was mir nicht wirklich weiterhilft.

Ich steige aus der Dusche, lege mir ein Handtuchkleid um (das einzige, das mir passt, weil es ärmellos ist) und schlurfe über den Flur. Der Teppich ist an einigen Stellen ein bisschen abgewetzt und ich passe auf, dass ich nicht mit der Zehe in einer Fadenschlinge hängen bleibe. Niemand sollte den Tag schreiend auf einem Bein hüpfend beginnen.

Ich öffne meine Kommode und ziehe eine Jeans und ein T-Shirt heraus. »Schöne« Klamotten besitze ich nicht. Seit ich elf bin, stecke ich in einem hoffnungslosen, nie enden wollenden Wachstumsschub. Es macht keinen Sinn, schöne Sachen zu kaufen, weil sie mir in einem Monat schon nicht mehr passen. Ich bin schon 1,78 Meter groß und *wachse immer noch.*

Aber es ist okay. Sollte ich jemals einen Freund haben, kann ich ihn tragen, wenn er müde ist.

Vorsichtig stecke ich einen breitzinkigen Kamm in meine Haare, denn ich habe keine Zeit, Knoten herauszuschneiden. Meine Haare wachsen nicht nach unten, sondern stehen einfach von meinem Kopf ab, wie Hannahs.

Wir sehen beide nicht aus wie die Prinzessin im Märchen, sondern eher wie die verzauberten Dornenranken, die ihr Schloss hundert Jahre lang überwuchert haben.

Es war immer tröstlich, eine beste Freundin zu haben, die genauso merkwürdig und anders als die anderen aussah wie ich. Und es war uns immer egal, denn wir hatten ja das Schwimmen. Das war unser Ding. Jetzt ist mein Ding weg und meine Freundin auch.

Ich kann es nicht mehr länger aufschieben. Ich muss jetzt frühstücken und dann … oh je … zur SCHULE! Am Ende des Geländers schwinge ich mich um die Kurve und lächle unwillkürlich, als ich meine Familie sehe.

Die Küche ist eigentlich zu klein für uns vier. Wir passen nur hinein, wenn alle ganz still sitzen. Wenn man sich tatsächlich bewegen will, stoßen Ellbogen gegeneinander und Frühstücksflocken landen auf fremden Rücken. Du weißt, dass dein Haus zu klein ist, wenn du ein Sandwich machen willst und am Ende in einen Ringkampf verstrickt bist.

Dad kocht (vorsichtig), Mum liest ein Buch und Lavender spachtelt Make-up auf ihr superschönes Gesicht.

In meiner Familie sehen alle aus, als wären sie einem Werbespot entsprungen. Keiner von ihnen braucht »sein Ding« – alle Leute sind dankbar, wenn sie sie nur anschauen dürfen.

Ich bin stolz auf sie, aber ich wünschte, ich würde nicht aussehen, als wäre ich adoptiert.

Mum ist zur Hälfte Indonesierin, hat eine kurvige Figur, glänzende Haare und eine glatte braune Haut, Dad dagegen sieht aus wie ein Arzt in einer amerikanischen Fernsehserie. Kantiges Kinn, schöne Zähne. Zugegeben, inzwischen hat er einen Bauchansatz, aber für Fotos hält er einfach die Luft an. Lavender ist sechzehn, hat glatte schwarze Haare, schöne Brüste und ein Tattoo, von dem Mum und Dad nichts wissen.

Die Natur hat sie gemacht und dann, ein Jahr später, aus denselben Bestandteilen mich. Rätselhaft. Gut, dass meine Eltern kein drittes Kind hatten. Es hätte wahrscheinlich ein Gesicht wie ein Knie.

»Morgen …«, seufze ich in Richtung Küche und bekomme nur ein schläfriges Murmeln als Antwort. Dad lässt backsteinartiges Rührei auf meinen Teller gleiten, während ich mich hinsetze. Mum schiebt fast unmerklich Lavs Make-up-Tasche von ihr weg.

»Es reicht, Lavender.«

»Nur noch ein bisschen Highlighter und Rouge, dann bin ich fertig, ich schwörs.«

Mum liest weiter, während sie die Make-up-Tasche in eine Schublade neben sich fallen lässt. Lav sieht rebellisch aus, aber sie hat immer noch ihr Wimperntusche-Bürstchen in der Hand und macht ordentlich Gebrauch davon, bis Mum das Bürstchen in die Flasche zurücksteckt.

Die Stimmung in der Küche ist ein bisschen … nun ja … verstimmt. Lav bekommt Hausarrest, weil sie erwischt wurde, als sie sich mit einer Flasche Malibu spät in der Nacht aus dem Haus schlich. Sie beteuert, dass sie sie nicht trinken wollte – was dann? Mit ihr spazieren gehen? Wie Mum sagte: Wenn sie mit Flaschen voller Rum Mitternachtsspaziergänge macht, sollte sie zu ihrer eigenen Sicherheit im Haus bleiben.

Ich spieße eine Gabel Ei auf und starre sie an. Mit gesenktem Blick sage ich: »Ähm. Könnte ich …«

»Nein«, sagt Mum.

»Du weißt doch gar nicht, was ich sagen wollte!«

Mum ahmt meine Stimme irritierend genau nach. »Kann ich heute zu Hause bleiben oder vielleicht nie wieder in die Schule gehen und stattdessen irgendwo jobben? Und wir erzählen einfach allen in der Schule, dass ich meinen Namen geändert und mich einer Schönheitsoperation unterzogen und es doch noch in die Nationalmannschaft geschafft habe?«

Verdammt. Genau ins Schwarze.

Lavender trägt die zweiunddreißigste Schicht Highlighter auf und beugt sich zu mir, als wollte sie mir das Geheimnis der Unsterblichkeit mitteilen.

Ohne große Erwartungen beuge ich mich ihr entgegen.

»Es ist bestimmt alles okay in der Schule«, sagt sie.

»Echt?«

»Ja. Deine Schwimmerei interessiert nämlich keinen. Nur du hältst das für eine große Sache.«

»Es *ist* eine große Sache!«

»Halt die Klappe, ich versuch dir zu helfen. Ich schwöre, wenn jemand das Schwimmen überhaupt erwähnt – was nicht passieren wird – und du erzählst, was war, kommt als Antwort höchstens ›Hä?‹. Niemand verschwendet einen zweiten Gedanken daran. Es ist langweilig. Interessiert keinen. Aber Amelia Bond aus der 12K? Sie hat sich in den Ferien den dicken, haarigen Leberfleck im Gesicht wegmachen lassen. *Das* ist interessant.«

Ich bin nicht überzeugt, habe aber keine Lust, darüber zu streiten. Sie irrt sich. Es stimmt einfach nicht, dass es keinen interessiert. Hannah interessiert es. Hannah versteht, dass Schwimmen außerordentlich wichtig ist. Aber an Hannah zu denken fühlt sich an, wie eine Blase aufzustechen, deshalb zwinge ich mich dazu aufzuhören.

Dad schmeißt die Pfanne ins Spülbecken. Er ist fürs Kochen zuständig. Mums Spezialität ist es, Lebensmittel ungenießbar zu machen.

»Können wir in zehn Minuten zur Schule aufbrechen, Mädels?«

»Shotgun!«

»Lav! Du sitzt immer vorne!«

»Ja, weil ich immer zuerst Shotgun anmelde. Hindere mich halt daran, wenn es dir nicht passt.«

»Okay. Hiermit melde ich für immer Shotgun an!«

»Das geht nicht. Weiß doch jedes Kind«, sagt Mum. »Und jetzt ab mit euch.«

»Bist du heute Abend zu Hause, Mum?«, frage ich.

»Ähm, nein, ich habe ein …«

»Daaaa-ate …«, vollenden wir im Chor.

»Sag schon«, sagt Lav. »Wie heißt er?«

Mum zögert.

»Ist schon in Ordnung, Flora«, sagt Dad freundlich. »Wenn du es nicht weißt, musst du nicht so tun als ob.«

»Du kannst in seiner Brieftasche nachschauen, wenn er zur Toilette geht«, schlägt Lav vor.

»Aber wenn er sie mitnimmt, kommt er wahrscheinlich nicht zurück«, beende ich.

Mum wirft uns allen einen Todesblick zu und widmet sich dann wieder ihrem Buch.

Ja, ein Date. Es ist ein bisschen eigenartig in diesem Haus.

Mum und Dad haben sich scheiden lassen, als ich klein war, aber sie sind ein sehr nettes geschiedenes Paar. Sie streiten nicht und kommen richtig gut miteinander aus. Ich weiß nicht genau, warum sie sich scheiden ließen, aber ich will auch nicht fragen, falls die Antwort etwas mit Sex zu tun hat, denn dann könnte ich gar nicht mehr aufhören zu kotzen.

Dad hat letztes Jahr seinen Job verloren und musste zu uns ziehen, bis er einen neuen findet. Es dauert viel länger, als er sich vorgestellt hatte. Wenn er sein E-Mail-Programm offen lässt, sehe ich manchmal all die Absagen in seinem Posteingang.

Es ist keine ideale Lösung, denn Lav und ich müssen uns ein Zimmer teilen, aber wir meckern nicht, weil wir seine Gefühle nicht verletzen wollen. Ich mache mir Sorgen. Er steht jeden Morgen früh auf, als ob er immer noch einen Job hätte, und zieht einen Anzug an und dann … keine Ahnung … wartet er, dass der Tag vorbeigeht und wir nach Hause kommen.

Es ist, als hätte man einen Hund, der zwar elegant gekleidet ist, aber Depressionen hat.

Was mich und ihn betraf, ging es in diesem Sommer in unserem Haus nicht sehr fröhlich zu. Kein Wunder, dass Lav mit Flaschen spazieren geht und Mum ausgeht, als würden die Männer in den Krieg ziehen.

Das ist eigentlich merkwürdig, denn Mum mag ihre Arbeit sehr. Sie unterrichtet Erwachsene in kreativem Schreiben. Was mir sehr einfach vorkommt, aber sie sagt, ich hätte noch nicht genügend schlechte erotische Gedichte gelesen, um das beurteilen zu können. (Und nein, ich durfte sie nicht anschauen.)

Wir verabschieden uns von Mum und trotten zum Auto. Lav zwingt mich auf den Rücksitz, was gar nicht so einfach ist. Ein Auto dreitürig zu nennen ist voll die Lüge. Man kann nur von drei Türen sprechen, wenn man den Kofferraum als einen akzeptablen Einstieg betrachtet.

Lavender fummelt am Radio herum, bis sie einen Piratensender findet. Die Songs klingen, als würden Menschen in einem überfüllten Raum schreien. Als ob sie zu Hause nicht genug davon bekäme.

»Ach, Lav, du bist so alternativ. Nicht zu fassen, wie wenig Mainstream du bist«, seufze ich hinter meinen Knien. »Mach deinen Sitz nach vorn.«

Lav zieht den Hebel und schiebt ihren Sitz so weit wie möglich nach hinten, sodass sie mich zu einer noch schmaleren S-Form zusammenquetscht.

»Das ist Garage, Blödi.«

»Ist das der Name der Gruppe oder der Ort, wo sie spielt? Komm schon Lav, Sitz nach vorn!!«

»Lavender!«, sagt Dad. »Stell den Sitz weiter nach vorn oder du kannst den Rest des Wegs zu Fuß gehen. Willst du in diesen Schuhen zu Fuß gehen? *Kannst* du in diesen Schuhen überhaupt gehen?«

Ich spähe nach vorn, um zu sehen, wovon Dad spricht.

Sie trägt klobige, nagelbespickte, schwarze Stiefel. Es sieht aus, als hätte sie Waffen an den Füßen.

»Ja, kann ich! Nicht sehr weit oder sehr schnell oder …«

»Ich weiß nicht, warum du deinen Füßen das antust«, seufzt Dad.

»Du verstehst mich nicht, Mark«, seufzt sie zurück.

»Dad!«, korrigiert er sie.

»Nein, Lav, *alle* verstehen dich«, verteidige ich ihn. »Man durchschaut dich einfach sofort. Wenn du eine Prüfungsfrage wärst, wären alle froh, dass sie dir begegnen. Aber das wäre auch das einzige Mal, dass sie froh wären – au! Meine Beine!«

Als Dad langsam auf die Schule zufährt, sehe ich einen großen Jungen mit langen Haaren am Eingang herumhängen. Lav drückt sich tiefer in den Sitz.

»Fahr zu, fahr, fahr«, zischt sie Dad zu.

»Was?«, fragt er, fährt aber weiter an der Schule vorbei.

»Äh …«

»Hat da Beau Michaels auf dich gewartet?«, frage ich.

»Ja. Halt die Klappe. Dad, kannst du uns bitte am Hintereingang absetzen?«

»Moment.« Dad ist verwirrt. »Jemand hat seinen Sohn *Beau* genannt und das war erlaubt?«

»Daa-aad.« Lav verdreht die Augen.

»Niemand wurde verhaftet? Sie durften das einem unschuldigen Kind einfach antun?«, fragt er.

»Das ist nicht lustig«, erklärt Lav ihm streng.

Dad fährt durch einen Mini-Kreisverkehr und steuert zurück zum Haupteingang der Schule.

»Nein, nein, nein!« Lav drückt sich wieder in ihren Sitz. »Ich meine, du bist saukomisch, Dad! Richtig witzig!«

»Das will ich meinen«, pflichtet er ihr heiter bei und wir schippern wieder am Haupteingang vorbei, wo es dem armen Beau Michaels langsam dämmert, dass es um sein Liebesleben schlecht bestellt ist.

Am Hintereingang der Schule hält Dad an. Lav springt hinaus, klappt ihren Sitz nach vorn und ich falte mich zu meiner normalen Gestalt auf. Na ja, normal für mich.

»Auf geht's, LouLou«, sagt Dad.

Ich zupfte ein trockenes Fetzchen Haut von meiner Lippe und weiche seinem Blick aus. Vielleicht hat Dad irgendwann keine Lust mehr zu warten und lässt mich einfach in aller Ruhe ein paar Jahre lang auf dem Rücksitz des Autos sitzen. Irgendwann bin ich dann alt genug, um nach vorn zu rutschen und selbst zu fahren.

Lav beugt sich zu meinem Fenster herunter.

»Ich *schwöre*«, sagt sie. »Das ist keine große Sache, wenn du es nicht zu einer großen Sache machst. Du warst *fast* bei den Olympischen Spielen. Näher an einem Erfolg war sonst niemand, den ich in dieser beschissenen kleinen Stadt kenne! Nichts für ungut, Dad.«

(»Nein, alles gut.«)

»Also *erwähne* es gar nicht erst. Jetzt fängt die Schule an und du kennst mich nicht.«

Sie wackelt in ihren monströsen Schuhen davon. Sie sieht aus wie eine Gazelle und ich kann mir nicht vorstellen, wie bekloppt ich aussehe, wenn ich hinter ihr hertrample. Die Gazelle und das Mammut auf großer Fahrt.

Dieser Gedanke macht mich noch trauriger, deshalb schiebe ich ihn beiseite und lächle Dad tapfer an. Meine trockene Lippe reißt auf und blutet.

»Das wird ein guter Tag«, verspricht Dad.

»Okay«, murmle ich durch Blut und ein schmuddeliges Tempo, das ich im Türfach finde. Ich klettere aus dem Wagen und folge Lav in der vereinbarten Entfernung von zwei Metern.

2

Weez!! Nicht zu fassen, dass ich schon eine Woche hier bin. Die Zeit rast! Die Leute sind nett, aber ich hab mir noch keine richtigen Freunde ausgeguckt. (Also kein Grund für Eifersucht.) Ich lerne total viel. Ich dachte, alle wären schrecklich gut, aber es ist okay, verstehst du? Ich will nicht sagen, dass ich die Beste bin, aber ich denke, ich hab ganz gute Chancen.
DU FEHLST MIR.
Xoxo – H

Lav und ich hängen in der Schule nicht miteinander rum. Sie ist eine Klasse über mir, und wir sind so verschieden, dass ich nicht sicher bin, ob die Leute überhaupt wissen, dass wir verwandt sind. Sie ist beliebt, zofft sich aber dauernd mit anderen Mädchen. Ihrer Meinung nach sind sie davon eingeschüchtert, wie reif sie ist.

Ich denke, es liegt daran, dass sie ihnen die Jungs ausspannt.

Früher ging ich erschöpft und mit nassen Haaren vom Schwimmen zusammen mit Hannah in die Schule, arbeitete ein bisschen, unterhielt mich mit ein paar Leuten (na ja, sie unterhielt sich, während ich in ihrem Schatten herumlungerte – *total glücklich,* danke, Mum) und eilte dann wieder zurück zum Becken. Für Hannah und mich war die Schule immer eine lästige Pflicht, so wie für die Queen die Eröffnung eines neuen Krankenhauses, bei der sie das Band durchschneiden muss.

Ich glaube nicht, dass wir viel verpasst haben; unsere Schule ist ziemlich gewöhnlich. Vor sechs Jahren ist einmal ein Pferd über den Schulhof gelaufen und die Leute reden *immer noch* darüber.

Aber obwohl ich so viel herumnörgle, habe ich beschlossen, mich zu bemühen. Heute starte ich die Operation »Freunde finden«.

Ich bin ein Idiot, weil ich nur eine Freundin habe. Ersatz muss her!

Ich bin so daran gewöhnt, dass Hannahs Arm um meine Schultern liegt, während wir über blöde Insiderwitze lachen. Jetzt bleiben mir nur noch meine Hälften dieser Witze und ich kann nichts mit ihnen anfangen.

Als ich mein Klassenzimmer betrete, fühle ich mich ein bisschen befangen, deshalb wühle ich in meiner Tasche, damit ich beschäftigt aussehe und nicht einsam. Klassischer Schachzug. Ich schaue meine Bücher und meine Stifte durch. Ja, alle da. Hallo, Leute.

Ich übertreibe es so mit meinem Aktionismus, dass ich stolpere, der Rucksack mit erstaunlicher Wucht herumschwingt und acht kleine Gegenstände herausfallen. Was für acht kleine Gegenstände, willst du wissen?

Acht Tampons.

AAAAAAH!

Was stimmt nur nicht mit diesen Tampons? Anscheinend hüpfen sie jedes Mal, wenn ich meine Tasche öffne, in einem Anfall von Gruppen-Suizid hinaus. Dabei bekomme ich meine Tage eigentlich noch gar nicht; ich hab sie nur für alle Fälle dabei. Mit brennendem Gesicht gehe ich in die Hocke und schiebe sie in meine Tasche zurück. Ich hoffe inständig, dass dieser Augenblick gleich vorbei ist. Es könnte nicht schlimmer kommen.

Oh doch. Etwas berührt meinen Kopf – jemand »hilft« mir, indem er mich mit einem entkommenen Tampon bewirft.

Und dann stürmt mit Verspätung Mr Peters herein. Na toll. Der netteste Lehrer der ganzen Schule (und sogar recht gut aussehend, vorausgesetzt man mag Strickjacken) beginnt seinen Tag damit, dass er über mich fällt, während ich auf dem Boden herumkrabble, Tampons hinterherjage und mir das Weinen verkneife.

Die Klasse wird ganz still, als er mir auf die Beine hilft. Ich mag Mr Peters. Er ist einer der wenigen in der Schule, der größer ist als ich und zwar nicht in der gebückten »Meine-Schuhe-sind-Spezialanfertigungen-aus-Amerika«-Haltung.

Ich schenke ihm ein Lächeln, das so viel sagt wie: »Danke und das hier ist niemals passiert«, und schlängle mich durch die Sitzreihen hindurch ganz nach hinten zu unserem Platz. *Mein* Platz, jetzt. Die Lehrer wussten immer, dass sie Hannah und mich dort hinsetzen konnten. Wir waren nicht besonders *gute* Schüler, aber wir waren still. Du musst jemandem, den du schon so lange kennst, keine Zettel schreiben.

Mit immer noch heißem Gesicht setze ich mich und hoffe, dass meine Mitschüler allesamt bis zur Mittagspause eine Amnesie entwickeln. Sonst bin ich das ganze Schuljahr über die Tampon-Brown.

»Hast du das Video gesehen? Ich hab's auf deine Pinnwand gepostet.« Die beiden Jungs vor mir unterhalten sich, und ich beuge mich nach vorn, um mich an ihrem Gespräch zu beteiligen. Nach einem schlechten Start beginnt die Operation »Freunde finden« genau *jetzt.*

»Ja! Der Typ sieht Hatsy so ähnlich, dass es mich fast umgehauen hat.«

»Deshalb hab ich's gepostet!«

»Ja, klar! Aber alle sehen wie Hatsy aus.«

Aus irgendeinem Grund bekommen sie einen lautlosen hysterischen Anfall.

Ich beobachte, wie das Gespräch hin und her geht, und spüre, wie das Lächeln auf meinem Gesicht erstirbt.

Wer ist Hatsy? Ist es lustig, dass alle aussehen wie er? Offenbar. Und was für ein Video? Dieses Gespräch ist wie ein Code. Ich habe keine Ahnung, worum es geht. Da kann ich nicht mitreden.

»Gleich haben wir eine Doppelstunde Physik, der totale Albtraum!«, sage ich zu ihren Hinterköpfen in einer Art kumpelhaftem Ton, dem man anhört, dass ich die Augen verdrehe. Allerdings zu leise. Sie merken nicht mal, dass ich mit ihnen rede. Den Blick aus dem Fenster gerichtet beiße ich auf meinem Nagel herum. Nein, ich bin nicht beschämt, ich bin beschäftigt. Sehr beschäftigt damit, auf diesem Nagel zu kauen.

»Sorry, hast du was gesagt?« Einer der Jungs dreht sich um.

Ich nicke, verschlucke mich aber auf einmal an einem Stück Nagel und huste ihm direkt ins Gesicht. *Direkt in sein Gesicht.*

»Ruhe dahinten!«, ruft Mr Peters. Die Jungs drehen sich nach vorn und einer wischt sich stirnrunzelnd das Gesicht ab.

Ich bin fassungslos über meine soziale Blödheit und frage mich, ob die Röte aus meinem Gesicht irgendwann verschwindet oder ob meine Familie meinen Kopf als Heizstrahler verwenden könnte, um die Heizkosten zu senken.

Dann müsste ich zu Hause unterrichtet werden, oder?

Mein Handy in meinem Ärmel vibriert und ich ziehe es heraus, um einen kurzen Blick darauf zu werfen. Eine SMS von Mum: ein Bild von einem schlecht ausgestopften Otter. Sie ist morgens (und manchmal auch nachmittags und abends) vielleicht muffelig, aber sie kennt mich: Schlechte Tierpräparate muntern mich immer auf.

Zum Beispiel das Bild von einem verdrossen aussehenden, ausgestopften Fuchs mit einer Handtasche, das ist einfach immer lustig, egal wie oft ich es schon angeschaut habe (und in diesem Sommer musste ich es mir oft anschauen). Ich scrolle durch die Bilder auf meinem Handy und tippe dann auf meinen Posteingang.

Ich sollte wirklich Hannahs letzte Nachricht beantworten. Früher haben wir jeden Tag gechattet, aber jetzt beginnt sie jede Unterhaltung und ich habe das Gefühl, als wäre alles, was ich schreibe, falsch – Sätze wie: **Freu mich soooooooo für dich! Xoxoxo**

Ich bin eine sehr schlechte Lügnerin.

Nach der Qualifikation habe ich mir alle Mühe gegeben, so zu tun, als wäre alles in Ordnung, obwohl ich mich vorn in den Minibus gesetzt habe statt nach hinten zu Hannah, weil mir auf einmal vom Autofahren übel wurde.

Ich schaute die ganze Zeit zur Decke hinauf, weil die vorgetäuschte Übelkeit auch meine Augen tränen ließ.

»Hat sonst noch jemand feuchte Augen? Ich glaube, es liegt an der Klimaanlage. Schau nur, meine Augen sind so feucht, dass sie tatsächlich *auslaufen!*« (Schnief)

Hannah war immer gut gewesen, aber mir war nie klar, dass sie so viel besser ist als ich. Ich glaube, sie schwamm eine ihrer allerbesten Zeiten überhaupt an diesem Tag. Meine eigene Zeit kenne ich nicht; die Kampfrichter laufen nicht hinter Mädchen her, die als Letzte anschlagen.

Hannah freute sich so und ich wollte ihr die Freude nicht verderben. An diesem Abend habe ich ihr wahnsinnig viel geschrieben, Dinge wie: **Ich bin so stolz auf dich, mein Fisch! Xoxoxoxo.**

Das war ein bisschen falsch und überschwänglich, aber **Du hast meine Träume gestohlen!!** schreibt man nicht an seine beste Freundin, selbst wenn es stimmt.

Und ich freue mich ja für sie! Nur für mich bin ich traurig.

»Louise?« Ich schaue auf. Mr Peters mustert mich eindringlich und die Leute in meiner Klasse drehen sich um und verdrehen die Augen. Was habe ich *jetzt* schon wieder gemacht?

»Jup?«, sage ich blöde. Er lächelt mich ein bisschen entnervt an und sagt dann: »Sasha Burrows?«

Ach so. Die Anwesenheitsliste. Alles klar.

Der Vormittag beginnt mit einer Doppelstunde Geschichte, wo ich viele richtig coole Sachen lerne, zum Beispiel, dass ICH KEINE AHNUNG VON GESCHICHTE HABE und dass ich UNGEFÄHR SO GEBILDET BIN WIE EIN STÜCK BROT.

Das ist nämlich das Problem, wenn du Profischwimmerin werden willst. Du glaubst nicht, dass du was lernen musst. Eigentlich glaubte ich ab dem Moment, als ich lesen konnte, ich hätte genug gelernt. Danach ging ich nur noch zur Schule, um mich auszuruhen. Nicht zu fassen, dass ich nicht bemerkt hatte, wie weit ich hinterherhinke. Han und ich hatten das in unserer Schwimmblase der Unwissenheit offenbar komplett ausgeblendet.

Meine Geschichtslehrerin fängt mich nach der Stunde ab: »Wie toll für Hannah, du bist bestimmt total stolz!«

»Ja, und wie!«, antworte ich und nicke heftig mit großen, falschen Augen.

Nach Geschichte kommt Chemie, und es ist erstaunlich, wie wenig Ahnung ich auch in diesem Fach habe. Ich höre aufmerksam zu und mache mir viele Notizen. Vielleicht bin ich ein Lerngenie. Vielleicht ist in Wirklichkeit *das* mein Ding und nicht das Schwimmen.

»Hat irgendwer eine Idee?«

Meine Hand schnellt in die Höhe.

»Louise!«

»Kalium!«

»Nein. Ka… Was? Ich habe Kalium in der ganzen Stunde kein einziges Mal erwähnt.«

»Ach so, okay.«

Die Leute kichern. Der Lehrer schaut mich verdutzt an. »Hast du vielleicht *Phosphor* gemeint?«

»Ähm. Ja?«

»Das ist auch falsch.«

Endlich ist der Vormittag vorbei und wir haben Mittagspause. Ich folge dem Geruch nach Kohl bis in die Cafeteria. (Es gibt zwar fast nie Kohl, aber dieser Geruch hängt einfach in der Luft. Mysteriös.)

Ich schaue mich um. Ich hab es gewusst: Da ist keiner, zu dem ich mich hinsetzen könnte. Jeder Tisch »gehört« einer Clique. Wenn ich mich dazusetzte, würde ich nicht einfach nur dort essen, sondern es würde aussehen, als wollte ich dazugehören. Aber ich hab keine Lust, ignoriert oder, schlimmer noch, verjagt zu werden.

Kann ich nicht jeden Tag meinen eigenen kleinen Tisch mit in die Schule bringen?

Ich kaufe ein Sandwich, stopfe es in meinen Rucksack und mache mich auf den Weg nach draußen, während ich von meiner neuen (unwahrscheinlichen) Zukunft als Chemiegenie träume.

Ich umrunde die Schule und esse dabei mein Sandwich. Es ist langweilig, wenn man niemanden zum Reden hat. Also nehme ich mein Handy heraus. Am liebsten würde ich Hannah anrufen, aber dann müssten wir über das Trainingslager sprechen und beim bloßen Gedanken daran bleibt mir mein Essen im Hals stecken.

Während ich mit tränenden Augen und dem Handy in der Hand huste und spucke, taucht auf einmal Mr Peters neben mir auf. Angesichts des Handys, das in der Schule immer in der Tasche sein muss, zieht er die Augenbrauen hoch. Ich wedle schwach damit herum und flüstere: »Notarzt.«

Er lacht schnaubend und geht weiter.

Dann bleibt er stehen und dreht sich um.

»Das war ein Witz, Lou, oder?«

Ich nicke und stecke das Handy weg. Er macht eine Geste, die wohl so was wie »Glück gehabt!« bedeuten soll, und geht weiter.

Großartig. Da habe ich jemanden zum Reden gefunden, und der wird dafür bezahlt, dass er mit mir redet.

Noch während ich mein Handy wieder einstecke, stelle ich fest, dass ich an dem Ort gelandet bin, der meine Rettung sein könnte.

Die Bibliothek.

Zuflucht der Introvertierten und derjenigen, die zu schüchtern sind, um zu sagen: »Nein, Lou, ich will nicht mit dir befreundet sein. Lass mich in Ruhe lesen. Weg mit dem Freundschaftsbändchen. Nein, *du* sei still!«

3

Ich verziehe mich in eine der Lesekabinen und habe zum ersten Mal an diesem Tag das Gefühl, dass ich loslassen kann. In aller Ruhe esse ich mein Sandwich auf, während meine Augen nach der Bibliothekarin Ausschau halten. Sie ist eine kleine, nervös fauchende Frau, und wenn das klingt, als wäre sie ein furchterregendes Tier, dann stimmt meine Beschreibung.

Ich bin in der Abteilung Sport gelandet. Sie besteht zwar nur aus ungefähr einem Regal, aber dort steht ein zerfleddertes altes Buch mit dem Titel *Schwimmen für Frauen und Gebrechliche.* Fantastisch! Ich ziehe es heraus und fange an zu lesen. Es riecht muffig und ist herrlich bescheuert. Der Schwerpunkt liegt nämlich eher darauf, »elegante, damenhafte Bewegungen zu machen«, als tatsächlich irgendwohin zu gelangen. Ich hätte zu gern Debs' Gesicht gesehen, wenn ich das versucht hätte. »Persönliche Bestzeit? Nein, meine Bewegungen sind olympiareif!«

Debs habe ich schon wochenlang nicht gesehen. Nach der Qualifikation schlug sie vor, ich sollte mit dem Schwimmen »mal aussetzen«, was einem ziemlich plumpen Rauswurf gleichkam. Im vergangenen Jahr hatte mein Team vor der Schule, nach der Schule, manchmal auch während der Mittagspause und am Wochenende trainiert und wir alle hatten auf diese Wettkämpfe hingearbeitet. Nach meinem Scheitern schien es nicht besonders sinnvoll weiterzumachen. Ich würde den anderen nur im Weg stehen, wäre zu langsam und würde heulend Rotzspuren hinter mir herziehen ... Ich hatte überlegt, ob ich um eine zweite Chance bitten sollte. Ich könnte es ja im nächsten Jahr noch einmal versuchen. Aber was, wenn ich dann *wieder* Schlusslicht wäre?

Bei unserer letzten gemeinsamen Übernachtung in diesem Sommer sprach ich mit Hannah darüber. Es war noch warm draußen, also campten wir – das war die letzte Gelegenheit, bevor sie nach Dorset gehen würde. Ich schilderte ihr ausführlich meine Sorgen und sie schaute mich an, als wäre ihr sehr unbehaglich zumute. Natürlich würde sie als meine beste Freundin nicht sagen: »Ja, trainier noch ein Jahr! Ich bin sicher, du schaffst es!«, aber sie konnte auch nicht sagen: »Gib auf, Mädel, du bist einfach zu schlecht.«

Wir saßen also da und kauten schweigend. Ich aß Müsli direkt aus der Packung, Hannah angereichertes Fruchtgelee. Das ist zwar eklig, aber sie meinte, ihre Nägel würden dann nicht mehr vom Chlor im Wasser brechen. Das einzig Gute daran ist, dass sie immer fruchtig riecht.

Zu ihrem großen Glück blieb es ihr erspart, mir Ratschläge zu meiner Karriere geben zu müssen.

»SCHNECKE!«

Eine riesige Schnecke schob ihren ekelhaften Körper an der Innenseite unseres Zelts hinauf. Unsere Schreie holten Hannahs Mum in den Garten herunter. (Ja, klar campten wir im Garten. Wir sind ja keine Abenteurer.)

Barbra war gerade von ihrer Schicht im Krankenhaus nach Hause gekommen und nicht in allerbester Laune. Wenn man in der Notaufnahme arbeitet, sind zwei Mädchen, die wegen einer Schnecke in Panik geraten, kleine Fische. Sie schnippte die Schnecke erbarmungslos in die Hecke und ignorierte unsere Bitten, a) vorsichtig zu sein und b) sie zu einem Blatt zehn oder zwanzig Kilometer weit entfernt zu geleiten.

Danach streckte Babs (wie ich sie noch *nie* anzusprechen gewagt habe) ihren Kopf noch einmal ins Zelt herein und musterte mich einen Augenblick mit sehr besorgter Miene.

»Lou, hast du was mit deinen Haaren gemacht?«

Sie sah entsetzt aus. Typisch Babs. Sie hat das Taktgefühl eines Backsteins, wie Mum mal sagte, als sie dachte, ich würde es nicht hören.

»Nein«, antwortete ich wahrheitsgemäß und strich meine Haare glatt.

»Tschüss, Mum!«, sagte Hannah demonstrativ. Babs machte ein Gesicht, als wollte sie sagen: »Was hab ich *jetzt* schon wieder verbrochen?«, und ging zurück zum Haus.

Es ist zwar kein Wettkampf, aber was unsere Mütter betrifft, gewinne ich.

Nach einer kurzen Diskussion über die Wahrscheinlichkeit, dass diese Schnecke sich bis unter das Dach des Zelts schleimt und dann einer von uns im Schlaf in den Mund fällt – die wir beenden mussten, weil Hannah so sehr lachte und trocken würgte, dass ich Angst hatte, sie könnte ersticken –, kehrten wir zu unserem hochwichtigen Thema zurück, nämlich zu MIR.

Ich erzählte ihr, dass ich mit dem Training aufhören würde und dass das wirklich spannend wäre, weil ich vielleicht etwas finden würde, worin ich wirklich gut bin – etwas, das noch cooler ist als Schwimmen, und kam mir augenblicklich total erbärmlich vor, weil sie sofort versuchte, mir zu helfen.

»Internationales Super-Model?«

»Ja, klar«, sagte ich. »Das ist Plan B, aber ich habe Angst vorm Fliegen.«

Hannah kaute gedankenverloren an einem Gelee-Würfel. »Die Sache ist«, sagte sie, »du schwimmst, seit du, wie alt, acht …?«

»Sieben«, korrigierte ich sie.

»Richtig. Es gibt also total viel, was du noch nicht ausprobiert hast! Massenhaft Dinge, die du vielleicht total gut kannst!« Sie war so begeistert davon, wie toll ich sein werde, dass ich mich nur müde und gereizt und überhaupt nicht toll fand.

Auf einmal erschien ein Schatten neben dem Zelt und Hannahs Dad Damien rief unsere Namen. Er zog den Reißverschluss des Vordereingangs auf.

»Raucht ihr etwa, Mädels?« Er musterte uns genau.

»Nein.«

»Passt auf, dass ihr es euch nicht angewöhnt, es ist eine schlechte Angewohnheit.« Er zog den Reißverschluss wieder zu. Hannah und ich schauten uns an und verdrehten die Augen. Ihre Eltern sind so merkwürdig. Man kann doch seine Tochter nicht einfach so anschreien »Nimm keine Drogen! Rauch nicht! Werd nicht schwanger!« und das dann elterliche Fürsorge nennen.

Ich musste laut auflachen, weil mir einfiel, wie Dad letzten Monat glaubte, Lavender wäre schwanger, weil sie so weinerlich und launisch war. Er sagte total süß, wir würden als Familie doch mit allem fertigwerden.

Lav weinte, umarmte ihn und gestand, dass sie ihren

Lidschatten in der Jackentasche mitgewaschen habe und seine Hemden jetzt alle voller Glitzer seien.

Auf einmal erinnere ich mich daran, dass ich in der Bibliothek bin und wie eine Irre alleine vor mich hin lache. Die Bibliothekarin verengt die Augen und eine Gruppe von Mädchen starrt mich an, als wäre ich verrückt. Ich ducke mich hinter *Schwimmen für Frauen und Gebrechliche*, als wäre ich völlig in die Lektüre versunken. *Oh, schau, sie lässt sich treiben und spitzt die Zehen. Was für eine Sportlerin.*

Der Rest des Tages ist okay: Es wird nicht besser, aber es wird auch nicht schlechter. Ich hatte mich vor der Schule gefürchtet, weil ich dachte, alle würden mich mit Fragen bestürmen: »Oh, Gott, du bist Letzte geworden? Aber Hannah hat's geschafft? Das ist ja echt peinlich für dich, alles in Ordnung mit dir? Was machst du jetzt? Was kommt da aus deinen Augen? *Weinst du etwa??*«

Aber leider muss ich einräumen: Lav hatte recht. Keine Menschenseele interessiert sich dafür. Ich glaube nicht einmal, dass es überhaupt jemand mitbekommen hat.

Und wenn mein erster Tag in der Schule deshalb vielleicht ein bisschen langweilig daherkommt, *bingo!* Genauso ist es.

Lavender geht nach Schulschluss inmitten einer Schar von Freundinnen zum Parkplatz. Ich will auch eine Schar von Freundinnen. Also schließe ich mich ihnen an und winke Lavs Freundinnen zum Abschied zu, aber sie sind zu cool, um den Gruß zu erwidern.

Sie gehören zu den Menschen, in deren Gegenwart ich das Gefühl habe, vollkommen verschwitzt zu sein, und fürchte, nach Essen zu riechen oder etwas zwischen den Zähnen zu haben.

»Wie war der erste Tag?«, fragt Lav.

Ich gebe ein nichtssagendes »Na ja« von mir.

»Ich hatte recht, stimmt's?«

Ich muss es zugeben. »Ja, interessiert eigentlich keinen. Keine große Sache.«

»Nein, aber Amelia Bonds haariger Leberfleck im Gesicht. Sie sieht ganz normal aus, aber man weiß, dass was fehlt.«

»Als ob sie einen Geist im Gesicht hätte?«

»Ja!«

4

Die nächsten paar Tage sind ein bisschen weniger *na ja.* Ich gebe mir Mühe, mit den Leuten in meiner Klasse zu reden, und sie sind eigentlich nicht unfreundlich. Allerdings haben alle schon ihre Freunde und sind nicht auf der Suche nach neuen Kandidaten, also verbringe ich meine Mittagspausen in der überwiegend leeren Bibliothek. Gelegentlich lese ich sogar ein Buch – es kommt mir irgendwie unhöflich vor, es nicht zu tun –, aber das ist nicht dasselbe wie eine Freundin aus dem echten Leben.

Am Donnerstag ist es mir endgültig zu langweilig, hinter einem Buch versteckt ein Sandwich zu essen. Den ganzen Morgen schon denke ich darüber nach, Debs zu besuchen.

Sechseinhalb Wochen ist seit Jahren die längste Zeit, die ich sie nicht gesehen habe, aber nach der Qualifikation hatte ich mich nicht getraut. Sie lässt Bemerkungen vom

Stapel wie »Silber ist der erste Platz für die Verlierer!«, also bin ich mir nicht sicher, wie sie mit einem *echten* Verlierer umgeht.

Außerdem hatte ich das Gefühl, ich könnte nicht einfach vor ihrer Tür auftauchen und sagen: »Hallo. Lass uns die fünfundzwanzig Jahre Altersunterschied ignorieren und zusammen abhängen. Du kannst mich mit deiner Pfeife anpfeifen und ich trage eine Warzensocke, wenn es dadurch weniger merkwürdig wird.«

Neben unserer Schule ist ein öffentliches Schwimmbad. Jahrelang bin ich jeden Morgen mit einer schweren Sporttasche über der Schulter und schlafverkrusteten, juckenden Augen diesen Weg entlanggestapft. Heute gehe ich mit meinem Sandwich hierher statt in die Bibliothek. Aus alter Gewohnheit reibe ich mir die Augen.

Das Schwimmbad scheint leer zu sein, aber aus der Umkleide höre ich Stimmen. Ob das die Mädchen sind, mit denen ich früher zusammen trainiert habe? Wir waren nicht gerade beste Freundinnen, aber nach einer einsamen Woche wäre ich jetzt wirklich froh, sie zu sehen. Solange Cammie nicht dabei ist. Sie ist vorlaut, schickimicki und gemein. Sie schüchterte Hannah und mich ein, und wir hassten es.

Ich folge den Stimmen und sie führen mich zur Umkleide. Als ich die schwere Tür aufstoße, schlägt mir eine Wolke Chlor- und Shampoo-Geruch entgegen.

Die Tür fällt laut hinter mir zu und fünfzehn notdürftig bekleidete Mädchen mit nassen Haaren verstummen und schauen mich an. Die Stille hängt schwer und unbehaglich im Raum und riecht nach Füßen.

Das ist kein besonders aufregender Geruch mehr für mich. Oh, und da ist auch Cammie. Fantastisch. Sie hat einen Fuß zum Eincremen auf die Bank gestellt und ist gerade dabei, eine Geschichte zu erzählen. Sie schaut auf. Wer wagt es, sie zu unterbrechen.

Ein paar Mädchen lächeln mich verhalten an, aber sie sehen ein bisschen beschämt aus. Es ist sonderbar, wenn halbnackte Menschen sich für *dich* schämen.

Ich habe auf einmal das Gefühl, dass ich nicht hier sein sollte. Das ist keineswegs der Empfang, den ich erwartet hatte. Alle ziehen sich weiter an und Cammie setzt mit lauter Stimme ihre Erzählung fort. Die anderen folgen ihrem Beispiel und ignorieren mich.

»Alles in Ordnung, Lou?«, fragt ein großes, muskulöses Mädchen, das sich gerade zwischen den Zehen abtrocknet. Sie sagt das leise. Damit niemand sie hört.

Jemand interessiert sich! (Aber ich kann mich nicht an ihren Namen erinnern. Aargh!)

»Ja, mir geht's gut, danke.« Melly? Wahrscheinlich nicht, wer würde ein Kind Melly nennen? Es reimt sich auf Smelly.

»Ich … äh … wollte nur hallo sagen. Also … hallo.«

»Hallo«, sagt Smelly. (Mella? Vielleicht.)

»Außerdem hab ich was vergessen … mein … das hier. Ja, genau.« Ich babble vor mich hin, um die unbehagliche Stille zu füllen, während ich mein altes Schließfach öffne und eine staubige Nasenklammer herausnehme. »Super.« Ich stecke die Klammer in die Tasche.

Cammie runzelt die Stirn: »Wozu solltest ausgerechnet du die noch brauchen?«

Es folgt betroffenes Schweigen und ein bisschen verlegenes Gekicher, das rasch erstirbt. (Es wäre sehr viel höflicher gewesen, NICHT ZU LACHEN, aber was soll's.) Mein Herz fängt heftiger an zu pochen und ich spüre, wie meine Ohren rot werden vor Zorn, aber ich bewahre ein Pokerface.

»Gegen diesen Gestank, Cammie. Du stinkst nach eihaltiger Enthaarungscreme.«

BÄM!

Leider ist mir das erst abends vor dem Einschlafen eingefallen.

Meine tatsächliche Retourkutsche bestand darin, schwach zu lächeln und beim Rausgehen leise die Tür hinter mir zu schließen. Oooo, *verdammich.*

Dieser Ort ist mein Zuhause oder war es wenigstens früher. Aber meine erbärmliche Leistung bei der Qualifikation macht mich zu einer Schande für die ganze Mannschaft. Ich wünschte, Lav hätte das miterlebt. Sie und ihr »interessiert doch keinen, ist doch keine große Sache«.

Ich schäume vor Wut darüber, wie oberflächlich sie alle sind. Schließlich besteht die Welt nicht aus Siegern und Verlierern, sondern einfach aus Menschen, verschiedenen einzigartigen Typen, die der Welt viel zu bieten haben.

Damit ich diese Selbstgerechtigkeit genießen kann, muss ich vergessen, dass ich vor einem oder zwei Monaten genauso war. Lalalalala, lasst uns diese unbequeme Tatsache einfach ausblenden.

Ich mache mich zur Schwimmhalle auf, um Debs zu suchen, die neben Hannah so was wie einer Freundin noch am nächsten kommt. Als ich die Schwimmhalle betrete, höre ich das Platschen der nächsten Trainingsgruppe. Sie sind jünger, aber sie sind gut. Ich schaue zu, wie sie mit geschmeidigen Bewegungen und nicht ganz sauberen Wenden im Becken hin und her schießen.

Debs geht in wirklich sehr sehr kurzen Hosen (das ganze Jahr über trägt sie wirklich sehr sehr kurze Hosen – verrückt) mit großen Schritten auf und ab und brüllt jeden an, der Pause macht. Man darf während des Trainings nicht innehalten. Deine Muskeln kühlen aus und du bist nicht mehr so leistungsfähig, deshalb musst du einfach durch den Schmerz hindurchpowern. Debs sagte immer, das sei eine meiner großen Stärken.

Sie sieht mich und ich winke.

Sie ruft etwas, aber ich kann es wegen des tosenden Lärms aus dem Becken nicht hören.

»Was?« Lächelnd deute ich auf meine Ohren.

»Keine Straßenschuhe!«

Ähm. Stimmt.

»Ich geh dann auch gleich wieder. Wollte bloß Hallo sagen!«

Sie lächelt mir kurz zu und beobachtet dann wieder die Schwimmer. Sie war noch nie eine Freundin davon gewesen, Mitgefühl durch Zärtlichkeiten auszudrücken, aber eine Umarmung hätte ich schon erwartet, vielleicht sogar mit einem kreisenden Streicheln über den Rücken am Ende? (Verdammt, ich hätte *wirklich* gern eine Umarmung mit einem kreisenden Streicheln über den Rücken am Ende gehabt! Ich verdiene sie. Schließlich habe ich einen verdammt harten Sommer hinter mir und sie müsste das eigentlich verstehen.)

Sie schaut nicht noch einmal auf, aber das ist okay. Sie hat zu tun und ich möchte nicht paranoid sein. Ich setze mich auf eine Bank am Ende der Zuschauertribüne und esse mein Sandwich. (Schnell, denn es ist schon ganz durchweicht von der Luftfeuchtigkeit, fast schon ein bisschen eklig.)

Ich zähle zusammen, wie viele Stunden ich in diesem Becken verbracht habe: eine Stunde pro Tag vor und nach der Schule an fünf Tagen die Woche, plus die eine oder andere Stunde in der Mittagspause, zwei Stunden Samstagmorgens, praktisch jede Woche, seit ich sieben bin. Mein Gehirn streikt, und ich ziehe mein Telefon heraus, um den Taschenrechner zu Hilfe zu nehmen.

Ich denke a) kein Wunder, dass meine Haare so brüchig sind, das ist eine ganze Menge Chlor und b) Mathe kann ich auch nicht! Man könnte mit all dem, was ich nicht weiß, eine ganze Scheune füllen, wie meine Großmutter sagen würde.

Heute sitze ich zum ersten Mal auf der Zuschauertribüne. Ich schaue den Schwimmern zu und werde ganz schläfrig von dem gleichförmigen Geplätscher, das nur gelegentlich von kurzen, scharfen Pfiffen aus Debs' Pfeife unterbrochen wird. Nach all den Jahren weiß ich genau, was jeder Ton bedeutet. »Schneller, du wirst langsamer, ich hab dich im Auge! Spann die Arme an. Gib mehr in die Beine! Schwimm. Schneller. Immer!«

Für: »Ihr seid wirklich gut, Leute, und denkt dran, es ist nur ein Sport. Habt auch ein bisschen Spaß!« hat Debs keinen Pfiff. Bei dem Gedanken, wie sich dieser Pfiff anhören würde – ein rotziges Quieken, mit dem sie sich an ihrer Pfeife verschluckt – kichere ich in mich hinein.

In der Wärme wird mein Kopf schwer. Es ist langweilig, anderen beim Schwimmen zuzuschauen, und ich denke an die vielen Stunden, die meine arme Familie hier auf diesen unbequemen Bänken verbracht hat – mit einem aufmunternden Ausdruck auf dem Gesicht, als könnte sie sich keinen Ort vorstellen, wo sie einen Samstagmorgen lieber verbrächten.

»Was, im *Park?* An einem so sonnigen Tag?! Das soll wohl ein Witz sein. Kommt, wir setzen uns irgendwohin, wo es laut und feucht ist. Am liebsten in die Spülmaschine – oder dürfen wir dir *noch einmal* beim Schwimmen zuschauen.«

Dad und Lav können beide im Sitzen schlafen. Wahrscheinlich haben sie das hier gelernt.

Mein Telefon vibriert. Ich wette, es ist Hannah. Ich will ihr von den Mädchen in der Umkleide erzählen. Dann fällt mir ein, dass alle sich total gefreut hätten, wenn *sie* dort eingelaufen wäre.

Ich starre auf das Wasser, bis alles verschwimmt, und zwinge mich, nicht zu blinzeln, als ich das unverkennbare Gefühl habe, dass mich jemand beobachtet. Wahrscheinlich sehe ich aus, als wäre ich verrückt, als würde ich »Wer zuerst blinzelt« gegen das Wasser spielen.

Ich werfe einen Blick über die Schulter. Neben der Schwimmhalle liegt ein Spielfeld, und im Augenblick steht dort ein Typ, ein paar Meter vom Fenster entfernt, aber doch so nah, dass ich erkennen kann, wie gut er aussieht, klein und irgendwie lässig cool. Seine Haut ist so rein wie die eines Models. Ich zupfe an meinen aufgesprungenen Lippen herum.

Er kickt einen Ball gegen die Mauer und schaut dabei zu mir hoch. Wenn ich das täte, würde ich mir einen Zahn ausschlagen, weil ich den Ball nicht träfe. Ich starre ihn dusselig an.

In diesem Augenblick geht eine größere Version von ihm an der Tür vorbei. Ahhh, ich wusste doch, dass er mir bekannt vorkommt: Er muss mit Roman Garwood verwandt sein. Roman ist zwei Klassen über mir und eigentlich perfekt gebaut. Wenn ich ein bisschen mehr mit Sex am Hut hätte (sozusagen), dann hätte ich ihm gegenüber allerlei unanständige Gefühle.

Ich kenne Roman nicht, aber ich habe gehört, wie er mit älteren Mädchen spricht. Er ist ziemlich unverschämt – sehr direkt und ein bisschen abweisend. (*Warum* macht ihn das nur umso attraktiver?)

Roman zieht seinen Pullover aus und enthüllt breite Schultern und muskulöse Arme. Der kleinere Typ erwischt mich dabei, wie ich auf die besagten Muskeln starre, und lächelt. Sogar nach den heutzutage eher niedrigen Standards ist das peinlich. Ich antworte mit einem kleinen, schmallippigen Lächeln.

Das Lächeln sagt: »Jap, ich hab deinen Bruder angestarrt wie ein Hund eine Wurst, aber lass es uns einfach vergessen.«

Ein dritter Typ kommt dazu und zieht ebenfalls den Pullover aus, wobei das T-Shirt über seine muskelbepackte

Brust hinaufrutscht. Ich betrachte eingehend meine Nagelhäute: In dieser Umgebung weiß man kaum noch, wohin man schauen soll.

Der *neue* Typ, ebenfalls megaattraktiv, ist ziemlich zappelig. Er zupft an seinem T-Shirt herum, nimmt dem kleinen Roman den Ball weg und fängt an, den Ball mit dem Fuß zu jonglieren. Alle drei sind offenbar bedrückt und sehen aus, als würden sie halbherzig streiten.

Genau genommen kenne ich auch den dritten Typen! Er ist nicht mehr an unserer Schule. Er muss drei Jahre älter sein als ich. Aber vor zwei Jahren, als er noch in der sechsten war, hatte ich einen großen Wettkampf auf Landesebene gewonnen. Ich hatte im Auto mit Mum herumgealbert und mit meiner Medaille um den Hals so getan, als würde ihr Ford Focus eine Siegerparade für mich abhalten. (Schade, dass ihr das verpasst habt, Leute, es war SO WAS VON LUSTIG.) Als sie mich an der Schule absetzte, vergaß ich, die Medaille abzulegen, und hatte sie immer noch um den Hals, als ich mit Verspätung in die Schulversammlung schlich. Dieser Typ sah mich und sagte etwas, sodass alle um ihn herum zu mir schauten und dann lachten, bis sie keine Luft mehr bekamen.

Ich werde niemals erfahren, was er gesagt hat, und er selbst erinnert sich wahrscheinlich nicht einmal mehr daran, aber es hat etwas kaputt gemacht, das mir sehr wichtig ist.

Pete. Genau. So heißt er.

Die Erinnerung an diesen Vorfall bringt das Fass endgültig zum Überlaufen. Ich schultere meinen Rucksack und gehe zurück zur Schule. Debs dreht sich wahrscheinlich nicht einmal nach mir um. Den Rest des Tages halte ich den Kopf gesenkt, spreche mit niemandem und beantworte keine einzige Lehrerfrage. Die Operation »Freunde finden« wird unterbrochen – vielleicht sogar für immer.

Schon möglich, dass in diese Schule tragischer- und unglücklicherweise nur Trottel gehen und sie deshalb kein Ort ist, wo ich Freunde finde. Vielleicht warte ich einfach ab und hoffe, dass Hannah aus dem Trainingslager fliegt!

Nein, so war das nicht gemeint.

Äh, doch.

Sie könnte sich eine Muskelverletzung zuziehen. Nichts, was sie zum Invaliden macht, aber etwas Dauerhaftes, sodass sie ihre Träume aufgeben müsste und ich jemanden hätte, mit dem ich in der Mittagspause reden kann. (Nein, *du* bist egoistisch.)

An diesem Abend macht Dad uns herzhafte Pfannkuchen, weil Mum wieder verabredet ist. Ich erzähle Lügenmärchen darüber, wie gut es in der Schule läuft (Lav kennt die Wahrheit bestimmt, aber sie sagt nichts), und verschwinde nach oben, nachdem ich zusammen mit Dad einen Film angeschaut habe.

Im Bett liegend lausche ich, wie Lav SMS und Whatsapp-Nachrichten schreibt (dauernd macht es pling!), und versuche einzuschlafen. Dann höre ich Mum heimkommen. Wahrscheinlich hat sie was getrunken, denn sie ist ein bisschen laut und poltert herum, als sie ihre Schuhe auszieht.

Ohne nachzuschauen weiß ich, dass Dad auf sie gewartet hat. Sie geht direkt in die Küche und ist gleich richtig in Fahrt und erzählt von ihrem Abend. Kein besonders tolles Date, vermute ich. Ich höre Dad lachen. Dann klappt die Kühlschranktür auf und wieder zu und es zischt leise, als zwei Biere geöffnet werden.

Während ich langsam eindöse, höre ich sie reden und lachen. Wie schön, dass sie immer noch Freunde sind. Ich erinnere mich daran, wie sie früher, als wir jünger waren, über unsere Köpfe hinweg höflich Konversation machten, während Mum mich so fest an den Schultern hielt, dass es wehtat. Ich erinnere mich …

Und auf einmal ploppt in meinem Kopf plötzlich »Gegen diesen Gestank, Cammie. Du stinkst nach Enthaarungscreme« auf.

Und eine Minute später:

Melia! Das Mädchen heißt Melia.

Danke, Gehirn.

5

Als ich am nächsten Morgen aufwache, bin ich nicht mehr so mies drauf. Ich werde einfach mit Debs reden. Schließlich war ich ihre Lieblingsschwimmerin. Ich *zwinge* sie, sich wieder für mich zu interessieren! Am besten fange ich sie gleich am Morgen noch vor dem Unterricht ab, wenn sie noch nicht so beschäftigt ist.

Rasch stürme ich die Treppe hinunter. In der Küche stehen vier leere Bierflaschen. Mum und Dad sind heute Morgen bestimmt nicht besonders gut drauf, und ich bin froh, dass ich das verpasse.

Dad hinterlasse ich die Nachricht, ich würde zu Fuß zur Schule gehen, und mache mich dann auf den Weg. In der kühlen feuchten Morgenluft fühle ich mich sehr abenteuerlustig.

Ich gehe direkt in Debs' Büro, das nicht verschlossen ist. Auf dem Schreibtisch steht ein Becher Kaffee zum Abkühlen. Hervorragend. Sie müsste also bald wieder zurückkommen. Ich setze mich auf einen Stuhl. (Allerdings nicht auf den hinter ihrem Schreibtisch. Das würde ich nicht wagen.) Sie braucht ewig. Fünfzehn langweilige Minuten lang hocke ich hier rum und betrachte die vielen Trophäen in ihrem Bücherregal. Schließlich kommt sie rein.

»Da bist du ja!«, rufe ich.

»Huch!«, schreit sie auf. Okay, das war in der Tat ein bisschen überfallartig.

Sie fasst sich an ihr Herz und schaut mich gereizt an, während sie zu ihrem Schreibtischstuhl geht und ihren Laptop aufklappt.

Offenbar ist sie nicht sehr erfreut darüber, mich zu sehen, was ziemlich schwach ist für eine Frau, die mich letztes Jahr hoch in die Luft geworfen hat, als ich bei den Landesmeisterschaften Gold geholt habe. Seit ich ein Wickelkind war, hat niemand versucht, mich irgendwohin zu werfen, und schon damals riefen fürsorgliche Menschen wahrscheinlich: »Nicht mit dem Rücken heben, sondern aus den Beinen!«

»Schönen Sommer gehabt, Lou?«

SCHÖNER SOMMER! Wie kann sie es wagen.

»Nicht besonders, Debs.«

»Hast du mit Hannah gesprochen?«

Hurra, schon wieder jemand, der über Hannah reden möchte.

»Ja, ich glaube, es geht ihr gut. *Ich* dagegen …«

»Ich hab gehört, sie hat ihre persönliche Bestzeit schon um eine Sekunde verkürzt. Wenn sie konzentriert bleibt, kann sie ziemlich sicher noch eine Sekunde rausholen, auch wenn das natürlich nicht so schnell geht wie die erste Verbesserung, das ist immer so.«

Sie schaut mich aufmerksam an, während sie über Hannah redet. *Jetzt* habe ich ihre volle Aufmerksamkeit. Ich komme mir klein vor. Ich schaue auf meine Hände hinunter und zupfe an einer Nagelhaut.

»Aaaalso, Debs.« (Zurück zu mir, bitte.) »Es ist komisch, nicht jeden Abend zu trainieren. Ich weiß eigentlich gar nicht, was ich mit mir anfangen soll.«

Ich hoffe, sie versteht mich und sagt etwas Hilfreiches. Als ich von meinen Händen aufschaue, sehe ich nur ihren Scheitel. Sie checkt ihre Mails.

»Ja, das haben meine letzten Burnouts auch gesagt. Ich glaube, sie haben sich alle einen Freund zugelegt!« Sie lacht, als hätte sie einen Witz gemacht. Den hab ich wohl verpasst.

»Ich bin ein Burnout?«, frage ich und bemerke, wie zittrig meine Stimme auf einmal klingt. Endlich schaut sie auf.

»Bist du *sauer* auf mich, Lou?«

»Nein«, lüge ich. »Bist du enttäuscht von mir?«

»Nein«, lügt sie. »Aber deine Wenden waren nicht

schnell genug und deine Rückenbahn war meilenweit entfernt von deinem üblichen Niveau. Dein Armschlag war an diesem Tag einfach nicht kräftig genug. Deshalb hast du das Ergebnis, das du hast. Du bist ausgebrannt. So was kommt vor.«

Ich schaue sie direkt an. »Okay, Debs, hier sind nur Sieger willkommen, ich verstehe.« Ich stehe auf, um zu gehen, ganz langsam, um ihr Zeit zu geben, damit sie rufen kann: »LOU! So hab ich das nicht gemeint. Natürlich ist es mir egal, ob du gewinnst oder verlierst, wir sind Freunde. Das war nur hart, aber herzlich, weil du mir nicht egal bist und ich dir helfen will, dein Tief zu überwinden.«

Ich beuge mich vor und binde mir schweigend die Schuhe, dann binde ich sie noch einmal, weil man niemanden zu Gefühlsausbrüchen hetzen sollte. Schon gar nicht eine Frau, die so viel Zartgefühl hat wie ein Felsbrocken.

Schließlich schaue ich auf und stelle fest, dass sie keineswegs mit ihren Gefühlen ringt, sondern nur wieder ihre Mails checkt.

Nun ja, diese erste Woche in der Schule war schlimm, aber sie hat mich einiges gelehrt:

1. Ich habe keine Freunde.
2. Das wird sich wahrscheinlich nicht ändern, denn

niemand in meiner Klasse mag mich, außer vielleicht als Tampon-Zielscheibe.
3. Ich bin im Prinzip ungebildet.
4. Ich bin *echt* gut darin, so zu tun, als würde ich nicht gleich losheulen.

Nummer vier setze ich in die Tat um, als ich Debs' Büro verlasse. Ich mag mein Klassenzimmer nicht mit zitterndem Kinn und roten Augen betreten: »Verdammt, dieser blöde Heuschnupfen, na ja, Frühherbst eben, nicht wahr?« Ich mag nicht nach Hause gehen und Mum in Unruhe versetzen. Und ich mag nicht in aller Öffentlichkeit weinen. Also bleibt nur der eine Ort übrig, an dem ich mich immer noch besonders sicher fühle.

Mit gesenktem Kopf eile ich durch den Flur zur Schwimmhalle und hoffe, dass ich keinem Erwachsenen in die Arme laufe, der meine großzügige Auslegung der Schulregeln infrage stellt. Zum Glück höre ich nichts aus den Umkleiden und in der Schwimmhalle ist auch niemand, sodass ich mich in aller Seelenruhe auf eine der Bänke am Becken setzen und den Dampf beobachten kann, der über dem Wasser schwebt.

Dann fange ich an zu weinen. Rasch entwickelt sich einer dieser erfreulichen Weinkrämpfe, bei denen man erleichtert alles rauslässt und sich danach um Längen besser fühlt. Ich denke an jedes einzelne traurige Ereignis, das ich jemals erlebt habe, und schwelge in Selbstmitleid.

Als ich bei unserem Hund Mr Hughes angelangt bin, der vor fünf Jahren total verfettet friedlich an hohem Alter gestorben ist, steht fest, dass mir nichts mehr bleibt, worüber ich noch weinen könnte.

Nach einer Weile beruhige ich mich hicksend und trockne meine Augen. Ich wühle in meiner Tasche nach einem Tempo und finde, vergessen in einer Innentasche, einen alten Badeanzug. Ach ja, den brauche ich wahrscheinlich sowieso nicht mehr. Also putze ich mir damit die Nase.

Ich fühle mich viel besser, obwohl ich weiß, dass mein Gesicht ganz verquollen ist. Wenn ich heule, bin ich so hässlich. Ich sehe aus wie ein mit Rotz glasierter gekochter Schinken.

Von der anderen Seite der Schwimmhalle höre ich ein Geräusch und erstarre, den Badeanzug/das Taschentuch immer noch an die laufende Nase gepresst. Pete lungert am offenen Zugang zur Schwimmhalle herum. Ich glaube, er hat gerade eine Zigarette weggeworfen.

Ich will nicht, dass gerade er mich so rotzverschmiert sieht. (Allerdings – wem will man schon sein rotzverschmiertes Gesicht vorführen?)

Cammie kommt aus der Umkleide. Wahrscheinlich hat sie ein Zusatztraining. Sie schaut ihn anerkennend an.

»Wartest du auf mich?«, fragt sie kokett und sehr selbstbewusst.

»Nö«, antwortet er. Sie lächelt. Offensichtlich macht er Witze.

Aber er schaut sich suchend um, als sei die Person, die er treffen möchte, nicht da, und läuft dann die abfallende Wiese hinunter zum Parkplatz.

Cammie sieht empört aus. Offenbar kann sie es nicht fassen, wie unverschämt er zu ihr war. Um wie viel wütender wäre sie wohl, wenn sie wüsste, dass ich das alles beobachtet habe? Ich sitze ganz still. *Bitte schau dich nicht um.*

Mein Handy summt und ihr Kopf fährt herum. Zuerst sieht sie verlegen aus, aber sie erholt sich rasch. Wenn sie eine Katze wäre, würde sie die Krallen ausfahren.

»O mein Gott, heulst du etwa wegen des Schwimmbeckens?«, fragt sie mit ungläubigem Grinsen. Ich schnappe meine Tasche und stürme zu der Tür, durch die Pete gerade verschwunden ist.

Es ist würdelos, vor Cammie wegzulaufen, aber ausgelacht zu werden, ertrage ich einfach nicht. Ich stolpere hinaus und renne den matschigen Abhang hinunter. Je näher ich dem Parkplatz komme, desto schneller werde ich.

Inzwischen bin ich so schnell, dass ich nicht anhalten kann, selbst wenn ich wollte. Das ist jammerschade, weil auf einmal ein Mini aus einem Parkplatz zu mir herumschwenkt. Ich will ausweichen, falle aber auf die Kühlerhaube, rutsche darüber hinweg und lande auf der anderen Seite auf meinen Füßen.

Passiert ist mir nichts. Vor lauter Schreck lache ich und ringe gleichzeitig nach Luft. Ich schaue zum Fahrer hin, der mich starr vor Schreck anstiert.

Es ist Pete. Sein Mund steht offen und quer über seine Kühlhaube zieht sich dank meiner Schuhe eine Dreckspur. Ich glaube, er will mich anschreien. Mir fällt nur eine Reaktion ein: Ich renne weg. Mal wieder.

6

Weeeeez, hast du meine letzte Mail bekommen? Bist du in einen Brunnen gefallen oder hast du mich vergessen? Ich vermisse dich so. Tut mir leid, aber ich weiß nicht, was ich schreiben soll. Ich wünschte, wir wären beide hier. Es ist cool hier, aber es gibt keinen wie dich. Alle reden DIE GANZE ZEIT nur übers Schwimmen. Und wenn ich das schon sage, kannst du dir vorstellen, wie schlimm es ist. Ich sage dann: Kommt, Leute, wir schauen uns ein Tiervideo an und relaxen! Schreib mir!
Xoxoxo – H

Ich bin nicht fair zu Hannah. Normalerweise mailen oder schreiben wir uns jeden einzelnen Tag. Aber ich will einfach nichts vom Hochleistungstrainingslager hören. Ich weiß, dass ich egoistisch bin, aber immer wenn sie schreibt, spüre ich eine eifersüchtige Woge von Übelkeit in meinem Magen.

Ich wäre gern eine bessere Freundin, deshalb verbringe ich am Samstag eine halbe Ewigkeit damit, ihr zu antworten. Aber ich erzähle ihr nicht, wie beschissen ich mich fühle, weil ich nicht will, dass sie sich schuldig fühlt, und bleibe mit allem sehr vage und nichtssagend.

Das Wochenende ist immer wie im Nu vorbei. Warum vergeht die Zeit in der Schule so langsam und rast dann am Samstag und Sonntag nur so dahin? Wenn ich bloß Freunde hätte, mit denen ich rumhängen könnte. Ich versuche, nicht darüber nachzudenken, was die anderen gerade unternehmen, sonst werde ich zu traurig.

Ich helfe Dad im Garten, und Mum will mit mir shoppen gehen, aber ich habe keine Lust, den Mädels aus der Schule zu begegnen – ich käme mir vor wie eine Außenseiterin. Lav sitzt auch zu Hause fest, weil sie Hausarrest hat, deshalb liest sie fast das ganze Wochenende in ihrem Zimmer und schmiert sich eine übel riechende Brühe in die Haare, um ihm »Glanz zu verleihen«.

Was soll *dem* Haar noch mehr Glanz verleihen?

Dad will, dass sie sich hinten in den Garten setzt, damit sie nicht das ganze Haus vollstinkt, also schmollt sie ungefähr eine Stunde lang auf der Veranda, während das Zeug »in ihre Haarfollikel eindringt«. Sie und Dad fetzen sich. Sie sagt, wenn sie ein *angemessenes* Taschengeld bekäme, könnte sie einfach zum Friseur gehen wie ihre Freundinnen.

Autsch. Wenn's um Geld geht, reagiert Dad empfindlich. Ich will Lav einen *Halt-die-Klappe*-Blick unter ihren verkrusteten Haarschopf zuwerfen, aber zu spät: Dad verschwindet im Schuppen und kurze Zeit später dringen die Klänge von Radio 4 heraus.

Viel zu früh komme ich in Sonntagabend-Stimmung. Lav und ich schauen im Wohnzimmer eine Wildtier-Dokumentation an, in der Unmengen von kleinen Würmern aus Löchern im Meeresboden schlüpfen und hineinkriechen.

»Beau Michaels«, sagt Lav auf einmal zu mir.

Ich runzle verwirrt die Stirn, bis sie in zögernden, ruckhaften kleinen Bewegungen die Zunge herausstreckt.

Igitt! Ich schlage mit einem Kissen nach ihr. Bei Lav hört sich Küssen an wie ein Kampf zwischen Zähnen und Spucke, den keine Seite gewinnt.

Mum beobachtet uns genau, deshalb schauen wir wieder den Beau-Michaels-Würmern zu und verkneifen uns das Grinsen. Ich wünschte, ich wäre erwachsen und könnte einfach zu Hause bleiben, wo ich mich sicher fühle, statt mich fünf Tage die Woche in die Schule zu schleppen.

Ich grüble über dieses Verhältnis von fünf zu sieben nach, als aus der Küche ein Krachen zu hören ist. Lav und ich zucken zusammen. Die hintere Tür hat sich durch die Hitze so ausgedehnt, dass man sie nur dramatisch laut und schnell aufstoßen kann. Wenn wir eine Katze hätten, dann wäre ihre Nase inzwischen ganz flach.

Dad marschiert ins Wohnzimmer. Er wischt sich Spinnweben von den Schultern. Ich hatte gar nicht bemerkt, wie lang er draußen war. Er riecht nach Onkel Vinnie, was eine höfliche Umschreibung für »betrunken« ist.

Gegenüber Onkel Vinnie ist es offenkundig nicht sehr höflich.

»Warst du die ganze Zeit im Schuppen?«, fragt Lav.

»Ja«, sagt er.

»Und was hast du gemacht?«

»Gearbeitet.«

Sie öffnet den Mund, um zu fragen »Was?«, aber er redet weiter, bevor sie etwas sagen kann.

»Na ja, in diesem Haus ist verdammt noch mal alles kaputt, oder etwa nicht? Ich rackere mich hier ab und repariere alles, weil ihr hier im Chaos haust!« Wir drei schauen uns im makellosen Wohnzimmer um. Keine Ahnung, wovon er redet.

»Ähm, wie bitte?«, fragt Mum vorsichtig. »Weißt du, mit der Kampfhund-Züchterei in der Küche und dem Drogenhandel wird mir der ganze Haushalt einfach zu viel.«

Ich verkneife mir das Lachen. Mir ist klar, dass Dad eine schwere Zeit durchmacht, aber uns anschreien hilft da nicht viel. Und immerhin hab ich mein Zimmer an ihn abgetreten, damit er einen Raum für sich hat, und lebe seither sehr beengt zwischen Lavs hundert Millionen BHs und Schuhen – da wäre ein einfaches »Danke« schon schön.

»Die Lampe in der Küche war kaputt!«, sagt er anklagend. »Ich musste sie zerlegen.«

»Oh, ist sie repariert? Danke«, sagt Lav, um Frieden zu schließen.

Eine Pause entsteht. »Nein«, sagt Dad schließlich. »Sie ist in ihre Einzelteile zerlegt. Und jetzt muss ich sie wieder zusammenbauen, oder?«

Er scheint auf etwas zu warten.

»Danke?«, biete ich an.

Er stapft zurück in den Schuppen.

»Versteckt eure Wertsachen«, weist Mum uns an. »Als Granny in ein Heim kam, hat er den Fernseher zerlegt und wir konnten ihn nie wieder zusammenbauen. Das ist seine Art, mit der Situation fertigzuwerden.«

Ich tippe auf meinem Handy herum. Noch keine Antwort von Hannah. Gut, ich will keine aufregenden Geschichten aus dem Trainingslager mehr hören, schon gar nicht, nachdem die Stimmung im Haus so mies geworden ist.

Ich bin müde, deshalb gebe ich Mum einen Gute-Nacht-Kuss und gehe hinauf ins Bett. Durch das Fenster auf der Treppe sehe ich Dads Schuppen, ein Lichtfleck in der Dunkelheit des Gartens, wo sich die Büsche inzwischen in kohlrabenschwarze, böse aussehende Gestalten verwandelt haben.

Inmitten des Bösen sehe ich Dads Silhouette. Er sitzt in seinem Schuppen und beugt sich aufmerksam über woran auch immer er gerade arbeitet.

Wahrscheinlich nimmt er einen Mixer auseinander. Es bricht mir das Herz, ihn so zu sehen. Er wirkt so verletzlich, und zum ersten Mal wird mir klar, dass er alt wird.

Ich sende Han eine Nachricht.

Xo.

Sie antwortet sofort.

Xo in dein Gesicht.

Ich habe eine Freundin, die sich für mich interessiert. Allerdings lebt sie gerade unseren Traum, während ich in Doppelstunden Physik vor mich hin faule.

7

Am nächsten Tag wache ich auf, weil Lav sich streckt und gequälte Geräusche von sich gibt. Morgens ist es total schlimm mit ihr, und seit ich nicht mehr schwimme, muss ich dieses Drama jeden Morgen erdulden. Wenn Mum ihr einfach ein paar Espressi erlauben würde.

Als ob Lav sich über irgendetwas beschweren müsste! *Ich* muss einen weiteren freundlosen Scheißtag überstehen und dann noch einen und noch drei und erst dann ist endlich Wochenende und ich kann so tun, als wäre ich tot, oder weglaufen oder plötzlich achtzehn werden und einen Job bekommen. Guter Plan!

Auf einmal höre ich von unten einen Schrei. Lav und ich tauschen besorgte Blicke, schwingen die Beine aus dem Bett und rennen zur Tür. Lav merkt, dass sie mit ihrem Schlafanzug ein bisschen dürftig bekleidet ist, und macht kehrt, um sich anständig anzuziehen.

Mum beugt sich über einen Stapel durchweichter Werbebroschüren auf der Arbeitsplatte und zieht etwas von der Rückseite der Speisekarte eines Pizzaservice. Ich hoffe nicht, dass meine Eltern *beide* verrückt geworden sind. Wer soll mich dann großziehen? Ich brauche noch so viel elterliche Fürsorge.

»Machst du diesen Lärm?«, frage ich.

»Ja!«, ruft sie, ohne aufzuschauen. »Schnell, zieht schwarze Sachen an.«

»Schwarze Sachen?«, fragt Lav, die sich in ihre Skinny Jeans gezwängt hat und jetzt hinter mir steht. »Machen wir einen Einbruch?«

»Eine Notfall-Pantomime?«, schlage ich vor. (Damit bin ich ziemlich zufrieden.)

»Nein!«, jammert Mum. »Euer Onkel …« Sie schaut angestrengt auf das feuchte Stück Papier.

»… Hamish, nein *Harold*, ist letzte Woche gestorben. Ich wusste nicht, dass die Beerdigung heute ist. Zieht euch an!«

So viel Information in einem Satz. Lav und ich schauen uns an, während wir unsere schläfrigen Gedanken sortieren. Da betritt Dad die Küche. Er ist gekleidet, als wollte er zur Arbeit gehen.

Mum sagt, wir müssen ihm das zugestehen, wenn er sich dann besser fühlt.

»Wer ist tot?«, fragt er.

»Harold«, sagt Mum. »Oder Hagrid?« Sie späht auf die verwischte Schrift auf der Todesanzeige. Mum hat eine sehr große Familie und dauernd tauchen wie aus dem Nichts neue Onkel und zweimal umgezogene Cousins auf. Es ist vollkommen unmöglich, den Überblick zu behalten.

»Ich kenne keinen Hagrid«, sinniert Dad laut.

»Ich glaube, da ist dir was entgangen«, erkläre ich, was ihn zum Lächeln bringt und mir ein gutes Gefühl gibt.

»ENTSCHULDIGUNG!«, blafft Mum und schaut von ihrer Papierpampe auf. »Hört mir überhaupt jemand zu? Wir haben acht Minuten, um das Haus zu verlassen und zu dieser Beerdigung zu fahren. Und ich nehme euch Mädels nicht im Schlafanzug mit. Los, los, los!« Sie scheucht uns nach oben.

Ich flitze ins Bad, bevor Lav mir zuvorkommt. Sie hat noch nie in ihrem Leben schnell geduscht. Beim Einseifen kommt mir, dass ich dann ja einen Tag schulfrei habe! Danke, Onkel Hester, wir haben uns vielleicht nie kennengelernt, aber du hast deiner liebenden Nichte einen Gefallen getan.

Sieben Minuten später sitzen wir alle adrett gekleidet im Auto und fahren zu einer Kirche, die Dad in seinem Handy nicht findet. Lav und ich versuchen unsere Haare mit der Autoheizung zu trocknen. Es funktioniert nicht besonders gut, aber Mum schiebt unsere Köpfe immer wieder vor die Lüftungsklappen und besteht darauf, dass es noch fünf Minuten dauert, bis wir beerdigungstauglich sind. Mein schmerzender Nacken sieht das eigentlich nicht ein, aber für mich ist jede Minute gut, die ich nicht in der Schule verbringe.

Dad starrt auf sein Handy und schwingt es in ausladenden Bewegungen herum. Er trifft mich am Kopf, aber ich habe andere Probleme, denn ich muss mich zwischen den Vordersitzen nach vorn beugen, um ein wenig Heizungsluft zu ergattern.

Beim zweiten Mal schlägt er mich jedoch auf mein kaltes Ohr und es tut richtig weh.

»Aua!«, protestiere ich. »Schlag deine Kinder nicht.«

»'tschuldigung«, seufzt er, »aber das Handy weiß einfach nicht, wo wir sind.«

»Die Grabsteine sind vielleicht ein Hinweis?«, fragt Mum säuerlich, und wir schauen beide auf und sehen, dass wir an einem Friedhof vorbei auf eine Kirche zufahren. Dad macht ein betretenes Gesicht und steckt sein Handy ein.

Wir rennen eineinhalb Mal um die Kirche herum, bis wir die Eingangstür gefunden haben. Da wir keine Kirchgänger sind, haben wir keine Ahnung. Es ist so ähnlich, wie mit neuen Schwimmern in unserer Schwimmhalle, die verwirrt in das Fußbad starren: »Ist das das Becken für die ängstlichen Schwimmer?«

Wir finden eine massive Eichentür, die sehr vielversprechend aussieht. Dad drückt dagegen, aber nichts bewegt sich. Es sieht einfach aus, als würde er sich für ein Foto-Shooting dagegenlehnen. Nachdem wir eine Weile zugeschaut haben, wie sein Gesicht immer röter wird, merken wir, dass er Hilfe braucht. Mit einem Spukschloss-Knarren geht die Tür langsam auf. Mama und Lav schlüpfen als Erste durch den ungefähr dreißig Zentimeter breiten Spalt.

Dad klopft auf seinen Bauch und winkt mich als Nächste hindurch. Auf der anderen Seite stoße ich gegen Mum und Lav, die vor Schreck erstarrt sind, denn sie sind ganz vorn in der Kirche neben dem Pfarrer gelandet. Sie stehen einfach da und lächeln ihn an wie Fans.

Er ignoriert uns, was irgendwie merkwürdig ist. Passiert ihm das öfter? Vielleicht ist er ein besonders beliebter Pfarrer.

Wir schauen in eine voll besetzte Kirche. Es sind ungefähr hundert Menschen da! Onkel Hebrides war wirklich beliebt. Ich lächle zögerlich in den Raum und Dad rettet den Tag: Er hakt Mum und Lav unter, wirft den Familienmitgliedern mit ihren versteinerten Mienen rechts und links ein breites, charmantes Lächeln zu und führt seine idiotische Familie den Gang hinunter, während ich ihnen folge und mich bemühe, wie ihre Pflegerin rüberzukommen.

Dad entdeckt ziemlich weit hinten eine leere Kirchenbank und schiebt uns drei in ihre Richtung. Eine Frau in der Reihe dahinter schüttelt den Kopf, aber ich kapiere nicht, ob sie meint *Was seid ihr für schreckliche Leute* oder *Wie traurig, dass Humphrey tot ist.* Wir rutschen die harte Holzbank entlang, während der Pfarrer mit seiner Predigt fortfährt.

Dann wird auf einmal klar, was das Kopfschütteln bedeutet hatte: *Setzt euch da nicht hin, die Bank ist kaputt!* Sie hätte sich wirklich deutlicher ausdrücken können. Hat sie aber nicht, deshalb sitzen wir vier jetzt eigentlich auf einer Wippe. Dad bewegt sich ein bisschen, und Mum am anderen Ende der Bank wackelt hin und her, als ihre Seite ungefähr dreißig Zentimeter nach oben schnellt.

Wir erstarren und schauen uns mit aufgerissenen Augen an.

Wie alle großgewachsenen Menschen es angesichts von wenig Fußraum tun, hatte ich meine Beine automatisch gegen den Sitz vor mir gestützt. Jetzt nehme ich sie herunter und stelle sie zum Ausbalancieren auf den Boden. Dadurch wackelt die Bank noch dramatischer und wir halten uns panisch aneinander fest.

Jetzt sinkt Dads Ende der Bank nach unten ab. Was auch immer die Kirchenbank abstützt, scheint auf seiner Seite zu brechen. Lav rutscht mit einem leisen Zischen, das ihr Hintern auf dem Holz verursacht, in seine Richtung. Trotz größter Bemühungen, an Ort und Stelle sitzen zu bleiben, folge ich ihr langsam. Mum klammert sich ans andere Ende der Bank, sodass sie nirgendwohin rutscht.

Dad verzieht in bewunderungswürdiger Weise keine Miene, während sein Hintern immer tiefer sinkt und seine Knie sich seinem Kinn nähern, sondern schaut weiterhin den Pfarrer an und nickt gelegentlich, als wollte er sagen: *Hmmm, guter Punkt, was bedeutet Gemeinschaft tatsächlich?*

Zum Glück sind wir so spät gekommen, dass wir die Hälfte des Gottesdienstes verpasst haben und nur ungefähr zwanzig Minuten so sitzen müssen. Am Ende bittet der Pfarrer alle, niederzuknien und zu beten, aber das ist auf der schiefen Bank keine Option, sodass wir alle nur ganz langsam den Kopf senken und versuchen, möglichst andächtig auszusehen.

Wenn ich meinen Hintern bewege, wird Mum in Richtung Pfarrer geschleudert.

Langsam fangen die Leute an, zu uns rüberzustarren. Ich starre zurück, aber ich sehe kein einziges vertrautes Gesicht. Mums Familie ist schrecklich groß. Sobald die Trauerfeier vorbei ist, streben die Trauernden hinaus. Wir warten, bis der Letzte gegangen ist, bevor wir es wagen, uns zu bewegen.

»Okay«, sagt Dad. »Eins … Zwei … Drei … Und hoch!«

Wir stehen alle gleichzeitig auf. Geschafft!

Fast.

Lav verliert den Halt, taumelt und zieht mich im Fallen mit sich mit. Auch Mums Abgang ist nicht ganz sauber. Kopfschüttelnd hilft Dad uns allen auf.

»Gut«, meint Mum nüchtern und stopft ihre Bluse wieder in den Bund. »Ich glaube, auf das Büfett verzichten wir lieber.«

Dad stimmt ihr zu und wir schleichen durch eine Seitentür hinaus zum Auto. Meine Tür ist noch nicht zu, da hat Mum schon den Rückwärtsgang eingelegt.

Als würde sie ein Fluchtfahrzeug steuern.

Wir fahren zu KISS FM nach Hause; Lav hat Shotgun auf das Radio angemeldet. Ich glaube nicht, dass das geht, aber Mum meint, wir sollten uns auf heiligem Grund nicht streiten, deshalb lasse ich es gut sein.

»Für wen war die Trauerfeier?«, frage ich Lav, die in dem Gottesdienstheft blättert, das sie auf dem Weg aus der Kirche aufgehoben hat.

»Hmm?«

»Und für *wen* war die Trauerfeier jetzt?«, frage ich und zerre an dem Heft, sodass sie erst weiterlesen kann, wenn sie mir ihre Aufmerksamkeit schenkt. »Hugo? Heathcliff? Hubert?«

Nachdem sie laut und deutlich ihr Missfallen bekundet hat, blättert sie zur Titelseite.

»Violet«, blafft sie und reißt das Heft wieder an sich. Einen Augenblick später schaut sie stirnrunzelnd auf.

»Violet?«

Dad lacht schnaubend. Ich verstehe gar nichts. Lav schlägt die Hand vor den Mund und ihre großen, braunen Augen schauen entsetzt. Irgendwas mit Sex?

Normalerweise geht es um Sex, wenn alle es kapieren, nur ich nicht.

Aber ich checke es einfach nicht. »Dad?«

Dad dreht sich zu mir um. »Falsche Kirche, falsche Trauerfeier.«

Wir sind in eine fremde Trauerfeier reingeplatzt!

Im Auto herrscht fassungsloses Schweigen.

»Wie furchtbar«, flüstere ich.

»Hört auf!«, ruft Mum. »Ich fühle mich schrecklich.«

»Du hast allen Grund dazu«, sagt Dad. »Niemand in dieser Kirche war mit dir verwandt und du hast es nicht einmal bemerkt!« (Mum lacht.) »Wie gut, dass wir nur zu viert sind, sonst würdest du uns mit dem Pizza-Boten verwechseln!«

Ich stelle fest, dass ich ungefähr anderthalb Stunden lang nicht ans Schwimmen gedacht habe, was ein neuer Rekord für mich ist. Ziemlich ermutigend. Vielleicht bekomme ich ja irgendwann doch noch bessere Laune und werde normal.

Noch vor einem Monat hätte ich nicht gedacht, dass

das überhaupt möglich ist. Wie damals, als ich den Noro-Virus hatte und mich stundenlang übergeben musste, bis ich mir wie ein schlaffer Luftballon vorkam. Es war für mich unvorstellbar, dass es mir irgendwann wieder besser gehen könnte.

Allerdings gibt es immer noch eine lange Liste von »Dingen, die totaler Mist sind, in Lou Browns Leben«. Und der letzte Punkt auf dieser Liste ist, dass ich den Tag heute nicht schulfrei habe, weil Mum so clever war, heute Morgen unsere Schultaschen in den Kofferraum zu stellen.

Sie hält vor dem Schultor an und schaut zu mir nach hinten.

»Mal ehrlich, wie ist es?«, fragt sie. Lav überprüft im Spiegel der Sonnenblende ihr Make-up.

»Es geht«, antworte ich. »Ich tu eben nur nicht das, von dem ich dachte, dass ich es tun würde.«

Mum nickt. »Ich versteh dich, Lou«, sagt sie und unfairerweise macht mich das ein bisschen wütend.

»Ach, wirklich?«, sage ich spitz.

Sie zieht die Augenbrauen hoch und verdreht die Augen in Richtung Dad. Ja, gut. Wahrscheinlich kann sich tatsächlich niemand vorstellen, mit dem Exmann zusammenzuleben. Ich lächle sie entschuldigend an.

Dann gebe ich beiden einen Kuss und schlüpfe aus dem Auto. Lav folgt mir und ab jetzt sind wir für den

Rest des Tages Fremde. Obwohl sie überraschenderweise neben mir hergeht, bis wir fast den halben Hof überquert haben. Dann stupst sie mich mit dem Ellbogen an, löst sich von mir und verabschiedet sich, um sich zu ein paar Freundinnen zu setzen. Es ist nicht viel, aber es fühlt sich gut an.

8

Als ich die Schule betrete, klingelt es zum Beginn des Nachmittagsunterrichts. Ich schaue auf den Stundenplan. Hoffentlich Sport… bitte, bitte, Sport. Die einzige Stunde, die mich nicht vor ein komplettes Rätsel stellt.

Außer es gäbe ein neues Fach: Hinlegen und Schlafen.

Aber es ist Biologie. Dumm gelaufen.

Ich bin als Erste dort und setze mich auf einen hohen Stuhl ganz nach hinten. Das ist der beste Platz im Klassenzimmer: ganz nah am Fenster, ganz weit weg vom Lehrer, gute Sicht auf die Kaulquappen. Filetgrundstück! Jemand *muss* sich neben mich setzen.

Sollte man meinen.

Die anderen kommen zu zweit oder zu dritt herein und setzen sich irgendwohin, wo sie zusammenbleiben können. Melia betritt das Klassenzimmer und ich lächle sie an. Aber Cammie ist direkt hinter ihr. Sie entdeckt mich und murmelt gerade so laut, dass ich es hören kann: »Tragisch.« Die beiden Mädchen neben ihr lachen. Melia lacht nicht, aber mein Lächeln erwidert sie auch nicht.

Biologie geht eigentlich recht schnell vorbei, da ich den ganzen Unterricht darüber nachdenke, wie abgrundtief und heftig ich Cammie verabscheue. Ich verliere mich in Tagträumen darüber, wie glücklich ich wäre, wenn sie ganz schreckliche Akne bekäme.

Beim Verlassen des Biologiesaals schnappe ich zufällig auf, worüber Melia und ihre Freundinnen reden. Offenbar haben sie heute Abend einen Schwimmwettkampf und die ganze Mannschaft fährt direkt nach der Schule im Minibus dorthin.

Interessant.

Nach Schulschluss beobachte ich, wie sich die Mannschaft auf dem Parkplatz versammelt. Debs zählt sie ab und sie stellen ihre Sporttaschen und das eingepackte Abendessen in den Kofferraum.

Das weckt Erinnerungen an Käsebrötchen, die nach Benzindämpfen schmecken.

Ich schnappe mir Lav und bitte sie, Dad zu sagen, dass ich zu Fuß nach Hause gehe, weil ich ein bisschen später komme.

»Soll ich ihm sagen, dass du nachsitzen musst?«

»Ja. Er wird's nicht glauben, aber mach nur.«

Ich hatte noch nie Ärger in der Schule. Ein paar meiner Lehrer würden mich bei einer Gegenüberstellung wahrscheinlich nicht einmal erkennen.

Ich stecke die Hand in die Tasche und spüre etwas Seidiges.

Hervorragend.

Alle eilen an mir vorbei, weil sie die Schule so schnell wie möglich hinter sich lassen wollen. Wenn ich Lehrerin wäre, würde mir das schon zu denken geben, dass meine Schüler so unbedingt wegwollen. Als würde es brennen.

Ich bewege mich gegen den Strom und bin ein bisschen aufgeregt. Ich freue mich schon.

Die Schwimmhalle scheint komplett leer zu sein, aber ich riskiere nichts, sondern überprüfe alle Umkleiden, sogar die Toiletten. Gelegentlich geistert jemand vom Personal herum, aber abgesehen davon habe ich das ganze Schwimmbad für mich allein.

Mein Badeanzug ist ein bisschen enger als früher. Ich drücke den Zeigefinger in meinen Bauch. Vermutlich sitzt hier der Schuldige. Aber wie Mum immer sagt, wenn Lav sich über ihr Gewicht beklagt: »Manche Menschen haben keine Arme oder Beine! Okay?«

Dagegen lässt sich nicht viel einwenden.

Ich gehe mit großen Schritten zum Becken und will gerade hineinspringen, als ich bemerke, dass Pete, Roman und sein Bruder schon *wieder* auf der Wiese herumhängen.

Sie kicken sich einen Ball zu und Pete raucht ganz ungeniert.

Wenn ich die Person benennen müsste, deren Gegenwart ich derzeit als besonders anstrengend empfinde, würden Pete und Cammie um Rang eins konkurrieren. Aber das Becken gehört mir sehr viel mehr als ihnen, deshalb bin ich entschlossen, sie zu ignorieren. Sie langweilen sich bestimmt und verschwinden bald.

Ich springe einfach vom seitlichen Beckenrand ins Wasser und es fühlt sich wunderbar an. Nach einer Länge spüre ich, wie sich die Muskeln an meinen Rippen strecken. Dann lege ich mich wie ein Seestern auf den Rücken und paddle nur ein bisschen mit den Händen, sodass ich mich langsam im Kreis drehe.

Ich hole tief Luft und lasse sie stoßweise ausströmen, während ich zum Boden des Beckens hinabsinke, wo ich langsame Überschläge mache, zuerst vorwärts und dann rückwärts. Ich spüre die Luft in meiner Nase – genug Druck, damit mir kein Wasser in die Nase schießt, aber nicht so viel, dass Luftblasen entweichen.

Keine Ahnung, was ich da am Grund des Beckens mache, aber ich war immer gut darin. Es ist eigentlich ein nutzloses Kunststück, das nur dazu dient, andere glauben zu machen, man wäre ertrunken. (Wenn du diese Fähigkeit regelmäßig brauchst, ist dein Leben noch deprimierender als meines und ich ziehe den Hut vor dir.)

Meine Rippen beginnen zu schmerzen und ich tauche langsam mit geschlossenen Augen auf. Mmmmm. Das tut so gut.

Ich öffne die Augen.

Roman, der Kleine Roman und Pete stehen am Beckenrand und schauen auf mich herab. In beiden Bedeutungen des Wortes, das spüre ich.

Das Schweigen hängt schwer zwischen uns.

»Keine Straßenschuhe«, sage ich schwach.

»Was?«, fragt Roman.

»Nichts.«

Der Kleine Roman hat es bestimmt gehört. Er steht ungefähr einen Meter näher bei mir als die beiden anderen.

»Was hast du da unten gemacht?«, fragt Roman.

»Äh …«

Müssen wir uns wirklich so unterhalten? Normalerweise fühle ich mich im Badeanzug nicht nackt, aber auf einmal schon. Ich verlasse das Becken nicht, sondern dümple hier herum, ein kleiner, idiotischer, sprechender Kopf, der auf dem Wasser treibt.

Ich merke, dass ich Roman mehr antworten muss als nur »äh«.

»Nur ein bisschen rumgepaddelt, echt … ein paar Überschläge und so.«

»Du schwimmst?«, fragt Pete.

Ich zögere. »Früher mal. Aber jetzt nicht mehr.«

Alle nicken und der Kleine Roman lächelt mich an. Sie haben keine Ahnung, wie schwer es mir gefallen ist, das zu sagen.

»Schwimmt ihr?«, frage ich. Tun sie natürlich nicht, sonst würde ich sie kennen, aber die Operation »Freunde finden« läuft gerade überraschend gut, da darf man nichts vermasseln.

»Nein, wir tanzen«, sagt der Kleine Roman. Pete verdreht die Augen.

»Was?«, protestiert der Kleine Roman gut gelaunt. »Machen wir doch noch!«

»Um was geht's?«, frage ich. (Lav hat mir erklärt, wie man mit Jungs redet: nicht zu viele Wörter. Das kommt gut. Formuliere alles, was du sagst, wie einen Tweet: 140 Buchstaben oder weniger.)

»Na ja, wir sind schon seit Jahren eine Tanz… äh …«

»Truppe?«, schlage ich vor.

»Kollektiv«, korrigiert Pete mich.

»Und wir haben gerade bei *Britain's Hidden Talent* vorgetanzt«, fährt der Kleine Roman fort, »sind aber schon bei der Vorauswahl rausgeflogen.«

»Ich dachte, alle müssten vor der Jury vortanzen?«

»Nein«, erklärt der Kleine Roman. »In den nächsten paar Monaten gibt es jede Woche ein öffentliches Casting. Wir haben am ersten teilgenommen, sind aber nicht weitergekommen. Ins Fernsehen kommt man nur, wenn man richtig talentiert ist oder verrückt. Die aus dem Mittelfeld, die einfach voller Illusionen sind und ein bisschen mitleiderregend, werden nach Hause geschickt.«

Er sieht so traurig aus, dass es mir ein bisschen das Herz bricht. Um die Stille zu überbrücken, paddle ich wieder mit den Händen im Wasser, sodass ich einen kleinen Kreis beschreibe. »Tut mir leid«, sage ich wahrheitsgemäß, sobald ich ihm wieder ins Gesicht schaue.

»Offenbar haben die Leute die Nase voll von Tanzgruppen, nachdem sie ungefähr eine Million von ihnen im Fernsehen gesehen haben«, erklärt Roman und scharrt mit dem Schuh über die Bodenfliesen. »Sie sagten, Gabe würde bei den Mädels gut ankommen, aber das hat nicht geholfen.«

»Aha.« Ich riskiere einen verstohlenen Blick auf den Kleinen Roman. Der, wie ich vermute, Gabe heißt und auch bei mir durchaus gut ankäme, wenn ich nicht direkt in seine Nase hinaufschauen würde. Mein Nacken schmerzt.

»Also dachten wir, wir machen was mit Schwimmen«, fährt Gabe fort.

»Könnt ihr denn schwimmen?«, frage ich.

Das erscheint mir eine vernünftige Frage zu sein, wenn sie nicht mit Schwimmflügeln ins Fernsehen kommen wollen.

»Jeder kann schwimmen«, spottet Pete.

Ich will mich gerade mit ihm darüber streiten, da mischt sich Gabe ein. »Wir haben draußen Fußball gespielt und …«

»… dachten, du würdest ertrinken«, sagt Roman in einem Ton, dass ich mir ein bisschen blöd vorkomme.

»Aber als wir dann reinkamen, haben wir gesehen, was für fantastische akrobatische Kunststücke du da unter Wasser gemacht hast«, sagt Gabe. »Total cool.«

Roman und Pete nicken und mir wird ein bisschen schwindlig vor Nackenschmerzen und Komplimenten.

»Also … könntest du uns das beibringen?«, fragt Roman.

»Ich will nicht ins Fernsehen«, lüge ich. Natürlich will ich, unbedingt, aber mit einer olympischen Goldmedaille im Schwimmen, mit Tränen in den Augen bescheiden in die Kamera lächelnd, und nicht Kunststückchen vorführend vor einer buhenden Menge von Verrückten.

»Nicht *du*«, sagt Roman geradeheraus. »Du könntest *uns* trainieren.«

»Aber … in was? Was soll das sein?«

Daraufhin schauen alle extrem betreten drein. Sie sehen sich an, und ich ergreife die Gelegenheit und dehne meinen Nacken in die andere Richtung.

Aargh aarg aarghhh. Der Schmerz ist so stark, dass ich Sternchen sehe. Als ich wieder aufschaue, habe ich das Gefühl, dass meine Augen aus dem Kopf quellen wie bei einem Hamster, den man zusammendrückt. Ich habe noch nie einen Hamster zusammengedrückt, aber Hannah hat es mal gemacht, als wir acht waren, und ich hab sie nicht davon abgehalten.

(Bevor du dich jetzt aufregst: Mr Nibbles hatte ein glückliches und erfülltes Leben. Noch neun Tage lang.)

»Ich denk mal, das ist so was wie … Synchronschwimmen«, presst Roman mühsam hervor, und alle sehen aus, als würden sie eine Zitrone auslutschen. Ich verkneife mir das Lachen. Die armen Jungs, wie schwer ist es wohl, die ganze Zeit cool zu sein?

»Beim Casting letzte Woche ist ein Team von Synchronschwimmern aus der Gegend hier weitergekommen«, verkündet Gabe.

»Aber das waren lauter ziemlich heiße Mädels«, bemerkt Pete auf einmal sehr begeistert.

»Total heiß«, fügt Roman meiner Ansicht nach völlig überflüssigerweise hinzu.

Gut für sie. Ich streiche mir die nassen Haare hinter die Ohren, bevor ich merke, wie das wirkt: *Uuuuunsicher!*

»Und ihr wollt, dass ich euch trainiere?«, komme ich wieder zum Thema zurück. Denn es ist zwar wunderbar, mit Jungs über »heiße« Mädels zu sprechen, aber *mir* wird langsam richtig kalt.

»Ja. Allerdings können wir dich nicht bezahlen, wir sind pleite«, sagt Pete. Ich bin im Wasser genau auf

Augenhöhe mit seinen 200-Euro-Nike-Turnschuhen und erlaube mir, eine skeptische Miene aufzusetzen.

»Aber wir grüßen dich dafür in der Schule«, fügt Roman hinzu.

Ich höre auf, Wasser zu treten, und sinke ein bisschen nach unten ab. Mein Kinn halte ich unter der Wasserlinie. Meine Augen brennen.

»*Aaaaalter*«, sagt Gabe leise. Aber irgendwie macht es das für mich noch schlimmer.

Ich spüre, wie ich rot werde. Also schwimme ich von ihnen weg und ziehe mich auf der anderen Seite des Beckens aus dem Wasser. Hinter mir höre ich Gemurmel. Sie erörtern bestimmt, ob ich sauer bin (JA) oder vielleicht sogar weine (NEIN. Das Wasser auf meinem Gesicht stammt aus dem Becken. Ja, alles.)

Vielleicht bin ich ja eine Außenseiterin (gut, bin ich *tatsächlich*), aber das habe ich nicht verdient: Es ist gemein und ich hatte heute schon einen Arsch voller Leute, die gemein zu mir waren. Ich wollte hier einfach nur ohne Cammie und ihre zickigen, fiesen Freundinnen schwimmen und stattdessen habe ich ihre männlichen Ebenbilder kennengelernt.

Außerdem erzähle ich diese Geschichte in Gedanken schon Hannah und ich will ihr berichten, wie ich hochmütig schweigend abgezogen bin, also mache ich das auch.

9

Großartiger dramatischer Abgang, Lou. Allerdings … habe ich kein Handtuch mitgebracht und muss mich deshalb mit einer Rolle Toilettenpapier trocken tupfen. Nachdem ich fünfundzwanzig Minuten später alle feuchten Toilettenpapierklümpchen von meinen Beinen abgepult habe, verlasse ich eilig das Sportzentrum.

Warum ist alles so schwierig? Wenn wenigstens eine Sache gut laufen würde. Bitte, nur eine einzige. Ich stoße die Tür auf und sie prallt nicht zurück gegen mein Gesicht und schlägt mir alle Zähne aus. Das ist doch schon mal ein Anfang, obwohl ich mir, ehrlich gesagt, ein bisschen mehr erhofft hatte.

Ich schaue mich um. Man kann nicht vorsichtig genug sein, wenn man allein nach Hause geht. Es wird schon dunkel. Ich werfe einen Blick auf die Uhr: Schon halb acht. So spät wollte ich eigentlich nicht heimkommen.

Nie zuvor bin ich so lange weggeblieben und habe nicht wahrheitsgemäß gesagt, wo ich gewesen bin. Ich habe zwar nicht an einer Bushaltestelle gesoffen, aber ich bin beeindruckt von meinem neuen, rebellischen Verhalten. Für eine Anfängerin habe ich mich wirklich reingehängt. Ich hab sogar Überstunden gemacht.

Typisch Streberin – Lav wird das gefallen.

Als ich nach Hause komme, hängen Mum und Lav vor dem Fernseher. Sie schauen zu mir auf und aus ihren Mienen schließe ich, dass man es mir ansieht, dass ich ein bisschen geheult habe. Ich wische ein paar Tränen aus meinem Gesicht.

»Wie geht's meinem Goldfisch?« Mum klopft neben sich aufs Sofa. Ihr fällt nicht auf, wie sie mich gerade genannt hat. Das ist mein Spitzname – wegen all der Goldmedaillen, die ich früher heimgebracht habe. Und nicht, weil ich mit fünf im Urlaub in Spanien in den Pool gemacht habe, wie Lavender meint.

Ich setze mich neben Mum, rutsche ein bisschen nach unten und lege den Kopf an ihre Schulter. Wenn ich meine schmerzenden Beine ausstrecke, reichen sie über Mums Füße hinaus. Sie stößt sie mit ihren Knien an. »Langbeinige Kuh«, spöttelt sie. Wie nett.

Wir schauen eine Weile zusammen fern. Witzigerweise läuft *Britain's Hidden Talent*. Ich habe die Sendung noch nie bewusst angeschaut. Die Bühne ist riesig, sodass die

Kandidaten winzig wirken – ich würde in Panik geraten, wenn ich das wäre. Lichtkegel rasen im Zickzack darüber hinweg und im Hintergrund ertönt eine Musik, die ein nervöses Gefühl in der Magengrube auslöst. Schon erscheint es ein bisschen weniger seltsam, dass drei der coolsten Jungs, die ich kenne, darauf abfahren.

Ein kräftiger Mann, der nur mit einer goldenen Unterhose bekleidet ist, stolziert auf die Bühne. Nein: *doch* seltsam.

Ich verstehe, dass es cool wäre, auf dieser Bühne zu sein, wenn man etwas Beeindruckendes kann, obwohl mir unter Wasser zu schwimmen in diesem Zusammenhang nicht als Erstes in den Sinn käme. Wie würde man überhaupt ein Schwimmbecken auf diese Bühne bekommen?

Jungs, denke ich mit einer gewissen amüsierten Abgeklärtheit. Als hätte ich eine Ahnung von Jungs.

»In der Küche sind noch Nudeln«, sagt Mum und ich hole mir welche.

»Wie war's in der Schule?«, ruft sie mir zu.

»Na ja. Hmmm. Wie war dein Date gestern Abend?«

»Na ja. Hmmm. Ach ja, apropos. Mark!«

»Ja?«, ruft Dad von oben. Ich verdrehe die Augen. Für meine Mum sind drei Menschen in drei verschiedenen Räumen kein Grund, sich *nicht* miteinander zu unterhalten.

»Du kennst doch Laura? Meine Kollegin?«

»Nein, aber was ist mit ihr?«

»Sie hat mich gefragt, ob du Single bist.«

Pause.

»Und ob ich ihr deine Nummer geben würde, damit sie dich anrufen kann.«

Wie kompliziert. Siehst du, sogar alte Menschen brauchen Facebook.

Oben herrscht Schweigen. Dann ruft er herunter: »Ist Laura die hübsche Rothaarige?«

Den restlichen Abend ist die Stimmung zwischen Mum und Dad ein bisschen frostig. Lav und ich verabschieden uns früh und gehen zu Bett, wo ich Hannah von meinem Erlebnis in der Schwimmhalle berichte – was per SMS ein ziemlich langwieriges Unterfangen ist. Sie schreibt sofort zurück.

Hey, immerhin redest du mit Jungs, oder?

Immer optimistisch.

Auf meinem Bildschirm sind ein paar Punkte; sie schreibt immer noch.

Bist du sauer auf sie?

Ja.

Antworte ich ehrlich.

Ohhh. So kann man das auch sehen. Ich stelle mir vor, wie ich mir morgen in der Schule völlig erschöpft einen Kaffee hinter die Binde kippe und zu einem vorbeigehenden Sechstklässler sage: »Männer! Hab ich recht?«

Am nächsten Morgen liefert Dad uns früh ab, wahrscheinlich um sich bei Mum einzuschleimen. Als wir gehen, sagt sie, er solle nach unserem Geografielehrer Ausschau halten, *dem hübschen Rothaarigen*. Pffffffffff.

»Viel Glück bei deinem Bewerbungsgespräch heute«, sage ich, als ich aussteige und ihm einen Kuss gebe. Lav boxt ihn mit der Faust.

Armer Dad, ich wünschte, ich könnte diese Gespräche für ihn führen. Auch wenn ich sie wahrscheinlich komplett vermasseln würde. Er ist Projektmanager, und ich schaffe es nicht mal, meine Socken paarweise zu sortieren, aber ich möchte ihn vor weiteren Zurückweisungen bewahren.

Ich renne an ein paar Leuten vorbei, die vor Schulbeginn noch ein bisschen die Sonne genießen, die Eingangstreppe hinauf und begegne beim Aufschauen Gabes Blick. Na klar, er ist in der Stufe meiner Schwester. Keine Ahnung, warum ich ihn nie zuvor gesehen habe.

»Hi«, sagt er.

»Okay«, sage ich.

Ja, ich weiß. »Hi« war das Wort, nach dem ich gesucht habe. Niemand beantwortet »hi« mit »okay«.

Nur ein sozialer Vollidiot wie ich.

Ich gehe weiter die Treppe hinauf an Gabe vorbei, verbanne meinen »Stress mit Jungs« aus dem Kopf und begebe mich in mein Klassenzimmer. In der ersten Stunde haben wir Englisch – mal sehen, wie wenig Ahnung ich *davon* habe.

Ich kann lesen und schreiben, es könnte also schlimmer sein. Außerdem habe ich im Laufe des Sommers ziemlich viel gelesen, weil ich sonst nichts zu tun hatte, deshalb verläuft diese Stunde nicht allzu schlecht. Das ist schön, denn wir haben auch in Englisch Mr Peters, und so kann er sehen, dass ich mehr drauf habe, als von Tampons bedeckt heulend auf dem Fußboden zu sitzen.

In der Mittagspause versuche ich, in der Essensschlange mit einem Mädchen ins Gespräch zu kommen, das ich aus dem Unterricht kenne. »Super, Nudeln mit Käse!« Damit kann man eigentlich nichts falsch machen, oder?

Sie schaut mich verwundert an. »Das sind nur Kohlenhydrate und Fett, aber das weißt du, oder?«

»Nun ja.« Unser Gespräch hat eine Richtung genommen, die ich nicht erwartet hatte. »Man braucht Kohlenhydrate und Fett, um zu leben.«

»Nein, braucht man nicht«, erklärt sie mir fest. »Ich hab eine App dafür.«

Sie wird also nicht meine neue Freundin. Ich glaube, wir spüren das beide. In der Nähe der Abfalltonnen finde ich einen leeren Tisch und esse dort alleine. Ich tue so, als wäre mein Brötchen total faszinierend: *Also überall Brot, oben und unten? Hätte ich nie gedacht.*

Nach ein paar Minuten nähert sich ein Mädchen aus der Stufe über mir und bleibt an meinem Tisch stehen. Sie wirkt total lässig: sonnengebräunt mit Unmengen kleiner Ketten und Armreifen, die bei jeder Bewegung klimpern.

Sie steht da und klimpert.

Ich sitze da und halte mein Brötchen fest.

»Hey«, sagt sie, als würde sie das echt Überwindung kosten.

Ich versuche, noch ein bisschen weniger nervös zu wirken. Na ja, wenn das das Spiel ist! Vielleicht schlafe ich mitten im Satz ein.

Sie streckt mir ein Stück Papier hin, das sie fast unsichtbar zwischen zwei Fingern hält, als würde sie verdeckt ermitteln.

Ich schaue es überrascht an. Warum überreicht sie mir eine Nachricht? Sie hebt ihre gezupften Augenbrauen, als wäre ich irgendwie merkwürdig. *Ich bin nicht merkwürdig! Du bist merkwürdig!* Ich nehme die Nachricht an mich und sie zieht ab.

Eigentlich will ich den Zettel mit der Nachricht gleich

in den Müll werfen und sie vergessen, aber Lav sagt immer, ich dürfe den Leuten in der Schule gegenüber nicht so argwöhnisch sein – manche wären vielleicht nett. *Ich* sage, bewirf mich einmal mit Tampons – Schande über dich. Bewirf mich zweimal – Schande über mich. Bewirf mich dreimal – Hausverbot im Drogeriemarkt.

Aber wer sollte mir eine Nachricht schicken? Sofern es nicht das Kohlenhydrat-Mädel ist, das mich vor diesem Brötchen warnt. Gut, dann lese ich sie eben. Aber wenn sie gemein ist, will ich in Zukunft zu Hause unterrichtet werden.

Hi, ich bin der Typ aus der Schwimmhalle gestern. Der mit dem unfreundlichen Bruder. Tut mir leid, dass Roman dich geärgert hat, das war bescheuert. Ich habe einen Kurier geschickt, falls du nicht mit uns reden möchtest. Können wir es noch mal versuchen? Ich versteh schon, dass dir das komisch vorkommt, aber die Sache bedeutet uns viel. Wir tanzen seit unserer Kindheit zusammen und möchten unbedingt ins Fernsehen. Und ich denke, du könntest uns helfen. Wie wär's mit 20 Pfund pro Sitzung? Das ist nicht viel, ich weiß, aber mehr haben wir nicht – und zwei Karten fürs BHT-Finale!?!

Gabriel

Ha. Gabriel und Roman. Da wusste ein Elternpaar, dass sie zwei Trümpfe in der Hand haben, was?

Mein Stolz ist noch angekratzt, und warum denkt er, dass ich ein Fan von *BHT* bin? Was soll das? Man nimmt doch auch nicht einfach an, dass jeder Schlammcatchen mag, oder? Außerdem könnte ich wetten, dass es viel weniger verstörend ist, Schlammcatchern zuzuschauen als einer spärlich bekleideten Frau, die mit ihrem aufgebretzelten Hund tanzt.

Aber zwanzig Öcken. Ich brauche die Kohle. Wenn ich mich weiterhin kleide, als hätte ich die Grippe, bekomme ich sozial nie einen Fuß auf den Boden. Dad kann mir nichts geben, solange er keinen Job hat, und Mum muss höhere Rechnungen zahlen, weil wir jetzt zu viert sind. (Und einer von uns permanent damit beschäftigt ist, alles zu zerlegen, was wir besitzen).

Gabriel hat seine Nummer unten auf die Nachricht geschrieben, und ich speichere sie bei meinen Kontakten, die jetzt schon DREI Jungs enthalten. (Auch wenn die zwei anderen mit mir verwandt sind).

Ich schreibe ihm.

Okay, wann treffen wir uns?

Das sieht ziemlich unfreundlich aus, aber andererseits will ich – ich denke an Lavs Regel – nicht zu begeistert klingen. Ich lasse den Daumen über meinem Handy schweben und überlege hin und her, wie die Nachricht ein bisschen freundlicher klingen könnte. Vielleicht mit einem Emoticon? Vielleicht nicht gerade das grinsende Kackhäufchen, obwohl sich das für die verschiedensten Zwecke eignet …

Zu spät, mein Daumen tippt versehentlich auf *Senden,* und ich schaue zu, wie meine unfreundliche Nachricht davonrauscht. Er antwortet sofort. Ich hätte eine Weile gewartet, um cool rüberzukommen, aber er bemüht sich gar nicht erst, so zu tun als ob.

Super! Morgen, um sieben, am Becken?

Cool. Ich hab ein Date. Oder, na ja … etwas, das auch mit viel Fantasie nicht die geringste Ähnlichkeit mit einem Date hat.

10

Weeez! Ich kann's nicht GLAUBEN, dass du Schwimmtrainerin bist! Die neue Debs? Trägst du klitzekleine, winzige Shorts? Spürst du es an den Nieren, wenn es windet? Daran merkst du, dass sie zu klein sind. Mir graut schon davor, was ich beim Heimkommen vorfinde. Das Allerneueste: Sie zwingen uns, rohen Fisch zu essen. Es ist eklig. Als würdest du das Innere von deinem Mund essen. Probier's mal, keine Kalorien, nur Eiweiß, anscheinend. Hashtag Fakt des Tages – und nichts zu danken.
Xo Han

Aargh! In einer halben Stunde beginnt mein erstes Unterwassertraining und Mum hat alle meine Klamotten in die Wäsche geworfen. Warum tut sie das? Ich haste zum Schmutzwäschekorb im Bad – leer – also renne ich zurück in mein *(unser)* Zimmer. Mein Handtuch, aktuell mein einziges Outfit, halte ich mit festem Griff zusammen.

Vielleicht könnte ich es mit den richtigen Schuhen ein bisschen aufmöbeln.

Lav liegt auf ihrem Bett und blättert in einem Magazin, dessen Seiten so sehr glänzen, dass sie Licht ins ganze Zimmer abstrahlen.

»Laaaaav?«

Sie schaut auf, nimmt aber ihren Kopfhörer nicht ab.

»Kann ich mir bitte was zum Anziehen leihen? Ich muss zu meinem ... Job.«

Lustlos zieht sie einen Ohrstöpsel heraus. »Du hast einen Job? Cool! Aber natürlich kannst du dir von mir keine Klamotten leihen. Viel Glück.«

»Nein, bitte, nein!«, rufe ich, bevor sie ihren Ohrstöpsel wieder zurücksteckt. »Natürlich nicht deine schönen Sachen, nur irgendwelche Sportklamotten ...«

»Sportklamotten?«, wiederholt sie, als ob sie diese Worte nie zuvor gehört hätte, aber argwöhnt, sie könnten schmutzig sein.

»Irgendwas, das du zum Schlafen anziehen würdest, aber ich zum Ausgehen«, erkläre ich.

»Ach so. Ja, dritte Schublade.«

Sie zögert. »Und deine Haare?«

»Was?«

Wenn sie das Wort Schamhaare sagt, schreie ich.

»Komm her.« Sie greift nach einer Ölflasche auf ihrem Regal, schüttet sich einen kleinen Tropfen in die Hand, stellt sich vor mich und massiert mir das Öl sanft in die Haare. Das ist alles sehr erstaunlich.

»Danke, Lav, das ist … nett von dir.«

»Gut zu sehen, dass du auflebst, statt auf dem Bett zu liegen und so zu tun, als würdest du nicht weinen.«

»Tut mir leid.«

»Ich wollte dir schon eine Lichterkette umhängen, um dich aufzumuntern, hatte aber Angst, du würdest wegen der Tränen einen Stromschlag bekommen.«

Ich stehe stumm da, während sie das Öl in meine Haare massiert.

Hannah und ich haben uns immer hinter ihrem Rücken lustig über sie gemacht, weil sie nur eine doofe »Jungs-zentrikerin« ist, wie ein Lehrer einmal sagte. Aber wenn diese letzten paar Wochen mich eines gelehrt haben, dann, dass nicht ich die Intelligenzbestie der Familie bin.

Mein Kopf und mein Gesicht brennen heiß und die Massage hilft nicht wirklich. Als ob Lav entschlossen wäre, meine ganze Schande in einem gewaltigen Flush aus mir herauszuholen.

»Danke!« Ich entziehe mich ihr, bevor mein Kopf explodiert.

»Schon okay«, antwortet sie. »Diese Woche bringen wir deine Haare in Ordnung, dann arbeiten wir an deiner Haut.«

So wie sie das sagt, komme ich mir vor wie ein altes Auto, das sie wieder flottmachen wird.

Ich renne nach unten und zur Haustür hinaus. Mum ruft etwas, als ich die Tür hinter mir zuschlage. Es klang nicht wie »Viel Glück« – nein, warte, es war »Knall nicht mit der Tür«.

Ups.

Ich renne die Straße hinunter und dann die Böschung zur Schwimmhalle hinauf. Diesen Weg bin ich so oft gerannt, dass ich ihn mit geschlossenen Augen finden würde, aber ich versuch es lieber nicht. Ich möchte nicht unter ein Auto kommen, bevor Lav nicht an meiner Haut »gearbeitet« hat.

Das Leben ist voller Überraschungen, sinniere ich, und ein plötzlicher Luftzug an meinem Bauch gibt mir recht. Mein Top reicht nicht bis zu meinen Hosen. Nie wieder borge ich mir von Lav etwas zum Anziehen.

Beim Rennen habe ich eine ungewohnte Wahrnehmung … meine Haare schwingen! Das haben sie noch nie gemacht. Höchstens vielleicht *geknirscht*.

Ich biege ab, überwinde ein paar Blumenbeete und stürme unter Jubelgeschrei in die Schwimmhalle. Hastig wirble ich herum, um zu sehen, wo ich reingeplatzt bin.

Läuft da gerade ein Wettkampf? Aber nein, es sind die drei Jungs. Sie jubeln *mir* zu!

»Da ist sie!«, verkündet Gabriel.

So ein Empfang fühlt sich wirklich großartig an. Ich strahle. Dann dimme ich das Strahlen ein bisschen. *Zeig nicht zu viel Begeisterung, Louise. Sei cool.*

Ich räuspere mich. Ich *bin* cool.

»Wir hocken uns am besten gleich unten auf dem Grund auf unseren Arsch«, sagt Roman und zieht seinen Trainingsanzug aus. Ich werde rot. Wie armselig. (Roman hat »Arsch« zu mir gesagt! Haha. Das muss ich Han erzählen.)

»Noch nicht!«, erkläre ich nachdrücklich und fummle an meinem Rucksack herum, um mein rotes Gesicht zu verbergen. »Ich muss sehen, wie gut ihr schwimmt, bevor wir irgendwas unter Wasser machen.«

»Warum?«, fragt Pete barsch.

Ich schaue ihn streng an. Vielleicht liegt es am Rennen oder an meinen schwingenden Haaren oder an dem Jubel, jedenfalls spüre ich, wie ein Teil meines alten Selbstvertrauens zurückkehrt.

»Weil gewisse Leute, die gern glauben würden, dass ›jeder‹ schwimmen kann, in Wirklichkeit falsch liegen.«

Pete sagt nichts, sieht aber aus, als würde er sich eine gemeine Bemerkung verkneifen.

»Und sorry, wie heißt du noch mal?« (Natürlich weiß

ich, wie er heißt. Ich bin extrem fies. Aber es macht *Spaß*. Und ich habe in letzter Zeit nicht gerade in Spaß gebadet, also steht es mir zu.)

»Pete.«

»Okay, *Pete.*« Ich wippe ein bisschen auf den Fußballen und komme mir vor wie eine Miniaturausgabe von Debs. Gabriel hinter ihm verkneift sich ein Grinsen. »Ich bin Lou, und solange wir in dieser Schwimmhalle sind, bin ich verantwortlich für euch. Und ich will nicht, dass ihr ertrinkt. Also müsst ihr mir zeigen, dass ihr schwimmen könnt. Bitte.«

Pete seufzt und gleitet ins Wasser.

»Ich schwimme schon seit Jahren«, spottet er. »Wahrscheinlich bin ich schneller als du. Nimm's mir nicht krumm, aber Männer sind stärker als Frauen, das musst du zugeben.«

»Entschuldige mich.« Ich schnappe meinen Rucksack und gehe in die Umkleide.

Als ich die Tür aufstoße, höre ich Gabriel sagen: »Sei nicht so fies zu ihr. Wenn sie geht, haben wir niemanden mehr, der uns hilft.«

Ein paar Minuten später komme ich im Badeanzug aus der Umkleide. Ich steige auf einen Startblock und schaue zu ihnen hinunter. »Vier Bahnen: Schmetterling, Rücken, Brust, Kraul?« Ich ziehe meine Bademütze über.

»Äh …«, fängt Gabriel an.

»Nö!« Ich strahle ihn an. »Jetzt wird um die Wette geschwommen.«

Sie klettern auf die Startblöcke neben mir und ich deute mit dem Kopf auf den Minutenzeiger.

»Wenn er auf der zwölf steht, starten wir.« Ich schaue zu, wie der Sekundenzeiger nach oben gleitet und stoße mich dann heftig ab. Es fühlt sich ein bisschen fremd an. Es sind Wahrnehmungen, die man vergisst, wie das Gefühl von Wasser, das gegen deine Achselhöhlen schlägt ... Ich bin zurzeit ein bisschen langsam, aber immer noch schneller als die drei eingebildeten Amateure. Wahrscheinlich. *Hoffentlich.*

Auf der dritten Bahn geht mir langsam die Puste aus, aber ich stelle mir vor, wie Pete mich verspottet, und beschleunige noch mal. Dann schlage ich gegen den Beckenrand und hebe den Kopf. Neben mir ist niemand und mir fährt die Angst in den Magen, dass sie vor einer Ewigkeit fertig waren, das Becken bereits verlassen haben und ein Schwimmbrett mit den Füßen jonglieren oder ihren Freundinnen schreiben. Unsportlich eben!

Aber ich höre es hinter mir platschen und mein Magen entknotet sich. Nach ein paar langen Sekunden schlägt Pete neben mir an und eine Sekunde später Roman auf der anderen Seite. Roman atmet schwer und sieht wirklich beeindruckt aus. Pete zuckt reumütig mit den Achseln. Ich lächle. Wieder Normalbetrieb.

Wir drehen uns um, wischen uns das Wasser aus Augen und Ohren und schauen zu, wie Gabriel auf uns zuschwimmt. Er hat gerade eben erst die letzte Bahn begonnen. Er ist kein schlechter Schwimmer, aber langsam und offensichtlich erschöpft. Ich habe keine Lust mehr, eingebildet zu sein.

»Er war krank«, sagt Roman auf einmal.

»Was?«

»Gabriel. Er hat schon seit Jahren ME.«

»Ist das, wenn man dauernd müde ist?«

»Ja. Manchmal hat er monatelang das Haus nicht verlassen.«

Deshalb habe ich ihn früher nicht gesehen.

»Erstaunlich, dass er überhaupt wieder zur Schule gehen kann, aber er ist nicht sehr fit«, erzählt Roman weiter.

Das ist eine Untertreibung. Wir haben Zeit für eine ziemlich lange medizinische Diskussion, bis Gabriel das Wettschwimmen beendet hat.

»Reicht das?« Roman schaut von Gabriel zu mir, als wüsste ich alle Antworten.

»Ja«, lüge ich.

Keine Ahnung, was sie machen wollen, keine Ahnung, ob es dafür überhaupt einen Namen gibt oder ob es einfach bedeutet, zu Musik zu ertrinken. Aber ich stecke da jetzt mit drin, und während ich zuschaue, wie Gabriel seine letzte Bahn schwimmt, weiß ich, dass ich alles in meiner Macht Stehende tun werde, damit das für ihn funktioniert. Für sie, meine ich.

Gabriel erreicht den Rand und hält sich erschöpft fest. Er bekommt kaum Luft und ist ganz rot im Gesicht, aber er lächelt. »Du wirst es nicht glauben, aber für mich ist das eine gute Leistung«, keucht er.

»Für mich auch«, lüge ich. Ich bekomme immer mehr Übung und werde besser darin. »Reicht locker!«

11

Wir trocknen uns ab, ziehen Sweatshirts über und besprechen, wie ihre Nummer aussehen könnte. Sie zeigen mir ihre Tanzmoves. Wenn jetzt jemand reinkäme, sähe es aus, als würden sie vor mir angeben und versuchen, mich zu beeindrucken. Tragischerweise kommt aber niemand rein.

Die Leute kommen offenbar nur, wenn ich heule oder Tampons aufsammle.

Die Jungs sind wirklich gut: Pete und Roman beherrschen eine Menge kraftzehrender Halteübungen und Überschläge. Gabriel ist nicht so stark, aber gelenkig und drahtig. Ich kann mir vorstellen, wie sie als Kinder zusammen getanzt haben. Pete und Roman als jahrelange beste Freunde, die Romans kleinen Bruder mitmachen ließen. Sogar Pete wirkt weniger einschüchternd, wenn ich ihn mir als Achtjährigen vorstelle, der auf dem Kopf landet, weil aus einem Backflip mal wieder ein Backflop geworden ist.

Pete und Roman hüpfen auf ihren Händen herum und geraten in einen regelrechten Wettstreit. Das passiert ihnen eigentlich immer. Ihre Gesichter werden immer roter, aber keiner will als Erster aufgeben. Gabe dehnt einen Krampf aus einem Muskel.

»Haben sie noch was anderes gesagt … beim Casting?«, frage ich, hauptsächlich um sie abzulenken, damit einer von ihnen fällt und wir wieder trainieren können.

»Nur dass sie genügend Tänzer hätten«, keucht Pete kopfüber.

Gabe und ich sehen uns an. Das ist keine besonders hilfreiche Aussage.

»Und«, ertönt eine Stimme unter Romans Sweatshirt hervor, das gerade an seinem Oberkörper runterrutscht und den Blick freigibt auf … ähm, egal. »Sie haben gesagt, wir hätten eine starke Ausstrahlung.«

Pete schwankt und fällt in die Kiste mit den Schwimmflügeln.

»Vorsicht!«, rufe ich ihm zu. »Die sind voller Warzenpflaster.«

Pete krabbelt aus dem quiekenden Haufen und gibt würgende Geräusche von sich, während Gabriel und Roman lachen. Ich glaube, ich habe noch nie vor jemandem, der nicht zur Familie gehört hat oder nicht Hannah war, einen Witz gemacht. Ich fand mich ja schon immer ziemlich witzig, aber die anderen haben's einfach nie kapiert.

»Also«, wendet sich Pete an mich, während er sich den Nacken reibt. »Du weißt also nicht, was du machen sollst?«

Ich verteidige mich. »Pete, unter Wasser tanzen ist keine Sportart. Ich helfe euch gern, aber das ist Synchronschwimmen ohne die lästige Atmerei. Habt ihr überhaupt einen Plan, worin ihr auftreten wollt?«

»Badehose«, kommt es prompt von Gabe. »Idealerweise?«

Pete ignoriert die Bemerkung, aber Roman lacht.

»Mein Dad arbeitet im Aquarium«, sagt Pete, als müsste man das wissen. »Die haben Ersatzbecken, wir borgen einfach eines aus.«

»Okay«, sage ich langsam. »Mit ›Ersatz‹ meinst du …«

»In einer nicht verschlossenen Lagerhalle.«

»Und mit ›ausborgen‹ meinst du …«

»Na ja …«

»*Klauen?*«

»Übertreib nicht.«

»Na ja, klingt nach einem vollkommen unproblematischen Plan. Großartig.«

Ich reibe mir den Magen, der sich angesichts dieser Neuigkeiten total verknotet hat. Als wenn ich sonst keine Sorgen hätte. Ein kranker Schwimmer, ein grantiger

Schwimmer, einer, den ich nicht anzuschauen wage, eine Sportart, die wir gerade eben erfinden, eine Mannschaft aus der Region, die schon kurz vor dem Finale steht (und sie besteht aus »echt heißen« Mädels, also Glück für sie) …

… und dann wollen wir auch noch in einem geklauten Becken auftreten, das wahrscheinlich voller alter Fisch-Kacke ist.

Ich greife nach meinem Handy und google »Krankheiten durch Fisch-Kacke«.

»Hallo?« Pete schaut demonstrativ auf mein Handy. »Hast du dafür gerade wirklich Zeit?«

Er hat recht. Er hat zwar keine Manieren, aber recht. Ich muss mich konzentrieren, wir haben *viel* zu tun.

Die Jungs gleiten wieder ins Wasser und ich schiebe alle Gedanken an Fisch-Kacke beiseite. Für das Training habe ich eine Playlist erstellt. Ich war die ganze Nacht auf und habe Stücke rausgesucht, die cool sind, aber, na ja, nicht zu cool. Nicht bewusst cool. Aber trotzdem cool. (Es war genau so anstrengend, wie es sich anhört.)

Ich reibe mir die müden Augen – sie fühlen sich an wie gekochte Eier – und stöpsle mein iPhone in Lavs tragbare Boxen. (Ich hab sie um Erlaubnis gefragt. Ganz leise … als sie in einem anderen Zimmer war.)

»Ich hab eine Playlist gemacht, Jungs!«, verkünde ich. Es ist schwer, Leute zu unterrichten, die einen einschüchtern. Man ertappt sich dabei, dass man sie ziemlich oft mit »Jungs« anspricht. Ich drücke auf »play« und lasse sie die Beine ausstrecken, während sie Wasser treten. Aufmerksam suche ich in ihren Gesichtern erste Anzeichen von hämischem Grinsen, aber sie erwähnen die Musik nicht einmal. Also ist sie wohl okay.

In der Schule habe ich gelernt, dass sich die Leute über dich lustig machen, wenn etwas lahm ist, und schweigen, wenn es in Ordnung ist.

»Hey«, sagt Gabe, »du hast einen tollen Musikgeschmack.«

»Danke!« Mit einer Bewegung, die viel besser zu Lav passt, streiche ich mir den Pony aus der Stirn, aber hey.

Ich fordere sie auf, sich ein bisschen unter Wasser sinken zu lassen, weil ich sehen will, ob sie dreißig Zentimeter unter der Wasseroberfläche bleiben können, ohne in Panik zu geraten. Den meisten Leuten fällt das schwer. Roman und Gabriel lernen es rasch, aber Pete ist ein Kontrollfreak und schlägt wild um sich. Ich sage ihm, dass es wirklich sehr schwer zu lernen ist. Das hat die Wirkung einer weißen Fahne und führt zu einem vorübergehenden Waffenstillstand.

Während sie das Untergehen üben, ziehe ich mich an und stelle mich dann wieder an den Beckenrand. Ich lasse die Jungs Wasser treten und gleichzeitig die Arme heben, um zu testen, wie kräftig sie sind, und ja, *vielleicht* habe ich eine Pfeife gefunden und *möglicherweise* gibt sie mir in gewisser Weise ein Gefühl von Macht. Außerdem hören sie mich sonst nicht, wenn sie unter Wasser sind. Ehrlich!

Auf einmal geht mit einem Knall die Tür auf und Debs stürmt in die Schwimmhalle. (Kann sie eigentlich nicht normal *gehen?* Und eine lange Hose anziehen?)

Ich schaue an meinen von Lav geborgten Klamotten hinunter. Sie sind ungefähr so klein wie Debs'. Das ist mein neuer Look: halb nackter Stalker. Rasch verstecke ich die Pfeife unter meinem T-Shirt, als ob das viel Deckung böte.

Hinter Debs folgen Cammie, Melia und noch zwei Mädchen, Nicole und Amanda, die ich vom Schwimmen kenne. Wenn ich so hübsch wäre (sie sehen ungelogen aus, als wären sie einer verdammten Shampoo-Werbung entsprungen), würde ich es nicht übers Herz bringen, kein netter Mensch zu sein. Aber Cammie, Nicole und Amanda sind absichtlich gemein, nicht nur zu mir, sondern zu allen. Melia verhält sich neutral. Sie hindert sie nicht, aber selbst ist sie nicht fies. Ich bin mir aber nicht sicher, ob sie das zu einem guten Menschen macht.

Die Jungs lassen sofort die Arme sinken und schwimmen herum, als würden sie einfach ein bisschen baden: Hier gibt's nichts zu sehen, keine große Sache, Leute. Das ist super, nur dass ich jetzt hier am Beckenrand stehe und ihnen wie ein totaler Idiot *zuschaue.*

»Hey, Pete«, sagt Cammie aufreizend.

»Alles klar?«, antwortet er.

»Nicht schlecht, ja«, seufzt sie total unaufgeregt.

Die drei Mädchen beobachten dieses unglaublich langweilige Hin und Her mit einem Gesichtsausdruck, als wollten sie sagen: *Was ist hier los? Cammie und ihr aufregendes Liebesleben, was?*

Debs betrachtet die Szene aufmerksam und lächelt schief.

»Alles okay, Louise?«

»Ja, danke, Deb-o-rah«, sage ich angespannt.

»Schaust nur den Jungs zu, oder?«

Debs mustert mein Outfit und ihre Lippen bewegen sich, als wollte sie etwas sagen, aber sie unterlässt es. Wie bei Pete hat man bei ihr dauernd das Gefühl, dass gleich die nächste niederschmetternde Abfuhr um die Ecke biegt.

Es ist zermürbend – als wäre man mit einer Wespe in einem Auto eingesperrt.

Wäre ich so geworden, wenn ich die Olympiaqualifikation geschafft hätte? Wird Hannah so werden? Da macht es mich fast froh, dass ich es nicht geschafft habe ... Hmmm.

Nein, wenn ich ehrlich zu mir bin, dann wäre ich lieber eine fiese Kuh mit Goldmedaille. Ich könnte dann ja immer noch eine Therapie machen und zu mir selbst finden.

»Trainierst du sie, Lou? Gut! Dann bist du beschäftigt.«

»Sie trainieren?« Ich unterdrücke meinen Ärger und gebe die Ahnungslose. »Worin?«

Debs' Augen verengen sich. »Was machst du dann?«, fragt sie vorsichtig.

»Wir schwimmen nur.« Gabe schwimmt demonstrativ einen kleinen Kreis. Er ist ein schrecklicher Lügner. Wenn wir das Fischbecken klauen, lassen wir ihn besser daheim.

Debs sieht immer noch argwöhnisch aus.

Ich gerate in Panik: »Ich hänge hier nur aus alter Gewohnheit rum, echt, mir fehlt das Schwimmen.« Die besten Lügen enthalten ein Körnchen Wahrheit. Es herrscht Schweigen. Dann geht Debs weiter in Richtung Büro und die vier Mädchen folgen ihr. Vorübergehend fühle ich mich als Siegerin – sie weicht zurück, sie lässt uns in Ruhe! Das ist erstaunlich! Da hast du's, Debs, du und deine blöde Mädchenbande. Sie schließt die Tür wie einen Schlusspunkt.

Mit absolut sorglosem Gesicht wende ich mich wieder den Jungs zu.

»*Pfft.* Keine Ahnung, warum sie überhaupt hier sind, heute Abend ist kein Schwimmtraining.«

»Nein.« Pete hängt am Beckenrand und rückt seine Schwimmbrille zurecht. »Das ist das Team, das es schon geschafft hat.«

Mir kommt es fast hoch.

»Was, das BHT-Team?«, krächze ich und merke, wie mein sorgloses Gesicht von mir abfällt. Und wo steckt jetzt wieder mein extrem besorgtes Gesicht …?

»Jap.«

»Argyhifffffggggg.«

»Alles in Ordnung, Lou?«

»Mir geht's *gut.* Alles ist *gut.* Wann ist das nächste öffentliche Casting?«

»Am Wochenende.«

»Dieses Wochenende?!?« Hier ist mein extrem besorgtes Gesicht: Ich mache es gerade.

»Ja«, sagt Gabriel ruhig. »Es ist im Norden. Es sind noch wochenlang Vorauswahlen und sie kommen erst in fünf Wochen wieder in unsere Gegend, alles ganz entspannt.«

Hängt davon ab, was du unter »entspannt« verstehst.

»Fünf Wochen ist nicht sehr lang«, grummle ich.

»Na ja. Ein Hunderter für dich«, sagt Roman ganz rational.

»Bezahlt ihr mich pro Trainingseinheit oder pro Woche?«, frage ich frech. Pete und Roman schauen mich mit versteinertem Gesicht an. Gabe beobachtet sie mit freundlicher Neugier.

»In eurer Nachricht stand pro Sitzung …«

Sie sagen nichts.

»Also dann pro Woche«, stimme ich zu. (Juchu! Hundert Öcken!!!) »Klingt vernünftig«, murmle ich vor mich hin, während ich meine Sporttasche packe.(Wow! SO VIEL GELD!)

»Und nachdem du dein Geld für heute verdient hast, haust du einfach ab?«, fragt Roman. Keine Ahnung, ob er mich verarschen will oder ob er es ernst meint.

»Unter der Woche muss ich um neun zu Hause sein. Mein Dad holt mich ab«, antworte ich wahrheitsgemäß.

Pete und Roman finden das offenbar lustig, aber ich weiß nicht, warum.

»Dann überlegst du dir bis zum nächsten Training eine Choreografie?«, sagt Roman. Und irgendwie schafft er es, dass es mehr wie ein Befehl als wir eine Frage klingt.

»Un-be-dingt.« Ich schenke ihm ein breites, künstlich beruhigendes Lächeln.

Eine … Unter-Wasser-Synchronschwimm-Choreografie. Ja, da werd ich mir einfach schnell eine ausdenken. *Kein Problem.*

»Ich arbeite eine Choreografie aus und dann studieren wir sie beim nächsten Mal ein. Hoffentlich ertrinkt ihr nicht.«

Gabriel lacht, Roman lächelt und Pete ignoriert mich.

12

Die Jungs bleiben stehen und holen sich etwas aus dem Automaten. Weil ich nicht zu anhänglich rüberkommen will, warte ich draußen. Mein Handy summt: eine Nachricht von Hannah.

Hast DU gewusst, dass Bananen dick machen?

Das gibt's nicht! ICH LEBE VON BANANEN! :–

Dad fährt in Mums Auto vor.

»*Dad!*«

»Was?«

»Du weißt *ganz genau,* was.«

Er hat sich nur einen Mantel übergeworfen, darunter trägt er kurze Schlafanzughosen. Und an den Füßen Hausschuhe.

»Von außen ist alles ganz normal«, sagt er. »Du siehst es

nur, wenn du direkt neben dem Auto stehend hereinschaust und dann nach unten guckst.«

»Tschüss, Lou«, sagen Roman, Pete und Gabriel, als sie direkt an dem Auto vorbeigehen, hineinschauen und nach unten gucken.

»Ach, Liebes«, grinst Dad. »Hab ich dich uncool erscheinen lassen?«

»Ja, in der Tat«, sage ich, »also grins mich nicht an, als wäre es keine große Sache, weil du genau das getan hast. Ich habe exakt null Freunde in der Schule und zweieinhalb Bekannte …« (Angesichts von Petes leise brodelnder Feindseligkeit betrachte ich ihn nicht als vollwertigen Bekannten.) »Und du hast mich gerade vor ihnen bloßgestellt. Du kannst dir dein Lächeln sparen.«

»Beliebtheit, Louise, hat nichts mit Coolsein zu tun«, sagt Dad.

Er hat keine Ahnung, wie falsch er liegt. Genau solche schrecklich nutzlosen Ratschläge bekommt man von Menschen über fünfundzwanzig. Ich habe ihn ungefähr eine Million Mal gehört, zusammen mit dem Hinweis, dass ich hübsch sein werde, wenn ich ein bisschen älter bin, und dass ich es eines Tages bereue, mir die Beine rasiert zu haben. (Wann? Wenn ich preiswertes Füllmaterial für eine Bettdecke brauche und das dichte Fell an meinen Beinen nicht mehr da ist? Eher nicht.)

»Weißt du«, sagt der Mann, der es nicht kapiert und

der sich gerade für sein Thema erwärmt, »Beliebtheit hat damit zu tun, dass du tust, was *dir* gefällt.«

Warum sagt er mir nicht einfach, ich solle ich selbst sein?

»Sei einfach du selbst. Mach, was dich glücklich macht, und dann sehen alle, wie cool du bist, und wollen mit *dir* befreundet sein!«

»OKAY. Vielen Dank, Dad, ich weiß es wirklich zu schätzen, dass du dich um mich sorgst, vor allem, weil du gerade selbst so viel an der Backe hast. Aber das ist ein schrecklicher Rat. Cool sein hat *nichts* damit zu tun, man selbst zu sein, *rein gar nichts,* und du darfst das keinem raten, falls tatsächlich eines Tages jemand auf dich hört und du sein Leben ruinierst. Ich *bin* ich selbst und ich habe *eine* Freundin, die mir per Mail detailliert darüber berichtet, was sie isst! Und meine Schultage sind sehr einsam und das ist kein Spaß. Du hast keine Ahnung, was es bedeutet, einsam zu sein. Tut mir leid, aber nein.«

Wir schweigen.

»Man ist einsam, wenn man arbeitslos ist.«

Ich fahre mit dem Finger am Türgriff entlang und starre auf das Schokoladenpapier auf dem Boden.

Er holt tief Luft. »Du wachst auf und musst nirgendwohin. Alle anderen gehen zur Schule und zur Arbeit, wo die Leute es zur Kenntnis nehmen, wenn man nicht da ist, und wo man gebraucht wird, während ich zu Hause sitze und Mails an Leute schreibe und sie bitte, mich zur Kenntnis zu nehmen oder mich zu brauchen, aber niemand braucht mich oder bemerkt mich. Das ist Arbeitslosigkeit. Du gehst nicht gern zur Schule, Louise, aber wenigstens ist sie bald vorbei und du kannst anderswo neue Freunde finden. Ich dagegen weiß nicht, wann das hier aufhört.«

Wir müssen an einer Ampel anhalten. Spontan ergreife ich Dads Hand.

»Aber *wir* brauchen dich«, sage ich zu ihm. »Ich und Lav und Mum, wir alle brauchen dich und wir haben dich gerne um uns. Schau mal, du und Mum, ihr seid geschieden, aber sie lebt immer noch gern mit dir zusammen. Denk nur, wie besonders dich das macht! Und ich muss ein Zimmer mit Lav teilen und mit all ihren Mädchen- … Gerüchen und dem Glitzer, der überall ist, und ihren komischen nagelgespickten Stiefeln … Und trotzdem bin ich froh, dass du da bist.«

»Danke, Lou«, sagt er.

Meine Handfläche wird ein bisschen feucht.

»Sollen wir jetzt aufhören, Händchen zu halten, Dad?«

»Ja, ich muss schalten.«

Jemand hinter uns hupt laut. Die Ampel ist auf Grün umgesprungen.

»Ich muss doch sehr bitten«, schreit Dad. »Wir bauen gerade eine Beziehung auf. Und wir sind noch Anfänger.«

Wir fahren schweigend nach Hause. Aber es ist ein schönes Schweigen.

Ich schreibe Hannah.

Warum sind Affen dann nicht fett?

13

08:48

Hey, Leute, wir machen vor dem Wettkampf nächste Woche was zusammen. Wenn das Wetter schön ist, gehen wir in den Park beim Freizeitzentrum. Wir treffen uns um eins beim Brunnen, okay?

Xo-Cammie

08:51

'tschuldigung, Lou! Hab vergessen, dich aus dem Verteiler von der Schwimmmannschaft zu nehmen. Ignorier das. Wir sehen uns.

Xo – C

Am nächsten Morgen ist Samstag und Mum macht Eiertoast. Sie nennt es »französischen Toast«. Allerdings verstehe ich nicht, was an einem Stück Toast, das man in Ei wendet, französisch ist. Und warum heißt der französische Zopf, der wiederum gar nichts mit Eiern zu tun hat, ausgerechnet französischer Zopf? Ich teile diesen Gedanken der Küche mit.

»Ja, und denk nur an französische Küsse«, sagt Mum zustimmend. Dad lacht explosionsartig.

»Äh, Muuuum …«, stöhnt Lav.

»Dad hat gesagt, dass du ein paar neue Freunde gefunden hast«, wechselt Mum das Thema. Danke, Dad.

»Nun«, fasse ich zusammen, »ich arbeite für drei Typen, die zu cool sind, um tatsächlich meine Freunde zu sein.«

»Ach komm!«, spöttelt sie. »Meiner Lou ist es doch egal, was andere von ihr denken.« So was von unzutreffend.

»Nein, ich kleide mich einfach schlecht. Deshalb sieht es so aus, als wäre es mir egal, aber es ist mir nicht egal. Wenn ich Geld hätte, würde ich mir neue Klamotten kaufen, und dann würdest du sehen, wie wichtig es mir ist, was andere von mir denken.«

Lav nickt zustimmend und wendet sich dann wieder ihrem Handy zu.

»Nicht dass ich Geld bräuchte«, sage ich wegen Dad hastig. »Denn materielle Dinge wie Geld sind nicht so wichtig wie zum Beispiel eine Familie und Liebe und so. Außerdem verdiene ich zwanzig Öcken pro Woche, weil ich die drei trainiere.«

»Ich fasse es nicht, dass du vor mir einen Job gefunden hast!« Dad piekt mich mit dem Finger in die Schulter. »Was trainierst du mit ihnen?«

»Varieté«, antworte ich. Er schaut mich blinzelnd an. »*Schwimmen,* natürlich!«

»Das ist schön. Du bist bestimmt gut darin. Und deine neuen Freunde, wie heißen sie?«, insistiert Mum.

Ich gebe nach und sage es ihnen: »Meine *Arbeitgeber* heißen Roman, Gabriel und Pete.«

»Was?« Lav lässt ihr Handy sinken. »Wie kommst ausgerechnet *du* gerade an *die*?«

Auf einmal bemerkt sie, wie gemein das klingt.

»Nein, ich meine … Die Sache ist. Okay, ha, wie sich das *angehört* hat …«

»Ich weiß, Lav, ich helfe ihnen nur.«

»Aber du solltest sie dazu bringen, dass sie dich in der Schule grüßen«, sagt sie. »Wenn die anderen denken, dass du sie kennst, steigen deine Chancen, Freunde zu finden. Deshalb hat Becky mit Petes Großmutter Karten gespielt, als sie in der Seniorenresidenz ein Praktikum gemacht hat.«

»Lavender! So was Schreckliches sagt man nicht!«, ruft Mum.

Wir schauen sie beide an und versuchen herauszufinden, worauf sich ihre Bemerkung bezieht.

»Nein, Mum, das stimmt schon«, sage ich. »Jetzt, wo

Hannah weg ist, habe ich niemanden, mit dem ich rumhängen könnte.«

»Was nicht ihre Schuld ist«, informiert Lav unsere Mum.

»Ein *bisschen* schon«, gebe ich düster zu.

»Und warum hängt ihr nicht miteinander herum?«, will Mum wissen.

Wir schauen sie an, als hätte sie vorgeschlagen, dass wir uns Schwänze wachsen lassen.

»Egal. Es liegt daran, dass du immer Hannah hattest«, fährt Lav fort. »Du konntest ja nicht wissen, dass sie eines Tages in die Schwimmschule verschwinden würde.«

»Ins Hochleistungstrainingslager«, korrigiere ich sie, aber leise.

»Und Schule ist blöd.« Auf einmal sieht sie sehr erwachsen aus. »Weißt du, wer deine Schulfreunde sind?«

»Ein unsichtbares Mädchen und ein nicht existenter Junge.«

Sie ignoriert das. »Das sind Leute, die *zufällig* so alt sind wie du und *zufällig* in deiner Nachbarschaft wohnen. Also landest du in derselben Klasse und dann kannst du deine Auswahl treffen. Halt einfach noch ein paar Jahre durch und dann hast du da draußen eine ganze Welt von Menschen, die dir vielleicht besser gefallen.«

Wir sitzen alle da und verdauen, was sie gesagt hat.

»Tja«, sagt Mum. »Lou hat einen Job und Lavender ist

Philosophin geworden.« Sie schaut Dad an und zuckt die Achseln. »Sieht so aus, als hätten wir unseren Job gemacht. Keine Ahnung, was du vorhast, aber ich werde vor McDonald's rumhängen und Selfies knipsen.«

»Für mich ist das nichts«, sagt Dad und steht vom Tisch auf. »Ich muss mir die Nägel für den Abschlussball machen und ich habe buchstäblich *nichts* zum Anziehen!«

Lav und ich verdrehen die Augen. Sie halten sich für so lustig.

»Ich mach keine Selfies«, informiere ich sie verschnupft.

»Ja«, fügt Lav hinzu, »und ich trage keine künstlichen Nägel – die sind gar nicht gut für deine natürlichen Nägel.«

14

Lou

Jungs, klickt auf den Link. Könnt ihr das?

Pete

Ich schon.

Roman

Ja, wenn wir Kiemen hätten. Im Ernst, Lou?

Lou

Sorry, sorry, war nur eine Idee.

Pete

Hast du Probleme mit der Choreo?

Lou

Nein!! Natürlich nicht, nein.

LOL.

Gabe

He, Leute, hab ich was verpasst? Hab gerade meine Kiemen gespült.

Lou

Ha ha.

Gabe

Lach nicht über meine Kiemen.

Roman hatte für mich, ihn, Pete und Gabriel eine WhatsApp-Gruppe eingerichtet. Als sie erstmals auf meinem Handy aufpoppte, saß ich gerade allein in der Cafeteria und lief tiefrot an. Cammie würde morden, um täglich mit Pete und Roman zu whatsappen. Wenn sie es nur *wüsste!* Ha!

Ich aale mich in meiner Selbstgefälligkeit. Alle sollten es wissen.

Ich schaue zu, wie sie an ihrem Tisch voller Mädels Hof hält. Ihr glänzender Pferdeschwanz wippt bei jeder ihrer hochdramatischen Gesten. Sie spürt, dass ich sie beobachte, dreht den Kopf und fixiert mich mit einem herausfordernden Blick.

»Hör auf zu gaffen, blöde Lesbe!«, formt sie tonlos mit den Lippen.

Ich werde rot und wende mich wieder sehr interessiert meinem Lunch zu. *Aha, Miss Brötchen, hier treffen wir uns wieder.*

Scheiß auf Cammie. Ich bin mit mir selbst sehr zufrieden. Allerdings schon ein bisschen weniger, als Roman und Gabe vorbeigehen und mich einfach total ignorieren. Ich schaue mit einem freundlichen Lächeln zu ihnen auf, das ich in ein Husten verwandle, dann in eine Grimasse, und schließlich japse ich nach Luft, weil ich mich an meinem Brötchen verschluckt habe.

Ich habe also schon irgendwie Freunde, aber sie sind heimliche Freunde, denen es zu peinlich ist, sich öffentlich zu mir zu bekennen. Das ist wirklich cool.

Es ist eine schwierige Woche. Ich verbringe jede Mittagspause und jeden Abend damit, Synchronschwimmen zu googeln, aber alles, was ich finde, sieht so langweilig aus. Was Debs' Mannschaft wohl zeigt? Aber ich weiß, dass ich keine Chance habe, ihnen unentdeckt nachzuspionieren. Cammie scheint über eine Art Lou-Radar zu verfügen: So sehr ich mich auch bemühe, die meiste Zeit scheitere ich kläglich damit, von ihr ignoriert zu werden.

Jedes Mal, wenn ich meine Suche am Schulcomputer beendet habe, lösche ich die Chronik. Dass mich jetzt jemand als synchronschwimmbesessen outet, ist das

Letzte, das ich brauchen kann. Im Unterricht kritzle ich Übungen in meinen Block und versuche, wie Hannah zu denken. Immer optimistisch! Vielleicht ist Unterwasser-Synchronschwimmen ja total cool. Eben was ganz Neues.

Neue Dinge sehen zunächst immer komisch aus. Stell dir den ersten Affen vor, der einen Daumen hatte. Niemand erkannte, wie nützlich der sein würde. Wahrscheinlich rannten alle herum und sagten: »Schaut euch Clives Hand an! Wie eklig, schlag sie mit einem Stein kaputt!« Viele tausend Jahre später tippen wir unsere SMS damit. Clive hat es allen gezeigt.

Am Ende der Woche bin ich so besessen von Synchronschwimmübungen, dass ich beim Abendessen sechs grüne Bohnen in einen Berg Kartoffelpüree stecke und mir vorstelle, es wären Beine. In der Nacht bin ich die ganze Zeit wach. Ich habe das Handy als Taschenlampe im Mund und beleuchte damit meinen Block. Bis zwei Uhr hat mich Lav bereits mehrfach mit dem Tod bedroht, sodass ich, durchaus logisch, argumentiere, jetzt vor lauter Angst, sie könnte mir etwas antun, das Licht erst recht anlassen müsse.

Ich habe einfach keine Zeit, alles auf die Reihe zu kriegen, und stelle fest, dass sich folgender Dialog dauernd wiederholt:

»Louise, wo sind deine Hausaufgaben?«

»Äh … liegen sie nicht in dem Stapel auf Ihrem Pult?«

»Nein, denn da hast du sie nicht hingelegt. Wenn sie also auf meinem Pult lägen, könnte das nicht mit rechten Dingen zugehen, nicht wahr?«

»Hahahahaha, das ist wirklich lustig, Mr P. Großartig.«

»Louise?«

»Ja?«

»Gib. Mir. Deine. Hausaufgaben.«

Früher haben die Lehrer mir immer zusätzlich Zeit für meine Hausaufgaben gegeben, weil ich zwischen dem Training und den Fahrten zu den Wettkämpfen nur die vormittäglichen Pausen hatte, um irgendwas hinzukritzeln. Jetzt habe ich viel mehr zu tun, aber weil es geheim ist, muss ich auch noch meine Hausaufgaben pünktlich erledigen!

Ohne hier wie der klassische Teenager zu klingen, aber im Ernst, das ist *so* ungerecht.

Und ich bemühe mich – ich hasse es nämlich, die beschränkteste Person in der Klasse zu sein. Ich melde mich bei jeder Frage (meistens gebe ich die falsche Antwort, aber hey, gute Übung für die Arme, oder?) und mache mir im Unterricht massenhaft Notizen, auch wenn meine Bücher übersät sind mit langen, gezackten Kritzeleien, weil ich mitten im Wort eingeschlafen bin.

Eine Woche nach unserem ersten Training treffe ich die Jungs nach der Schule. Sie scheinen ziemlich aufgeregt zu sein. Sogar Petes Augen leuchten auf, als ich meinen großen A3-Block aus dem Rucksack ziehe, ihn vorsichtig aufschlage und hochhalte, damit sie mein Werk bewundern können.

Manchmal habe ich noch eine zweite Seite mit Tesa angeklebt, damit ich mehr Platz hatte für meine Zeichnungen. Ich komme mir vor wie ein wahnsinniger Wissenschaftler, der ein verrücktes Experiment vorführt. »Seht nur! Ich habe die Gesetze der Natur meinem dämonischen Willen gebeugt!!« (irres Kichern)

Die Jungs betrachten schweigend meine Zeichnungen. Ich spüre, wie mein Lächeln erstarrt. Gefällt ihnen meine Choreografie nicht? Vielleicht ist sie nicht anspruchsvoll genug? Habe ich Gabe zu klein gezeichnet? Ich hätte vielleicht einfach G, P und R an ihre Köpfe schreiben sollen.

Roman schaut mich an, öffnet den Mund, runzelt die Stirn und schließt den Mund wieder. Dann betrachtet er wieder eingehend meinen Notizblock.

»Lou«, sagt Pete mit der ihm typischen Anmut und Höflichkeit. »Was zur H…«

»Fantastisch«, wirft Gabriel mit lauter Stimme ein.

»Danke«, strahle ich ihn an.

»Es ist nur … was ist das?«

Echt? Ich dachte, das sei total offensichtlich. Ich gehe die Blätter geduldig mit ihnen durch.

»Das seid ihr drei …«

»Bin ich der mit den großen Ohren?«, unterbricht Pete.

»Ja.«

»Und ich bin der Kleine?«, sagt Gabe.

Ich hätte definitiv einfach Strichmännchen mit G, R und P beschriften sollen.

»Ähm, ja. Also, hier macht ihr von der Seite eine Schraube ins Wasser, dann lasst ihr euch auf den Boden sinken, wo ihr einen Kreis bildet.«

»Und wie bilden wir einen Kreis?«, fragt Roman.

»Ihr haltet euch am Knöchel fest! *Hier* wird's dann einen Tick komplizierter …« Ich bin ganz versunken in meine Diagramme und schaue erst auf, als ich merke, dass sie sich nicht mehr um meinen Block scharen. Sie sitzen alle zusammengekrümmt da.

»Ist euch … schlecht?«

»Ich komme nicht an meine Zehen!«, japst Gabe.

»Deine sind lange nicht so weit weg wie meine, Alter«, keucht Pete.

Roman richtet sich auf. »Wir kommen nicht an unsere Zehen«, bestätigt er, als wäre das *meine* Schuld.

»Wirklich nicht?«

»Na, dann mach's uns vor«, fordert Pete mich heraus.

Ich beuge mich vor, greife mit den Fingern um meine Zehen und strecke die Beine. Also wirklich! Sowas nennt sich Tänzer?

»Keine Sorge«, sage ich. »Im Wasser ist man beweglicher.«

»Echt?« Natürlich ist es Pete, der meine Worte anzweifelt. Ich blase in meine Pfeife.

»Ja.« (Ich hab keine Ahnung.) »Ins Wasser mit euch. Wir probieren das!«

Sie stellen sich mit skeptischer Miene am Beckenrand auf. Ich steige auf eine Bank und mache, so gut ich kann, eine Schraube vor. Sie nicken.

»3… 2… 1… *Sprung!*«

Ich will es gleich hier und jetzt sagen: Ich dachte wirklich, sie könnten es.

Ich schwöre, ich wollte sie nicht vorführen, wie Pete durch ein blutverschmiertes Tempo hindurch behauptet (Roman hatte ihn mit dem Fuß ins Gesicht getreten). Ich wollte auch niemanden umbringen, obwohl ich zugeben muss, dass ich mit dem Verlauf des Abends sehr zufrieden sein könnte, wenn das meine Absicht gewesen wäre.

Aber ich bin nicht zufrieden, sondern am Boden zerstört. Ich sitze auf einer Bank neben dem Becken, während Pete die vielen Gründe aufzählt, warum er alles Recht hat, seine zwanzig Öcken von dieser Woche zurückzufordern. Er steckt sich ein zusammengezwirbeltes Tempo in die Nase, damit er mit beiden Händen gestikulieren kann. Meine Blödheit erfordert offenbar eine Vielzahl von Gesten.

Ich senke den Kopf und murmele jedes Mal, wenn Pete Luft holt, »Entschuldigung«.

»Okay, das reicht.« Ich hatte nicht bemerkt, dass Roman von der Toilette zurückgekommen war. Er ist jetzt fertig mit Kotzen, nachdem Gabe ihm versehentlich den Kopf in den Bauch gerammt hatte.

Gabe ist ebenfalls nicht unverletzt. Ich hatte nicht wirklich genug Zeit zum Atmen eingeplant, sodass ihm schwindlig wurde und er aus dem Becken gefischt werden musste.

Alle schweigen. Ich ergreife die Gelegenheit: »Ich dachte, ihr wärt bessere Schwimmer!«

Drei Augenpaare richten sich auf mich. Die Stimmung ist nicht gerade freundlich.

»Okay. Ich hab das nicht so gemeint, als wollte ich euch die Schuld geben. Ich dachte ehrlich, es würde funktionieren. Es tut mir wirklich leid.«

Meine Stimme bricht und ich verstumme. Dann spüre ich, wie eine Träne meine Wange hinunterrinnt.

»Ich kann mir eine leichtere Übung ausdenken! Ich meine, eine bessere. Eine *bessere.*« Jetzt flehe ich sie an. Ich bin noch nie sitzen gelassen worden, aber ich kenne die Situation aus dem Fernsehen. Keiner schaut mich an, nicht einmal Gabe. Ich schnappe meinen Rucksack und mache mich auf den Weg zur Tür.

Ich gehe ganz langsam, um ihnen Zeit zu geben, sich

zu beruhigen, ihre Blutungen zu stoppen und lang genug zu würgen, um zu sagen: Alles in Ordnung, lass es uns noch einmal probieren.

Als ich endlich bei der Tür bin, hat immer noch niemand gesagt: »Komm zurück, Lou! Sorry, wir sind erbärmliche Schwimmer! Wenn wir so darüber nachdenken, ist das alles unser Fehler, aber könntest du uns bitte eine leichtere Übung geben, die unseren dürftigen Fähigkeiten besser entspricht?«

Zuerst Debs, jetzt sie. Die Leute hier sind ziemlich hartherzig.

Ich sitze zwanzig Minuten lang auf dem Grünstreifen und warte auf Dad. Die Jungs kommen währenddessen nicht heraus, was schade ist, denn ich hatte mich auf den Boden gesetzt, damit ich mitleiderregend und traurig aussehe.

Dads Wagen biegt in den Parkplatz ein und ich rapple mich steifbeinig auf und klopfe nasses Gras von meinem Hintern. Dann setze ich mich auf den Beifahrersitz.

»Daa-ad.«

Er schaut mich besorgt an. »Was?«

»Ich glaube, ich bin *gefeuert.*«

In seinem Gesicht scheint Mitleid auf. »Das ist ätzend, was?«

»Und wie.«

»Man schämt sich, ist aber zugleich wütend.«

»Genau! Ich weiß …«

»Und die Überraschung. Die macht es noch schlimmer.«

»Absolut.«

Den ganzen Heimweg sind wir uns sehr einig darin, wie schlecht wir behandelt werden, und wir stimmen darin überein, dass wir die verkanntesten, mutigsten Menschen sind, die wir kennen. Wir fahren in unsere Einfahrt. Dad stellt den Motor ab und sitzt da, als würde er sorgfältig über seine nächsten Worte nachdenken.

»Wenn du so richtig sitzen gelassen wirst«, sagt er langsam, »ist es noch schlimmer, denn dann hätten sie dich auch nackt sehen können.«

»Das wäre wirklich viel schlimmer!«

»So ist es. Wenn dich jemand zurückweist, der deinen Hintern gesehen hat, ist das besonders schmerzlich.«

»Ich werde mich niemals vor jemandem ausziehen«, sage ich nachdrücklich.

Wir steigen aus.

»Warte, Dad, war *das* das Aufklärungsgespräch? Das war ein bisschen kurz.«

»Es war effizient! In zehn Sekunden habe ich eine meiner Töchter in eine Nonne verwandelt.«

»Ha. Viel Glück bei der anderen.«

15

Du bist gefeuert? Weez, du hast jetzt echten Stress mit Jungs. Willst du dich ernsthaft niemals vor jemandem ausziehen? Dann musst du wahrscheinlich keine zusammenpassende Unterwäsche kaufen und sparst Geld! Deine Mum hat gesagt, als sie sich bei match.com angemeldet hat, hätte sie so viel Unterwäsche gekauft, dass man sie bei Bravissimo mit Namen gekannt hat.

HANNAH! Ich muss jetzt mein Hirn waschen!

Sorry. Vergiss, dass ich das jemals gesagt habe. Was machen deine Eltern?

Gut. Ich glaube, ich behalte sie. Und deine?

Würg. Wenn ich eine Quittung finde, lasse ich sie mir erstatten. SO VIEL DRUCK! Wenn du und Candy Crush nicht wären, würde ich mein Handy schrotten und meinen Frieden finden.

Als ich mich am nächsten Tag in die Schule schleppe, habe ich das Gefühl, als stünde GEFEUERT auf meiner Stirn. Natürlich setzt Dad mich genau in dem Moment ab, in dem Romans und Gabes Mum ebenfalls vorfährt. *Perfektes Timing – im Schwimmbecken kriegen sie das nicht gebacken*, denke ich mit einem verschlagenen Grinsen.

Sie grüßen mich nicht. Egal, das haben sie ja noch nie getan. Gabe und ich schauen uns an und er lächelt mir flüchtig zu. Mit ihm und Melia habe ich zwei heimliche, stille »Freunde«. Bei meiner Geburtstagsparty wird es ziemlich hoch hergehen.

Ich ziehe mein Handy heraus – nichts. Hannah und ich chatten ein bisschen, aber sonst regt sich auf WhatsApp nicht viel. Dad hat mir ein Bild von seiner neuesten Absage geschickt. »Lieber Murk«, steht da.

Nur die coolsten Leute bekommen einen Korb, hat Dad daruntergeschrieben. **Alles Liebe und mit den besten Wünschen, Murks Brown (Nomen est Omen).**

Von Murk zu Murks ist es nur ein Buchstabe antworte ich.

In Physik sitze ich allein. Die Operation »Freunde finden« liegt augenblicklich auf Eis. Ausnahmsweise ist es mir egal, dass ich niemanden zum Reden habe, weil ich dazu ohnehin nicht in der Stimmung bin. Ich ziehe mein Physikbuch heraus und kritzle eine Liste darauf, welche Vorteile es hat, dass ich nicht mehr mit den Jungs arbeite.

1) Ich muss mir keine Gedanken mehr darüber machen, in ihrer Anwesenheit cool zu sein. (Mit diesen Jungs herumzuhängen ist stressig, weil ich immer Angst habe, sie könnten merken, wie lahm mein Leben ist – wenn sie über Partys reden und ich nichts beizutragen habe, außer der witzigen Sache, die passiert ist, als ich und Mum mit dem Auto in der Waschanlage waren. Ein Hund ist durchgelaufen und kam eingeseift wieder heraus. Es war wirklich saukomisch, und ich erzähle die Geschichte gut, aber sie bietet einen tragischen Einblick in das, was ich an einem Freitagabend so mache.)
2) Mehr Freizeit? (Och, juhu!)
3) Kein Geld mehr. Hmmm. Mehr Platz in meinem Portemonaie?

Als der vormittägliche Unterricht vorbei ist, mache ich mich auf den Weg in die Cafeteria. In der Schlange bemerke ich Melia hinter mir, ausnahmsweise ohne Cammie.

Ich beschließe, mich umzudrehen und sie anzulächeln, und wenn sie zurücklächelt, werde ich dieses Lächeln zu einem Gespräch upgraden. Aus einem Gespräch wird sich ergeben, dass wir mittags immer zusammen essen. Und dann ist es nur noch ein kurzer Hüpfer, bis sie bei mir übernachtet! Dann werfen wir Cammie aus der Schule und alle sind ohne sie viel glücklicher. (Stichwort: Musik und Luftballons.)

Okay, ich greife lieber nicht vor. Zuerst muss ich Melia dazu bringen, mit mir zu reden und gern mit mir zusammen zu sein. Ich drehe mich um und merke, dass ich zu dicht vor ihr stehe, als wollte ich sie küssen.

Ich trete einen Schritt zurück und öffne den Mund, um zu sagen: »Hey!« oder »Wie geht's?« oder »Was geht, Alter?« (Das vielleicht nicht.)

Aber sie schaut auf ihr Handy hinunter. Sie hat ganz sicher gesehen, dass ich mich umgedreht habe, um ein fantastisches Gespräch mit ihr zu führen, an dem wir beide unseren Spaß hätten, aber sie ignoriert mich.

Bestimmt hat sie Angst, Cammie oder Nicole oder Amanda könnten uns sehen und sie dann verarschen. Ich wette, das ist es. Ich sehe sogar, wie sie sich in der Cafeteria nach ihnen umschaut. Ich wette, sie haben sie angepflaumt, weil sie mich neulich in der Umkleide gegrüßt hat. Argh! Wann hören die Leute endlich auf, solche Kontrollfreaks zu sein?

Egal. Ich rede mit ihr, ob sie will oder nicht, sie kann mich nicht ignorieren. (Kann sie und das könnte außerordentlich peinlich werden.)

»Wie geht's?«, frage ich.

»Cool.«

»Großartig. Ganz schön lange Schlange, *mal wieder.*«

»Ja.«

Gesprächig wie eine Schildkröte. Nein, gesprächig wie eine Flunder, das ist die Redensart.

»Irgendwas vor am Wochenende?«

»Nicht viel.«

Ich bleibe dran, aber es ist, als würde sie einen großen Schild hochhalten. Sie lenkt meine Fragen mit Antworten wie »Albtraum« und »großartig« ab, während ich vor mich hin plappere. Nichts, was sie sagt, hat eine Bedeutung. Ich habe das deutliche Gefühl, sie würde einfach weggehen, wenn sie nicht auf ihr Essen warten müsste.

»Was hast du vor?«, ist der längste Satz, den ich ihr entlocken kann, bevor sie wieder auf ihr Handy schaut. Ich starre ein paar Minuten auf ihren Scheitel und werde dann von einem entsetzlichen Ereignis auf der anderen Seite der Cafeteria abgelenkt.

Roman spricht mit Cammie.

Nicht: flirtet mit ihr, sondern spricht tatsächlich mit ihr. Sie nickt, und er zeigt auf Gabriel, der sich im Hintergrund hält, als wolle er nichts damit zu tun haben, und ich bekomme auf einmal eine wahnsinnige Angst, dass er mich ersetzen möchte.

Ich bin megasauer und eifersüchtig. Bevor ich weiß, was ich tue, verlasse ich die Schlange und stürme zu ihnen. Gabe schaut auf, als ich näher komme, und der Ausdruck des Erstaunens auf seinem Gesicht bringt mich zur Vernunft, sodass ich nicht hinüberrenne und Romans und Cammies blöde hübsche Köpfe gegeneinanderstoße.

Stattdessen stürme ich wie eine Verrückte mit tomatenrotem Kopf auf die zwei zu, drehe in letzter Minute ab und renne aus der Cafeteria hinaus.

Noch bevor die Tür zufällt, höre ich erstauntes Gelächter aufbranden.

»Was war denn *das?*«, johlt ein Junge. Ich renne den Flur hinunter und habe keine Ahnung, wohin ich gehe. Es ist mir einfach nur peinlich und ich will allein sein.

Mal wieder lande ich in der Bibliothek. Mein alter Plan B. Nur dass ich diesmal nicht einmal ein Sandwich habe, mit dem ich mich hinter meinem Buch verstecken kann.

Mein Buch.

Ich ziehe meinen großen Notizblock heraus und betrachte noch einmal die ganze Choreografie. Rückblickend kommt es mir vor, als sollte es den Titel tragen: Wie man elegant ertrinkt. Aber das ist okay, denn auf einmal kommt mir, dass ich im Besitz einer Geheimwaffe bin.

Ich whatsappe den Jungs.

Morgen um sieben am Becken. Wenn ihr am Ende nicht das Gefühl habt, Fortschritte gemacht zu haben, gebe ich euch die zwanzig Pfund von letzter Woche zurück.

Bevor ich auf Senden drücke, starre ich noch einmal auf meine Nachricht. Irgendwas fehlt. Ich bewege den Cursor zum Anfang und füge hinzu:

Tut mir leid. Ihr seid gute Schwimmer. Dafür, dass ihr Jungs seid.

Die Häkchen erscheinen, die Nachricht ist also gesendet. Ich warte noch eine halbe Stunde ab und gehe dann zurück zum Unterricht. Den ganzen Nachmittag checke ich dauernd mein Handy, aber niemand antwortet. Um 16:30 Uhr tippe ich verzweifelt:

Diese Mädels können euch nicht trainieren, sie sind eure Konkurrenz! Außerdem: Wollt ihr wirklich vor Mädels, auf die ihr steht, auf dem Kopf stehen und euch an eurem eigenen Rotz verschlucken?

Kugelsichere Logik, offenbar auch aus ihrer Sicht.

Gabriel

Ich bin dabei. Es ist gut, beinahe zu ertrinken, dann schätzt man das Leben umso mehr ;)

Roman

Dann mach eben weiter.

Pete

Ok.

16

Ich kann es kaum erwarten, dass der nächste Tag vorbeigeht und ich den Jungs die neuen Übungen zeigen kann. Jede Minute, jede Sekunde zieht sich endlos. Nach der Doppelstunde Englisch, die ich damit verbracht habe, heimlich in meinem Block rumzukritzeln, zitiert mich Mr Peters zu seinem Pult.

»Lou«, sagt er. »Ich verspreche dir, dass sich der Unterricht nicht hinzieht, wenn du aufpasst. Ich habe über *Hamlet* gesprochen, eine der großartigsten Geschichten der Welt. Und du hast zu einem Baum hinausgestarrt.«

»Tut mir leid«, sage ich. Er hat eine Art, mir aufs Dach zu steigen, dass ich mich total schuldig fühle. Diese Art von emotionaler Erpressung habe ich bei Debs und den Jungs versucht, aber ich verfüge nicht über Mr Peters' Gaben.

Er zeigt mit dem Kopf auf Hannahs leeren Stuhl. »Vermisst du Banquos Geist?«, fragt er.

»Ich weiß, warum das lustig sein soll«, sage ich freundlich zu ihm.

»Du hättest lachen können!«

»LOL!«

»Verschwinde, Louise. Und hör auf, die Zeit totzuschlagen. *Mach mit!*«

Wenn er mich nur jetzt sehen könnte, denke ich, als ich am Abend am Schwimmbecken ein Flipchart aufbaue und meinen großen Block dagegenlehne. Mitmachen total.

Dann lege ich meine dicken Marker darunter und warte auf die Jungs. Sie kommen eine Minute später und stehen dann alle vor meinem Block. Schließlich spricht Roman das Offensichtliche aus.

»Der ist ja leer.«

»Ja«, sage ich. »Ich will, dass ihr mir sagt, was ihr gerne macht und was ihr gut könnt, und dann stelle ich daraus eine Choreografie zusammen, die euch gefallen wird. Eine Choreo, die euch auf den Leib geschneidert ist und eure Fähigkeiten hervorhebt. Und, sorry, das hätte ich euch neulich schon sagen sollen. Und nicht …«

»Ich dachte, ihr wärt bessere Schwimmer!«, schallt es mir von den dreien entgegen. Ups, möglicherweise habe ich damit wirklich ihre Gefühle verletzt. Ich hebe die

Hände in einer entschuldigenden Geste. Aber es hat funktioniert, sie sind schon besänftigt. Sie schnappen sich die Stifte und fangen an zu zeichnen.

»Und!« Ich ziehe meinen Pullover aus. Den Badeanzug habe ich schon darunter an. »Ich geb euch ein paar Anregungen.«

Ich springe von der Seite hinein und führe ihnen vor, wie ich mich bis zum Grund schraube und dort unten ein paar Moves mache. Als ich auftauche, schüttelt Pete den Kopf.

»So lange kann ich nicht die Luft anhalten!«

Ich schlucke herunter, was ich sagen will, mich aber nicht traue.

»Könntest du schon, wenn du mit dem Rauchen aufhören würdest«, erklärt Roman ihm streng.

Bingo. Genau das.

Ich lasse sie ins Becken springen und ein paar einfache Figuren ausprobieren. Dann schauen wir, ob wir ein paar Moves kombinieren können, um alles ein bisschen schwieriger zu machen.

»Könnten wir auch was einbauen, damit wir zwischen den Tauchgängen Luft holen können, irgendwas an der Oberfläche? Oberflächen-Moves? Wenn's so was gibt?«, fragt Gabe.

Wir schauen uns achselzuckend an. Klar, Oberflächen-Moves: Klingt einleuchtend.

Ich tue so, als würde ich nachdenken, während ich beiläufig zu meinem Rucksack gehe und in etwas hineinspähe, das darin versteckt ist. Es ist *Schwimmen für Frauen und Gebrechliche.*

Erstaunlich hilfreich, wenn man sich selbst Synchronschwimmen beibringen will und Wikipedia nicht viel zu bieten hat. Aber wenn die Jungs das wüssten, wäre ihr Stolz verletzt, also *pssssst.*

Das Training läuft gut. Wir verlassen sogar gemeinsam die Schwimmhalle! Als ob wir Freunde wären. (Wenn man uns aus der Ferne einen kurzen Blick zuwirft.)

»Soll ich weiter an der Choreografie arbeiten und wir treffen uns in zwei oder drei Tagen wieder?«, frage ich listig.

»Ja, mach nur«, sagt Roman. »Und danke.«

»Ja, echt, danke«, fügt Gabe hinzu. Teile der Choreografie werde ich absichtlich so planen, dass sie für ihn leichter sind und er sich nicht überanstrengt.

Pete streckt die Hand aus. »Was ist mit den zwanzig Öcken?«, fragt er.

Ich schaue erschrocken auf. Macht er Witze? Nein, er schaut todernst. Ich denke nach. Seine Worte schweben im Raum und ich bin total verwirrt. Da schlägt Roman ihm auf die Schulter und lacht, und die drei verschwinden in Richtung Petes Auto.

Oh, ha ha.

Gabe dreht sich um. Er winkt mir kurz und schaut mich entschuldigend an. Pete ist nett, ganz tief drin, bis man dort angelangt ist, muss man allerdings eine ganze Menge Schichten blöder Schwachkopf wegmeißeln.

Dad holt mich ab. Ich fühle mich schuldig, weil ich jetzt nicht mehr gefeuert bin, aber er hat nicht das Gefühl, dass ich ihn im Stich gelassen habe.

»Meine erwerbstätige Tochter«, sagt er und wuschelt mir durch die Haare, »wird mir Chips kaufen.«

»Nein, wird sie nicht!«

»Daddy *ist so stolz!*«

»Okay, aber eine *kleine* Portion. Und keinen Fisch!«

17

Weez! Wo bist du? Ich hab keinen Bock mehr. Meine Zeiten werden nicht besser.

Sorry! Hier bin ich, hier bin ich. Du pendelst dich ein. Debs hat uns das beigebracht. So was kommt vor.

Ich verzichte komplett auf Kohlenhydrate, aber beim Wiegen bin ich jedes Mal schwerer.

Du wiegst wahrscheinlich mehr, weil du an Muskelmasse zulegst.

Ja, Muskeln an meinem fetten Hintern und meinem Rücken.

HALT DIE KLAPPE, DICKERCHEN.

Han?

Und allzu schnell ist wieder Wochenende. Diese Woche war okay. Mr Peters und ich haben vereinbart, dass ich am Unterricht teilnehme und er dafür nie wieder einen Shakespeare-Witz macht. Er sagte, er hätte einen fantastischen über Nick Bottom aus dem »Sommernachtstraum«, aber ich blieb unerbittlich.

Der Englischunterricht ist eigentlich wirklich gut, definitiv interessanter, als aus dem Fenster zu schauen. Und wir hatten zwei Trainingseinheiten, sodass es sich anfühlt, als hätte ich wieder ein Ding! Obwohl es nicht mein Ding ist, sondern das der Jungs, und ich ihnen nur helfe. Aber sie brauchen mich (und meine getreue Ausgabe von *Schwimmen für Frauen und Gebrechliche).*

Ich lungere wie immer am Samstagmorgen zu Hause herum. Lav macht sich fertig, um in die Stadt zu gehen. Ich liege auf dem Bett und schaue ihr zu. Wenn ich nur jemanden hätte, mit dem ich shoppen gehen könnte. Ich könnte Lav fragen, und sie würde mich möglicherweise auch mitnehmen, aber ihren Freundinnen würde es nicht gefallen und ich würde mir vorkommen wie das fünfte Rad am Wagen.

Ich habe schon beide Autos geputzt und meine Hälfte des Zimmers. Mum und Dad haben mir dabei angstvoll zugeschaut und gefragt: »Was hast du getan? Warum schleimst du dich ein? Hast du jemanden umgebracht?«

Mir fiel ein Stein vom Herzen, als ich endlich den Staubsauger weggestellt und gefragt hatte, ob ich zum Casting für *Britain's Hidden Talent* gehen dürfe. Tagsüber, in drei Wochen, mit zwei Jungs aus der Schule (und einem Jungen, der nicht mehr auf unserer Schule, sondern im College ist und raucht … Aber *das* behalte ich für mich). Und ja, natürlich ist ein Erwachsener dabei, Petes Dad.

Nein, ich bin nicht mit einem der Jungs zusammen, du liebe Zeit. Hier hatte ich Lavs Unterstützung: In dieser Hinsicht hätten sie bei mir definitiv nichts zu befürchten.

»*Noch* nicht«, meinte Dad unterstützend.

Aha. Keine Frage, ich schwebe sozusagen permanent in Gefahr, von einer Woge Jungs, die mich anmachen wollen, überrollt zu werden. Ich verdrehe die Augen, aber ich weiß, dass er es nett gemeint hat.

Sie kamen überein, dass ich gehen darf, wenn ich verspreche, mein Handy mitzunehmen. (Als würde ich es zu Hause lassen! Ich könnte ja verpassen, dass Hannah mir sagt, wie viele Kalorien eine Erdnuss hat.)

Mein Handy vibriert. Vielleicht schon wieder Pete, der verlangt, dass ich die Choreografie ändere, damit er sich nicht die Frisur ruiniert. (Nein, das ist kein Witz.)

Es ist eine WhatsApp-Nachricht von Gabe. Ihm sei gerade eingefallen, dass sie für das Casting in drei Wochen drei gleiche Badehosen brauchen. Und ob es heute vielleicht eine Chance gäbe, dass ich Zeit hätte, zur Mall zu gehen und welche auszusuchen?

Es gibt eine dicke, fette Chance, dass ich Zeit habe!

Ich antworte sofort: **Gerne, tolle Idee!**

Pete und Roman antworten beide, dass sie beschäftigt sind – na klar –, aber das ist mir egal, weil sie mich sowieso nur nervös machen. Für mich wird es sehr viel netter, wenn ich nur mit Gabe rumhänge.

»*Muu-uum!* Kannst du mich bitte in die Stadt bringen?«

»*Gerade eben* hat dein Dad Lavender zur Mall gebracht!«

»Tut mir leid, ich bin gerade erst gefragt worden.«

Ihre Augen verengen sich. Mum-Radar.

»Von einem *Jungen?*«

»Ja, aber ich schwöre, es ist nicht so!«

»Ach, wirklich?« Sie zieht den Mantel an und schnappt sich ihre Autoschlüssel. Ich fasse das als ein Ja auf und flitze nach unten.

»Warte mal, sollte ich mich vielleicht umziehen?« Ich trage nur Jeans und ein T-Shirt.

»Wenn du dich umziehst, weiß ich, dass es *doch so ist.*«

Okay, ich zieh mich nicht um, sondern folge ihr raus zum Auto und beteure die vollkommen nicht-romantische Natur meines Vorhabens.

»Ernsthaft, Mum. Er würde in meine Hosentasche passen.«

»Er wird noch wachsen.«

»Ich auch.«

Dad kommt uns entgegen. Er ist auf dem Heimweg, nachdem er Lav abgesetzt hat. Mum zeigt mit den Daumen auf mich und verdreht übertrieben die Augen. Ich greife in das Steuer, damit wir nicht in eine Reihe parkender Autos krachen. Dad fährt lachend weiter.

Vor dem Eingang zur Mall warte ich auf Gabe. Hoffentlich haben wir genügend Gesprächsstoff. Normalerweise fällt es uns leicht, miteinander zu reden, vielleicht, weil er der Einzige ist, der keine Angst hat, ich könnte auf ihn stehen. (Fürs Protokoll: Ich stehe nicht auf Roman und Pete, aber ich habe das Gefühl, ich *sollte,* und das gibt mir das Gefühl, sie dächten, ich *würde tatsächlich* und … ach, halt die Klappe, es ist schon kompliziert, ich zu sein.)

Aber ich kenne Gabe nur über das Schwimmtraining und nicht als jemanden, mit dem ich shoppen gehe. Ich hoffe, es ist nicht zu merkwürdig, also so, als würde man mit seinem Zahnarzt in den Zoo gehen.

Ich sehe ihn, bevor er mich sieht. Er trägt eine Khaki-Hose und ein Denimhemd, die entweder Designer-Klamotten sind oder er ist einfach so cool, dass alles an ihm nach Designer aussieht. Ich zupfe verlegen am Saum meines ausgeleierten T-Shirts und merke, dass ich wahrscheinlich nach Autoshampoo rieche. Ich bin wirklich eine schicke Lady.

Auf einmal kommt mir ein schrecklicher Gedanke: Wie begrüßen wir uns? Ein Kuss auf beide Wangen? Das fühlt sich gefährlich französisch an. Ich stelle mir ein albtraumhaftes Szenario vor, in dem ich Gabe fest an den Schultern packe und ihn auf beide Wangen küsse.

Er kommt näher, und ich habe immer noch nicht entschieden, was ich tun soll. Argh! Er steht direkt vor mir!

»Hi«, sagt er und nimmt mich kurz und freundlich in den Arm.

Ich bin ein Idiot. Ich folge ihm in einen Laden für billige Sportklamotten.

»Ziehen Roman und Pete was von hier überhaupt an?«

»Wir schneiden die Etiketten raus und sagen ihnen, dass es von Armani ist.«

Wir gehen von einem Laden zum nächsten und versuchen etwas zu finden, das nicht zu teuer ist, aber auch nicht billig, nicht zu schlabberig, aber auch nicht zu eng anliegend. Als Gabe eine winzige Speedo-Badehose im Slip-Format hochhält, werde ich so rot, dass ich spüre, wie das Blut aus meinen Füßen herausläuft, ehrlich.

Der Größenunterschied zwischen uns beträgt ungefähr fünfzehn Zentimeter – natürlich in der falschen Richtung. Ich weiß also, dass wir zusammen ziemlich albern aussehen, aber es ist mir ehrlich vollkommen egal. Bis wir an einer großen Gruppe von Kids aus Lavenders und Gabes Stufe vorbeigehen. Sie fangen an zu lachen.

»Uiiii, Gabe, ist das deine neue Freundin?«, ruft ein Junge. Es ist, als wäre er gemein zu mir, aber freundlich zu Gabe. Mein Herz klopft heftig.

»Eigentlich meine Frau, also benimm dich«, antwortet Gabe cool.

Die Gruppe schweigt verwirrt.

»Sie ist riesig!«, ruft ein anderer. Ich schaue Gabe an und frage mich, wie er wohl damit fertigwird.

»Ich glaube, das Wort, nachdem du suchst, ist ›amazonenhaft‹.« Er lächelt sie an, als könnte es ihm nicht egaler sein. Und ich glaube, es ist ihm wirklich egal, und mir auch. Als wir weitergehen, fühle ich mich ein wenig wie in einem Schock. Der Stille hinter uns nach zu urteilen, bin ich nicht die Einzige.

Nachdem wir eine Stunde lang intensiv nach Schwimmsachen gesucht haben, habe ich so viel Lycra angefasst, dass meine Haare statisch aufgeladen sind und ich Gabe dauernd einen elektrischen Schlag verpasse. Wir beschließen, Kaffee zu trinken, damit sich die Elektronen verdünnisieren können.

Wir reden über die Schule, und ich streife meinen sozialen Status, aber …

»Das hab ich über dich gehört«, sagt er und löffelt mit ernster Miene einen Berg Zucker auf seinen Milchschaum. Sehr süß.

Sein Gesicht, nicht der Kaffee. Vielleicht auch beides.

»Was hast du über mich gehört?« Ich bin überrascht, dass er überhaupt etwas gehört hat.

»Dass du nicht versuchst, wie alle andern zu sein.« Er zuckt die Achseln, als wäre das offensichtlich. »Du kümmerst dich nicht darum, beliebt zu sein oder dich cool zu kleiden oder Jungs zu gefallen.«

Es ist ein Kompliment. Aber es klingt einfach *überhaupt* nicht wie ein Kompliment. Ich lasse es unkommentiert.

»Wer sind *deine* Freunde?«, frage ich, weil ich plötzlich merke, dass ich nicht viel über ihn weiß.

»Ich habe Onlinebekanntschaften, die ähnliche Krankheiten haben. Als ich nicht in der Schule war, haben wir die ganze Zeit gechattet. Es ist merkwürdig, wieder unter Leuten zu sein, deren größtes Problem darin besteht, einen schlecht geschnittenen Pony rauswachsen zu lassen.«

»Ähm, deine Krankheit. Was genau …?« Ich verstumme und frage mich, ob ich zu neugierig bin.

»Sie kommt und geht«, sagt er. »Im schlimmsten Fall ist es, als hättest du *die ganze Zeit* Grippe. Du bist zu erschöpft, um das Bett zu verlassen, aber du kannst nicht schlafen, dir tun alle Knochen weh und du kannst dich auf nichts konzentrieren. Es ist wie eine lange, schlaflose Nacht.«

»Wow.«

»Es ist schon okay.«

»Echt?«

»Nein. Ich bin nur total tapfer und cool.«

Er wirft die Haare nach hinten wie Roman.

Ich lache. Und ich sehe, wie die Typen aus seiner Stufe uns beobachten, was mich noch mehr zum Lachen bringt. Sie sind bestimmt vollkommen geschockt von der plötzlichen Verbesserung in meinem Leben. Ich bin es jedenfalls.

Ich höre auf zu lachen und wir sitzen eine Weile einfach da. Behagliches Schweigen breitet sich zwischen uns aus. Aber es dauert ein bisschen zu lange an und wird auf einmal unbehaglich. Argh! Die Operation »Freunde finden« ist ein Minenfeld – du darfst keine Sekunde entspannen. Ich gerate in Panik und sage, was mir in den Kopf kommt.

»Gibt es mehr von dir?«

»Du meinst …?«

»'tschuldigung, ich meine, hast du Geschwister?«

»Nein, nur Roman.« Gabe lächelt, während ich mit meinem Teelöffel herumfuchtle und versuche, diese verstümmelte Frage irgendwie zu Ende zu bringen. Dabei spritze ich ein bisschen Milchschaum auf seine Schulter.

»'tschuldigung!«

»Schon okay. Und du hast eine Schwester, oder?«

»Ja, sie ist in deiner Stufe. Lavender Brown. Dunkle Haare, große Augen. Kennst du sie wirklich nicht?« Ich dachte *alle* Jungs in unserer Schule wissen, wer sie ist.

Er schüttelt immer noch den Kopf.

»Sie ist nett. Ein bisschen wie dein Bruder.« Ich muss daran denken, wie Lav mir Öl in meine Haare massiert hat, und habe ein schlechtes Gewissen. »Nein, das ist nicht fair, sie ist netter als Roman.«

Auf einmal wird mir klar, wie unhöflich das ist.

»Nicht, dass Roman nicht nett wäre, er ist einfach …« Ich fuchtle wieder mit meinem Teelöffel. Gabe hält seine Serviette hoch, um sich vor noch mehr Milchschaumtropfen zu schützen, und ich lege lächelnd den Löffel hin.

Wow, Kaffee bringt die Wahrheit wirklich ans Licht.

»Vielleicht«, Gabe wählt seine Worte sorgfältig, »hat er das Gefühl, er könne nicht grundlos so gut aussehend und so talentiert sein. Sein Leben fühlt sich unbedeutender an, als er es verdient.«

»Armer Kerl«, sage ich in gespieltem Ernst.

»Und Pete war schon immer schlecht drauf.«

»Aber du nicht.«

»Ich bin einfach froh, dass ich aus meinem Schlafanzug raus bin.«

»Glückwunsch.« Wir stoßen mit unseren Kaffeebechern an. »Dann schauen wir mal, dass wir dich in ein bisschen Lycra hineinkriegen.«

In meinem Kopf klingt das witzig, aber als ich es ausspreche … merkwürdig anspielungsreich.

Wir schweigen und mein merkwürdiges zufälliges Geflirte hängt schwer in der Luft.

18

Louise.

Wie ich dir schon so oft gesagt habe, befürchte ich ernsthaft, dass du einen Hirnschaden hast. Aber noch einmal: GEH NICHT IN MEINE HÄLFTE DES ZIMMERS. Ich versuche, hier drüben das Leben eines anständigen Menschen zu führen, und du bist eine Schlampe. Schlimm genug, dass ich das anschauen muss, aber ich möchte nicht, dass etwas davon in meine Hälfte herüberschwappt. Alles, was ich von dir auf meiner Seite des Zimmers finde, werfe ich aus dem Fenster.

Lavender.

Keine Küsse.

Lav

WARUM SCHREIBST DU MIR? ICH BIN NUR EINEN METER VON DIR ENTFERNT!! Ich habe gerade

gesehen, wie du das geschrieben hast, und du schaust mir gerade dabei zu, wie ich es lese. Vielleicht konntest du mich wegen der einen Socke, des einen Blocks und des einsamen Bleistifts, die ÜBER DEN GANZEN BODEN verstreut sind, nicht sehen. Aargh, das Chaos!! Ist ja okay, dass du deine Periode hast, aber du brauchst nicht damit hausieren zu gehen.

Lou.

Keine Küsse.

Aber sie hat recht. Meine Seite des Zimmers ist ein Chaos. Es sieht aus, als wäre Sports Direct explodiert. (Der Herr verhüte, dass das jemals geschieht: Dort kaufe ich nämlich *alle* meine Klamotten.)

In den letzten drei Wochen habe ich in jeder Mittagspause mit den Jungs trainiert und versucht, so viele Hausaufgaben wie möglich zwischen den Unterrichtseinheiten zu erledigen, bin nach Hause, hab mein Abendessen hinuntergeschlungen und bin dann wieder losgehetzt, um mit ihnen zu trainieren, um dann, kaum zu Hause, ins Bett zu fallen. Ich bin müde.com\erledigt.

Kennst du das: Du gehst in ein Zimmer und kannst dich nicht erinnern, warum du hineingegangen bist?

Das ist mir heute mit der Toilette passiert.

Am Abend vor dem Casting findet unser übliches Training statt. Ich habe die Jungs noch nie so nervös erlebt. Danach stehen wir am Beckenrand und sprechen noch einmal die Choreo durch. Wir hören erst auf, als ich eine sehr strenge Nachricht von meinem Dad bekomme, die besagt, dass er seit einer halben Stunde auf dem Parkplatz steht und wenn ich nicht sofort herauskäme, würde er reinkommen und mich holen.

ICH TRAGE DIE SCHLAFANZUGSHORTS MIT DEN GANZ KURZEN HOSENBEINEN, endet seine Nachricht. Ich renne zum Auto.

Dad sagt, zum Abendessen sei es zu spät und ich müsse hungrig zu Bett gehen. Ich glaube ihm keine Sekunde, und als wir nach Hause kommen, steht eine Lasagne im Ofen. Ich hoffe, dass er niemals auszieht. Obwohl ich nicht weiß, wie Mum dazu stehen würde. Eines Tages muss ein Date doch mal erfolgreich sein und in eine Beziehung münden?

Als ich voller Aufregung und Pasta in mein Zimmer hinaufgehe, habe ich den plötzlichen Drang, Hannah zu erzählen, wie es mir geht. Aber in letzter Zeit hat sie immer nur über ihr Training und ihre Fitness geredet und schien nicht sehr interessiert an mir. Also gut.

In ihrer letzten Nachricht ging es darum, dass alle anderen Mädchen im Trainingslager eine Thigh Gap haben. Und ob ich auch eine hätte?

Ja. Wenn ich meinen Hintern rausstrecke wie eine Ente mit Verstopfung.

Ich würde mein rechtes Bein für eine Thigh Gap hergeben.

Wenn du ein Bein verlierst, hast du alle Thigh Gap der Welt!

Keine Antwort.

Der Morgen des Castings bricht hell und klar an. Wahrscheinlich. Ich weiß es nicht, weil ich nicht bei Tagesanbruch aufwache. Ich bin kein Bauer.

Mein Wecker klingelt um fünf, was immer noch grauenhaft ist, und Lav wirft mir im Halbschlaf lallend Beschimpfungen an den Kopf.

Ich versuche, mich fertigzumachen, ohne alle anderen zu wecken, aber die alten Rohrleitungen in unserem Haus haben anderes im Sinn. Bis sie mein heißes Wasser für eine Dusche ausgestoßen und die Toilette mit einer Menge grummelnder Klagen durchgespült haben, sind alle wach. Sie wanken gähnend herum, stoßen miteinander zusammen und verheddern sich in ihren Nachthemden. In dieser Familie funktioniert am Morgen keiner besonders gut.

Ich sitze unten auf der Treppe und warte auf die Jungs. Pete sagte, sein Dad würde um 5:30 Uhr mit dem Pick-up vorbeikommen. Und ich möge *bitte* aufhören, ihn mit Fragen darüber zu löchern, wie er das Becken zum Studio schaffen will.

»NEIN!!«, rufe ich Mum zu. »Ich esse mein Lunchpaket noch nicht auf!« Mannomann.

Boah, Käse und Pickles.

Lav kommt und setzt sich zwei Stufen über mich hin.

»Hallo?«, begrüße ich sie, den Mund voller Käse.

»Gehst du so?«, fragt sie.

»Lav, ich werde ungefähr eine Million Stunden im Regen in einer Schlange stehen und dann eine Art … Becken zusammenbauen. Modenschau klingt anders.«

»Ja, genau das meine ich ja!« Sie springt wieder auf und stürmt die Treppe hoch. »Bist du noch nie für einen Gig angestanden?«, ruft sie mir über die Schulter zu. Sie kommt mit einem Schlafsack und einem Stapel Pullover unter dem Arm zurück. »Zuerst langweilst du dir den Arsch ab«, informiert sie mich, »und dann frierst du ihn dir ab.«

»Also«, folgere ich, »komme ich auf jeden Fall ohne Hintern nach Hause. Dabei ist das der einzige kleine Teil meines Körpers, der annähernd normal aussieht. Echt schade.«

Ich nehme ihr den Schlafsack ab und ziehe einen der Pullover an, als draußen eine schrecklich laute Hupe ertönt.

Lav und ich erstarren. Du weißt, wie es ist, wenn ein Hund bellt und du einfach schon an seinem Bellen *hörst,* dass er ein Ungeheuer ist? Lav öffnet die Vordertür und wir spähen hinaus. Der größte Truck, den ich in meinem ganzen (zugegebenermaßen nicht sehr Truck-reichen) Leben gesehen habe, blockiert die ganze Straße.

Er sieht aus wie diese Monsterteile, mit denen man einen Zirkus transportiert. Pete, Roman, Gabe und ein Mann mit einer Baseballkappe sitzen im Führerhaus. Gabe winkt mir aus dem Fenster majestätisch zu. Der Mann mit der Baseballkappe zieht ein Gesicht, als würde er ihn am liebsten nach hinten zum Becken stecken.

»Also, ich schätze, die wollen mich abholen«, sage ich.

»Bitte sei vorsichtig!«, ruft Mum herunter. Sie späht aus einem der Fenster im oberen Stock.

Als ob irgendwas, das heute passiert, meiner Kontrolle unterläge. Ich schultere meinen Schlafsack und wanke hinaus auf die Straße.

Bei unseren Nachbarn gehen langsam die Türen auf und sie betrachten das Monstrum auf ihrer Straße. Ich winke ihnen allen ein bisschen zu und komme mir vor wie ein Promi.

Die Wagentür öffnet sich knapp einen Meter über meinem Kopf und ich schaue hilflos hinauf. Ich musste noch nie zuvor in ein Fahrzeug springen.

Kleinen Menschen geht das wohl immer so.

Gabe streckt die Hand aus und nimmt meine Sachen. Dann fasst Roman an ihm vorbei und zieht mich in die Kabine hinauf, wo die Jungs bereits zusammengepfercht sitzen. Ich lande auf dem federnden Sitz. Hier drin riecht es wie in einem Aschenbecher, und als Petes Dad mir zunickt und dann vorsichtig die Asche einer Zigarette auf den Boden abklopft, weiß ich, warum.

»Hallo, Mister …«, sage ich und merke dann, dass ich Petes Nachnamen gar nicht weiß. Es hört sich also an, als hätte ich seinen Dad einfach »Mister« genannt. Der klemmt sich die Zigarette zwischen die Zähne und sagt einfach »Pete«, während er den Rückwärtsgang des Mega-Trucks einlegt.

Petes Dad heißt *Pete?*

Wer gibt seinem Kind seinen eigenen Namen und denkt nicht daran, dass es verwirrend sein könnte, wenn der im Haus herumgeschrien wird? Man gibt seinen Kindern nur dann seinen eigenen Namen, wenn man Mitglied des Königshauses ist oder nicht vorhat, mit ihnen zusammenzuleben.

Ich hab gut reden. Meine Eltern sind geschieden und du weißt ja: Menschen im Glashaus … gehen jedes zweite Wochenende in etwas kleinere Glashäuser, um ihren Dad zu besuchen.

Ich lehne mich vorsichtig an. Der Sitz ist klebrig, aber das ist wahrscheinlich besser so, denn es gibt keine

Sicherheitsgurte. Gabe und ich schauen uns mit aufgerissenen Augen an: einerseits *ist das witzig* und andererseits *werden wir heute vielleicht sterben!*

Petes Dad steigt in die Bremsen und wir fliegen alle nach vorn. Dann beschleunigt er ungefähr zehn Zentimeter, steigt wieder auf die Bremse, bevor er rückwärts fährt. Das machen wir ungefähr zehn Mal. Es wird einem ziemlich schnell schlecht dabei.

Meine Familie hat sich an der Eingangstür versammelt und ich winke ihnen breit lächelnd zu. Warum auch nicht.

Wenn sie mich jetzt zum letzten Mal sehen, dann sollen sie mich wenigstens fröhlich in Erinnerung behalten.

Gabe linst an mir vorbei und macht mit. Mum zieht ein Gesicht wie die Puppe eines Bauchredners und sagt aus dem Mundwinkel heraus etwas zu Lav.

Er sieht nett aus.

Lav macht dasselbe Gesicht. *Aber klein.*

Dad schaltet sich mit *Wachstumsschub* ein, das er schön deutlich mit dem Mund formt. Ich sehe, wie er gegen einen Windstoß unter seinem Nachthemd ankämpft, der uns alle in Verlegenheit bringen könnte. Danke, Familie! Und dann denke ich: Hey, es ist fast 6:00 Uhr und meine Ohren haben noch nicht einmal vor Scham geglüht.

Roman beugt sich nach vorn und nickt meiner Familie freundlich zu, dann stößt Petes Dad rückwärts in den Vorgarten unserer Nachbarn und entsorgt die lästige Vogeltränke für sie. Roman lehnt sich zurück, außer Sicht.

Pete murmelt ihm etwas ins Ohr.

»Ach, red ruhig weiter«, sage ich. Sie schauen mich an.

»Was?«

Ich seufze. »Ich weiß genau, was ihr denkt, sagt es einfach.«

»Deine Schwester ist der Hammer«, sagt Roman in genau demselben Augenblick, in dem Gabe sagt: »Dein Dad hat wirklich tolle Beine für sein Alter … Oh warte, nein, nicht das?« Wir lachen alle, sogar Pete.

Ich habe ein bisschen ein schlechtes Gewissen, weil ich mit meinen neuen Freunden über meine Familie lache, aber es ist nicht böse gemeint, und insgeheim bin ich sehr glücklich.

Nicht Freunde. Habe ich Freunde gesagt? Sportskollegen meinte ich.

»Alsooooo …«, sage ich, um die Stille zu füllen, während wir beim Wenden in 41 Zügen ruckweise vorwärts- und rückwärtsfahren. »Wie heißt ihr mit Nachnamen, Pete?«

»Wer fragt?«, knurrt sein Vater und fixiert mich mit starrem Blick. Er könnte nicht verdächtiger aussehen, wenn er eine Tasche mit dem Aufdruck »Beute« über der Schulter trüge.

Ich kann es nicht fassen, dass er im Aquarium arbeitet – ich würde ihm nicht mal ein Fischstäbchen anvertrauen.

»Das Becken ist also …« Ich warte, dass jemand einspringt und meine Frage vollendet. Aber Roman und Gabe zucken nur ein bisschen mit den Achseln – offenbar haben sie auch keine Ahnung –, also pflüge ich alleine weiter. »Es ist also so was zum Selbstaufbauen oder …?«

Petes Dad starrt mich an, als ob ich etwas Dummes gesagt hätte, aber ich nehme es total locker, dass ich keinen blassen Schimmer von Fischbecken habe. Er schiebt seine durchweichte Zigarette mit kauenden Bewegungen in den Mundwinkel und sagt: »Ich hab es zerlegt, damit es durchs Fenster geht. Müssen es dann wieder zusammenbauen.«

Damit es durchs Fenster geht? Ich konzentriere mich darauf, durch die Nase ein- und durch den Mund auszuatmen, um ruhig zu bleiben. Währenddessen hebt Petes Dad einen Schraubenzieher auf und reicht ihn mir.

Es ist irgendwie eine freundliche Geste, als wollte er sagen: »Du und ich, Kumpel, wir schaffen es, dieses riesige, kriminelle Becken aufzubauen.«

Gabriel beugt sich herüber, und wir betrachten den Schraubenzieher zusammen mit übertriebener Vorsicht, als ob er ein Dinosaurier-Knochen aus einer Ausgrabung wäre. Ich bekomme fast einen Lachanfall, deshalb gebe ich Gabe zu verstehen, dass er aufhören soll. Petes Dad scheint ein bisschen unberechenbar zu sein. Also reizen wir den Stier lieber nicht noch mehr.

In dem riesigen Truck zu fahren ist *total* aufregend. Wir sind die Könige der Landstraße! (König in dem Sinn, dass man auf niemanden Rücksicht nehmen muss.) Roman, Pete, Gabe und ich verbringen den größten Teil der Fahrt damit, geduckt in die Seitenspiegel zu starren und zu beten, dass der Fahrradfahrer, den wir gerade überholt haben, immer noch im Sattel sitzt. Zum Glück bleiben alle oben, aber ich glaube, ich habe noch nie im Leben so viele empörte Gesten gesehen.

Ich wünschte, jemand aus der Schule würde mich zusammen mit den Jungs sehen, aber – typisch für mich – wir sitzen so hoch, dass uns niemand sehen kann. Vielleicht könnte ich »versehentlich« ein Selfie machen.

19

Weezy, ich hab hier so viel zu tun. Der totale Wahnsinn. Ich hab das Gefühl, dass ich kaum Zeit habe zu denken. Ich schwimme nur, ich schwimme und schwimme und ich bin immer nervös! Mum nervt und Kohlenhydrate habe ich schon seit Tagen nicht mal von Weitem gesehen. Sie fehlen mir und du auch. Vermisst du mich?
Xoxo – H

Ich will Han gleich antworten, aber der Truck federt so stark, dass mir sowieso schon schlecht ist. Dann schreibe ich ihr die gute Nachricht eben, wenn wir das Casting hinter uns haben. Schließlich hält der riesige Truck vor einem wuchtigen modernen Gebäude. Es besteht fast nur aus Fenstern. Muss ein Albtraum sein, die zu putzen, stöhne ich vor mich hin und klinge dabei wie Dad.

Hunderte von Menschen stehen Schutz suchend unter

Regenschirmen in einer Schlange, während wir in dem monströsen Truck vorfahren wie die großen Bosse. Ich kam mir noch nie so cool vor. Da ich direkt am Fenster sitze, kurble ich es hinunter und lehne mich superlässig hinaus, als würde der Truck mir gehören. Hmmmmm, ja, ein Linkslenker, und ja, ich sehe jung aus.

Rauchen hat mich eigentlich noch nie angemacht, aber jetzt würde ich gerne mit einer gelangweilten Geste, so nach dem Motto *Hey, ist doch bloß wieder so ein TV-Gig*, einen Zigarettenstummel aus dem Fenster werfen.

Pete Senior öffnet sein Fenster, wirft seine feuchten Zigarettenstummel mit einer gelangweilten Geste hinaus … und spuckt aus.

Das erinnert weniger an einen TV-Star, dafür umso mehr an die Typen, die vor dem Wettbüro im Fußballstadion rumhängen.

Ich schaue zu den Plakaten für die bevorstehenden Gigs hinauf. Im Gegensatz zu Lav und ihren Freundinnen war ich noch nie hier (oder sonst wo, um ehrlich zu sein).

»Oh, ich war schon mal hier«, erzählt Roman. »Vor vielen Jahren bei einer Fußballsticker-Tauschbörse. Wir mussten drei Stunden lang draußen im Regen anstehen.«

»Das ist ja irre!«

»Ach was, nach vierzig Minuten hatten wir all unsere Tauschgeschäfte in der Schlange erledigt, und als die Türen aufgingen, waren wir längst weg.«

»Also gut«, keucht Petes Dad, »dann parken wir mal.« Er zieht die Handbremse an und schwingt sich aus der Kabine. *Echt? Hier?*

Wir klettern hinunter und stellen uns zu Petes Dad. Es sieht aus, als hätten wir einfach mitten auf einem Platz geparkt, na ja, eben dort, wo die Leute normalerweise Sandwiches essen, mit Freunden Kaffee trinken und *keine* Trucks parken.

»Ihr stellt euch in die Schlange«, sagt Petes Dad und kämpft mit den hinteren Ladeklappen. »Ich lade ab.«

»Sollen wir helfen?«, fragt Roman.

»Schwere Arbeit, Jungs«, schnaubt Pete Senior.

»Du brauchst ihm keine Hilfe anbieten«, erklärt Pete und geht schon mal los. »Wenn mein Dad mich anschaut, sieht er nur einen kleinen siebenjährigen Jungen in einem Tutu.«

Pete hat als Kind *Ballett* getanzt? Roman kichert. Diese Bemerkung war bestimmt nicht für meine Ohren gedacht. Deshalb lasse ich mich ein bisschen zurückfallen. Er soll nicht merken, dass ich es gehört habe. Roman macht sich über ihn lustig.

»Halt die Klappe, Ro. Hast du noch nie von Billy Elliot gehört?«

Ich würde gern mitmachen, aber ich habe das Gefühl, immer noch nicht richtig zu ihnen zu gehören, deshalb riskiere ich es nicht.

Am Anfang der Schlange ist ein großes Tor zu einem riesigen lagerhallenartigen Gebäude.

Man könnte ein Flugzeug dort parken und es nicht wiederfinden, wenn man vom Einkaufen zurückkommt.

Wir spähen hinein und sehen Kameras, Männer mit Walkie-Talkies, junge Frauen mit Klemmbrettern und riesige schwarze Vorhänge, die bis zur Decke reichen und verschiedene Bereiche abteilen. Beim bloßen Gedanken daran, mitten in diesem Wahnsinn zu sein, bin ich nervös. Aber bis dahin dauert es noch ein bisschen, denn zuerst müssen wir anstehen.

Die Schlange ist ungefähr fünf Personen breit. Die Leute ganz vorne haben sich auf dem Boden verteilt wie nach einer desaströsen Pyjama-Party. Ein ekelhafter Gestank geht von ihnen aus – Sportsocken voll fauler Eier – und sie haben einen irren Ausdruck in den Augen.

Wir gehen an der Schlange entlang und suchen hoffnungsvoll das Ende. Wir gehen und gehen und die Schlange zieht sich einfach weiter hin. Nachdem wir ihr um das Gebäude herum über fünf Minuten lang gefolgt sind, haben wir das Gefühl, als hätte die Bevölkerung eines mittelgroßen Landes mit einem merkwürdigen Sinn für Humor gesagt: »Kommt, Leute, heute stellen wir uns in Form einer Wurst auf!«

Die vielen Hunde in der Schlange haben Kleidchen an. Diesen Tag vergesse ich wohl nie. (Was gut oder schlecht sein kann. Ich vergesse auch niemals den Tag, als ich Windpocken hatte und sich eine Pocke oben in meiner Nase bildete.)

Ein Frettchen mit winzigem Cowboyhut geht mit gebleckten Zähnen auf Gabes Knöchel los.

»Anastasia, nein!«

Der Besitzer, ein magerer Teenager mit Fleischtunneln in jedem Ohr, schimpft das Frettchen, greift nach ihm und nimmt es auf den Arm.

Inzwischen sind wir am Ende der Schlange angelangt. Ich glaube, Gabe wäre lieber weiter weg von dem Frettchen.

»Wer nennt ein Frettchen Anastasia?«, fragt Roman erstaunt.

»Jemand, der ihm einen Cowboy-Hut aufsetzt«, entgegnet Gabe.

Pete macht ein besorgtes Gesicht: »Hoffentlich gibt's hier auch ein paar Normalos. Oder müssen wir uns in einer Freak-Show präsentieren?«

Das beunruhigt ihn jetzt?

»Synchrontanzen unter Wasser passt da vielleicht ganz genau rein«, murmelt Roman, den wohl gerade der Mut verlässt. Ich muss etwas tun.

Ich blase kurz in meine Pfeife und sie schauen alle zu mir her.

»Wir setzen uns jetzt hin, warten und bleiben konzentriert«, sage ich mit einer Zuversicht, die ich nicht empfinde. Zum Glück widerspricht niemand.

Ich ziehe noch einen Pullover über und krieche in meinen Schlafsack. Nachdem ich mich ein paar Minuten hin und her gedreht habe, rutsche ich endlich in eine bequeme Position. Als ich aufschaue, sehen mich die Jungs alle an.

»Habt ihr noch nie für einen Gig angestanden?«

Wir sitzen eine *Ewigkeit* dort. Okay, vierzig Minuten, aber das ist echt lang, wenn man auf dem Boden sitzt. Die Schlange bewegt sich Stückchen um Stückchen vorwärts und man langweilt sich derweil den Arsch ab, im wahrsten Sinne des Wortes, weil ich alle dreißig Sekunden auf dem Hintern weiterrutschen muss.

Schließlich haben die Jungs Mitleid mit mir und ziehen mich hinter sich her wie einen Sack Müll.

Ich muss mir nachher wirklich die Haare waschen, denke ich, als ich spüre, wie sie über den Asphalt schleifen.

Mehr und mehr Menschen stellen sich hinter uns in die Schlange, sodass wir jetzt wenigstens das Gefühl haben, *vor* jemandem zu sein. Dann kommt etwas höchst Unwillkommenes in mein Blickfeld: Debs, Cammie, Melia, Nicole und Amanda gehen – von mir aus gesehen auf dem Kopf stehend – an uns vorbei. Cammie bleibt stehen, als sie Pete entdeckt. Ich setze mich auf. Dabei fällt mir ein Bonbonpapier aus den Haaren.

Debs merkt, dass ihr Team stehen geblieben ist, und kommt zurück. »Oh, hallo«, sagt sie und lässt den Blick flüchtig über uns schweifen, als wäre sie nicht sicher, ob sie uns kennt. Danke, Ex-Lieblingslehrerin. Sie erkennt die Jungs, und ich sehe, wie sie zwei und zwei zusammenzählt. Das also haben wir in der Schwimmhalle gemacht.

»Stellt ihr euch auch an?«, frage ich.

»Nein«, sagt sie. Die Mädchen lächeln ein bisschen: *Oh, wirklich witzig, aber ich kann nicht lachen, sonst bekommt mein Make-up Risse.*

»Wir sind schon vor Wochen weitergekommen«, erklärt Debs sanft. »Wir geben hier nur Interviews und machen eine Kostümprobe in unserem Bespoke-Becken … ihr wisst schon.«

Ich nicke, aber ich weiß gar nichts, schon gar nicht, was »Bespoke« heißen soll.

Ich hoffe, es bedeutet »voller Spucke«.

»Aha«, sagt Gabe. (Super, Gabe, ich bin so froh, dass er den Ton bemerkt hat. Die beiden anderen sabbern wegen der Mädels. Bitte, *konzentriert euch,* Leute.)

»Ja, wir haben auch ein freistehendes Becken. Unseres ist allerdings industriell gefertigt, höhere Verarbeitungsqualität, na ja, ihr wisst schon …« Er streckt sich ausgiebig und gähnt, um zu demonstrieren, wie egal ihm das alles ist.

Ich google heimlich im Schlafsack, sodass Debs es

nicht sieht, »bespoke« auf meinem Handy. Ach, das bedeutet nur, dass jemand es für sie gefertigt hat. Na ja, für uns hat auch jemand das Becken gemacht, eigentlich, also …

»Hey!!«, schreit es von hinten. Großartiges Timing, Pete Senior.

»Hey!!!«, ruft er noch einmal. Offenbar will er, dass die ganze Schlange ihn hört. »Ich hab euer Aquarium aufgestellt!«

20

Beim Wort »Aquarium« fangen alle in der Schlange an zu kichern und schauen sich um. Diese Leute, die ihren Frettchen Cowboyhüte aufsetzen oder ihre Hunde in Kleidchen stecken, lachen über *uns.*

»Danke, Dad!« Pete springt auf. Dann sieht er das Becken und ihm fällt die Kinnlade herunter. Ich ziehe mich an Gabriel hoch und schlurfe zu Pete. Nebeneinander stehend starren wir hinüber.

Nun, freundlich ausgedrückt (und warum sollten wir nicht freundlich sein?) sieht es aus wie moderne Kunst. Es steht schief und hat an der Seite wackelige Ausbuchtungen. Ich kann mir nicht einmal vorstellen, dass es eine kleine Maus fasst, gar nicht zu reden von vielen Gallonen Wasser. Und es ist sehr klein – unsere Nummer wird sehr viel mehr innige Umarmungen enthalten, als ich in meiner Choreografie vorgesehen hatte.

Und *wie* schaffen wir es ins Studio?

Ein Parkwächter mustert es schon und zückt sein Notizbuch.

»Lasst euch nicht aufhalten«, sage ich munter zu Debs und ihrem Team. Sie ziehen kichernd ab und werfen nur noch ein paar mitleidige Blicke über die Schulter zurück.

»Bleib hier«, sagt Pete müde zu mir. »Besetz unseren Platz.«

Mit Vergnügen! Sein Vater reagierte schon gereizt, als ich nach seinem Nachnamen fragte, wie verdrossen mag er erst sein, wenn man ihn nach seinem verrückten Fischbehältnis fragt. Ich schau zu, wie die drei Jungs in Richtung des wackeligen, auf dem Kopf stehenden Gewächshauses mitten in der Fußgängerzone verschwinden.

In meinem Magen mischen sich Käse, Essiggurken, Sorgen und Unruhe. Ich fummle an meiner Pfeife herum. Das stärkt normalerweise mein Selbstvertrauen, aber im Augenblick fühle ich mich der Sache nicht gewachsen. Ich überlege, ob ich zu Hause anrufen soll, aber ich bin schlecht darin, mich zu verstellen.

Pete, Roman und Gabe beenden ihr Gespräch mit Pete Senior und kommen zu mir zurück. Sie haben den Gesichtsausdruck von Männern, die ihren Untergang gesehen haben und wissen, dass sie nichts mehr tun können, als ihm mit Würde zu begegnen.

»Gute Neuigkeiten?«, frage ich strahlend.

Gabe schaut Pete an, der schweigt, und informiert mich dann: »Wir haben keine Ahnung, wie wir es von hier draußen nach da drinnen schaffen sollen. *Uuuund* – das Becken ist so klein, dass einer von uns schwanger endet, wenn wir zu dritt hineinspringen. Ich darf das nicht sein, weil ich noch in der Ausbildung stecke.«

Ich verkrieche mich tief in meinen Schlafsack. All die harte Arbeit für nichts und wieder nichts! Ein paar Sekunden später strecke ich den Kopf wieder hinaus, um zu sehen, was passiert. Sie sind verstummt. Roman und Gabriel starren Pete höchst erstaunt an.

»Was?«, will ich wissen und streiche mir die Haare aus dem Gesicht. »Was hab ich verpasst?«

»Pete hat sich gerade entschuldigt«, wispert Roman.

»Mach's noch einmal«, sagt Gabriel ungläubig.

»Ach, halt die Klappe!«, blafft Pete. »Tut mir leid, OKAY? Ich hab wirklich gedacht, mein Dad würde was für mich tun.«

»Um fair zu sein …«, sage ich langsam.

»Ach, im Ernst, Lou, kannst du es bitte lassen?«, unterbricht Pete. Warum dürfen ihn *alle* veräppeln nur ich nicht?

»Das wollte ich doch gar nicht!«, protestiere ich. »Ich wollte sagen, dass er immerhin einen riesigen Truck mit einem ziemlich großen und« – dieses Wort verschlucke ich ein bisschen – »*gestohlenen* Aquarium quer durch die

Stadt gefahren hat *und* es auch noch geschafft hat, es irgendwie aufzubauen. Dein Dad hat all das getan, weil er dich liebt, aber es ist dennoch erstaunlich …« Ich verstumme, weil ich auf einmal wieder schüchtern bin.

Petes Dad schlendert herbei.

»Nicht gut?«

Wir zögern.

»Es ist fantastisch, Dad, danke«, lügt Pete und umarmt seinen Vater, der die Umarmungen erstaunlich locker erwidert.

»Danke, Pete!«, sagen wir im Chor mit einem breiten aufgesetzten Lächeln.

»Gut«, antwortet sein Dad. »Ruft mich, wenn ihr mich braucht. Ich bin im Pub.«

»Aaahhh«, sagt Gabe, während wir zuschauen, wie Pete Senior sich davonmacht. »Das höre ich doch gern von dem Mann, der mich in einem Zehntonner nach Hause fahren wird.«

Hinter uns ertönt ein Kreischen und Knirschen, und wir drehen uns gerade noch rechtzeitig um, um zu sehen, wie das Becken in sich zusammenfällt. Schadenfroher Jubel und Applaus brandet in der Schlange auf.

Also: Plan B – wie: Blöd hoch drei.

Ich winde mich aus meinem Schlafsack und entledige mich zweier Pullover. Wenn ich mich meinem Verhängnis stelle, will ich nicht aussehen wie ein Wäschekorb mit

Beinen. In den vergangenen zehn Minuten habe ich eine verzweifelte Idee entwickelt, von der ich wirklich gehofft hatte, ich würde sie nicht in die Tat umsetzen müssen. Ich bewege mich auf die Fernsehkameras am Anfang der Schlange zu.

Debs steht im Eingang zu dem Flugzeughangar und dreht mir den Rücken zu. Sie lehnt sich leicht zu einer Seite, eine Hand auf der Hüfte. Auch wenn Debs entspannt ist, sieht sie aus, als wäre sie bereit, sofort zuzuschlagen und zu töten. Was im Moment nicht hilfreich ist.

»Debs?«, spreche ich sie an. Sie dreht sich nicht um, sondern beobachtet weiter ihre Mädchen, die zwei glattrasierten Männern mit Mikros ein Interview geben.

»COACH!«, rufe ich und sie fährt herum. Instinktiv.

»Kann ich mit dir reden?«, frage ich.

»Nicht jetzt.« Sie dreht sich wieder um. Ich bin entlassen. Hannah würde das so viel besser machen als ich, aber sie ist nicht da. Also packe ich mich bei meiner inneren Hannah und hole tief Luft.

»Durbs!«, verkünde ich mit quakiger Stimme.

Ups: Spuckeblase in meiner Kehle. Ähm.

»Debs!«, rufe ich noch einmal weniger froschartig. »Tut mir leid, dass ich bei der Olympia-Qualifikation nicht schnell genug geschwommen bin. Es tut mir leid, dass ich nach all deinem Coaching und all deiner harten Arbeit einfach nicht gut genug war! Ich bin eine Niete!« Die Kamera schwenkt zu mir.

»Aber jetzt habe ich ein Team von Schwimmern für diese Show trainiert und das hat mir neues Selbstbewusstsein gegeben! Ich will nur eine Chance bekommen zu zeigen, was wir können. Damit meine Oma stolz auf mich sein kann. Meine Oma, die … gestorben ist.« Ich lege die Hände vors Gesicht, damit ich nicht weine (kein großes Risiko, um ehrlich zu sein, meinen beiden Großmüttern geht es blendend). In der Menge um mich herum erhebt sich mitleidiges Gemurmel. Ich habe diese Show gesehen, ich weiß, wie sie funktioniert. Ich nehme die Hände vom Gesicht und schaue Debs mit großen Augen an.

»Bitte, Debs, dürfen wir euer … Bespoke-Becken ausleihen?« Die Welt wird ganz still, als ich sie anschaue.

Debs hat einen merkwürdigen Ausdruck auf dem Gesicht, und ich kapiere, dass sie nicht weiß, was sie *fühlen,* geschweige denn, was sie vortäuschen soll. Ich habe sie hier wirklich auf ihrer schwächsten Seite erwischt. Genial, Lou! Und nur ein kleines bisschen demütigend für mich, allerdings auch nicht schlimmer, als mit Tampons beworfen zu werden.

»Das ist eine wunderbare Geschichte«, sagt einer der Moderatoren und legt uns jeweils einen Arm um die Schulter. So wie Debs' Gesicht aussieht, wäre ich überrascht, wenn er ihn in einem Stück zurückbekäme.

»Großartige Hintergrundgeschichte. Ich weiß, dass ihr es nicht erwarten könnt zu sehen, wie diese beiden ehemaligen Mannschaftskameraden heute Konkurrentinnen werden.« Er redet eigentlich nicht mit uns, sondern blinzelt in die Kamera. Debs sieht aus, als hege sie Mordgedanken, also sage ich »Danke, Coach!« und renne weg.

»Hey!« Ein Mann mit Walkie-Talkie gestikuliert in meine Richtung. Ich zögere und bleibe auf den Zehenballen wippend stehen. »Das Becken wird hier sein. Kommt zu uns, wenn ihr ungefähr hundert Leute vom Anfang der Schlange weg seid, okay?«

Ich nicke und renne weg, um es den Jungs zu erzählen.

21

Mein Team ist so zufrieden mit mir, dass sie in der nahe gelegenen Tankstelle einen Zehner für Snacks ausgeben und mich mit Chips überschütten. Eine Stunde später sind die Chips weg, und meine Haare fühlen sich salzig an, aber ich bin glücklich. Das Casting wird vielleicht tatsächlich stattfinden. Ich lasse die Jungs Dehnübungen machen, damit ihre Muskeln nicht steif werden. Sie protestieren, dass sie dabei blöd aussehen.

Mit dem Kopf deute ich auf eine Frau, die als Kuh verkleidet ist. Schüchterne Menschen haben hier nichts zu suchen: Dehnt euch.

Roman läuft immer wieder zum Anfang der Schlange, um zurückzuzählen und zu sehen, wie weit wir noch vom Anfang weg sind. Endlich sprintet er zurück und schreit: »Achtundneunzig!«

»Okay, Leute! Los, los, los!!« Ich klinge ein bisschen

wie Debs. Wir rennen zum Eingang. In der plötzlichen Dunkelheit muss ich blinzeln, als ein Wachmann mit ausdruckslosem Gesicht mir die Hand auf die Brust legt.

»Entschuldigung, Sir …« Ich ziehe meine Haarspange heraus und meine Haare fallen mir über die Schulter.

Er zieht seine Hand *sehr* schnell von meiner Brust und fängt an sich zu entschuldigen. Ich flitze an ihm vorbei und entdecke meinen Walkie-Talkie-Mann, der auf einem großen Podium Anweisungen brüllt und auf Dinge zeigt. Alle hier tun sehr geschäftig, ein bisschen so nach dem Motto: »Schau nur, wie viel ich zu tun habe, und staune über meine stimmgewaltige Effizienz!«

»Entschuldigung!«, rufe ich zu ihm hinauf. Meine Stimme klingt in dem Flugzeughangar total schwach, aber ich bin mir bewusst, dass der Wachmann mir bald dicht auf den Fersen ist.

»Ich bin's, das Mädchen mit dem Schwimmbecken? Können wir uns bitte das Becken anschauen, das wir leihweise benutzen dürfen?« Er nickt mir zu und flüstert mit ernster Miene etwas in Richtung von seinem Handgelenk. Ich hoffe, er hat dort ein Mikrofon. Unser letzter Becken-Lieferant war ein bisschen verrückt, dieser muss klar im Kopf sein.

»Okay.« Er steigt von dem Podium herunter und kommt zu uns. Dann redet er zwar mit uns, horcht aber auf etwas in seinem Headset und schaut einen Meter über unsere Köpfe hinweg.

»Sie sind da drin gleich fertig. Die Mädchen haben eine Demo für die Kameras gemacht.« Er zeigt mit einer ruckartigen Bewegung des Kopfes zu einem großen schwarzen Vorhang hinter ihm. Ich möchte Debs' Nummer unbedingt sehen und gehe ohne nachzudenken los. Der Handgelenk-Mann hebt die Hand, um mich zu stoppen.

Ich höre Geplätscher und das Getrappel von bloßen Füßen, ein paar gemurmelte Dankeschöns, dann Stille. Der Handgelenk-Mann späht hinter den Vorhang, hebt ihn an und bestätigt mit einem Nicken, dass wir durchgehen dürfen. Gabe boxt mich vor Aufregung gegen den Arm, ich schlage ihn schmerzhaft hart auf den Rücken. Als sich unsere Blicke treffen, schneiden wir eine Grimasse. Dann treten wir durch den Vorhang hindurch und bleiben geblendet von den hellen Studioscheinwerfern stehen.

Das Becken ist riesig: ein frei stehendes, ungefähr dreieinhalb Meter hohes Rund. Es lässt uns klein erscheinen, und ich brauche ein paar Sekunden, um es ganz zu umrunden, wobei ich mit den Fingern bewundernd über die Seitenwände streiche.

Den ganzen Weg … um seine Seitenwände … herum.

Die Seitenwände sind aus schwarzem Plastik. Ich kann

nicht in das Becken hineinschauen. Na klar, sie sind ganz normale Synchronschwimmer. Wie blöd von mir.

Ich gehe immer weiter, bis ich mit den Jungs zusammenstoße. Pete legt den Kopf gegen die Beckenwand und sieht auf einmal sehr müde aus.

»Man kann nicht hineinschauen«, spricht er das Offensichtliche aus. Gabe zupft an den Rändern herum.

»Es geht nicht ab«, fügt er hinzu.

Roman stößt seinen Kopf ein paarmal gegen die Beckenwand.

Debs erscheint. »Hör auf. Es ist maßgefertigt.«

Schweigend gehen wir wieder hinaus, vorbei an dem Handgelenk-Mann und den Moderatoren, die verwirrt den Jugendlichen hinterherschauen, die in das Studio gehüpft sind und wenige Minuten später ohne jede Hoffnung wieder hinaustrotten. Draußen wenden wir uns nach links, als wollten wir uns wieder anstellen, aber dann merken wir, dass das keinen Sinn hat.

»Du hast das Becken nicht einmal *gesehen*?«, fragt Pete.

»Nein!«, antworte ich. »Wie denn, es war ja hinter den Kulissen. Das hätte ich im Leben nicht gedacht. Ich … ich dachte nur, ich hätte alles in Ordnung gebracht.« Ich verstumme kläglich.

»Halb so wild«, tröstet Roman mich, aber er klingt nicht so, als würde er es wirklich meinen.

Wir gehen zum Truck von Petes Dad. Etwas anderes

bleibt uns kaum übrig. Mum ruft an und ich erzähle ihr flüsternd, was passiert ist. Im Augenblick habe ich das Gefühl, dass Pete und Roman es sich verkneifen müssen, mich anzuschreien. Das ist nicht fair. Ich hab mein Bestes gegeben. Gabe legt mir tröstend den Arm um die Schultern. Zum Glück gehe ich vor lauter Traurigkeit ganz gebeugt, sonst würde er nicht hochkommen.

Mum beendet das Gespräch. Gerade als ich denke: »Egal, in zwei Stunden bin ich im Bett und esse Käsetoast«, sehe ich, dass an den Felgen des Trucks eine Parkkralle festgespannt ist.

Dann winkt Pete Senior uns mit dem Gehabe eines Betrunkenen, der seinen Zustand verbergen will, und ich bin dankbar für die Parkkralle. Dad verhält sich an Weihnachten immer so: »Oh, isch bin einfach überwältigt von diesem festlilischen … Truthahn.«

»Oh, Mist«, schimpft Pete Senior und tritt halbherzig gegen die Parkkralle. Er nimmt es eigentlich recht gelassen, muss ich sagen, aber wenn man nicht vorausplant, ist man wahrscheinlich weniger genervt, wenn die Dinge falsch laufen.

Während Petes Dad eine Reihe von Freunden anruft, stehen wir um das eingestürzte Aquarium herum. Wir gehen nicht zu dicht ran, falls es weiter einstürzt und weil einige gelangweilte hoffnungsvolle BHT-Kandidaten Schlange stehen, um vor ihm Selfies zu machen. Die enden bestimmt alle im Netz und ich möchte nicht verlinkt werden.

Nicht dass ich auf Facebook wäre. Es ist ein Ding, nicht *haufenweise* Freunde zu haben, aber es besteht keine Notwendigkeit, das auch noch öffentlich zur Schau zu stellen.

Petes Dad bringt uns Kaffee von der Tankstelle mit. Ich nehme einen Schluck und er schmeckt, als würde man an einer Batterie lecken. Das lindert meine Magenschmerzen nicht, aber er gibt mir das Gefühl, sehr erwachsen zu sein. Endlich fahren drei Wagen vor. Die Fahrer nicken alle Pete zu, versammeln sich um seinen Vater und reden wild durcheinander. Dann nimmt jeder ein paar Bruchstücke von dem kaputten Aquarium und klemmt sie hinten in seinem Auto fest.

Es sieht ziemlich beeindruckend aus: wie Ameisen, die Blätter transportieren.

Blätter, die dir den Kopf abrasieren, wenn du plötzlich bremst. Ich bin froh, dass wir nicht bei ihnen mitfahren.

Aber *wie* kommen wir nach Hause? Als der letzte Wagen wegfährt, schauen wir uns an und müssen feststellen: Jap, unsere TV-Träume sind geplatzt. Wir sind in einem riesigen Truck hergefahren, aber fahren mit dem Bus zurück. Hallo, Hollywood!

Hollywood Bowl, direkt an der Bundesstraße, das ist meine Haltestelle.

Wir sitzen bedrückt schweigend im Bus. Ich whatsappe Lav. Beim Tippen scheuert etwas an meiner Brust – meine Pfeife, die ich unter das T-Shirt gesteckt habe. Zum Trost nehme ich sie in die Hand.

»Okay«, sage ich auf einmal. »Das war nicht unsere letzte Chance. Es gibt noch ein öffentliches Casting. Es ist nächste Woche und wir werden bereit sein. Wir haben eine Woche, um *ein Becken zu finden.* Wir sind bereit, unsere Choreo steht. Wir schaffen das.«

Die Jungs schauen zweifelnd, ebenso die anderen Leute im Bus. Also ziehe ich meine Pfeife heraus und blase vorsichtig, aber aufmunternd hinein.

»Wir *schaffen* das!«, wiederhole ich.

»Ja«, nickt Gabriel. »Okay.«

»Ja«, sagt Roman mit dem Anflug eines Lächelns.

»Ja«, sagt ein Mann hinter uns, der von der Stimmung des Augenblicks mitgerissen wird. (Nein, er kommt nicht ins Team.)

Nach einer Pause schenkt Pete mir sein erstes Lächeln, seit er Debs' verdammten »Bespoke«-Pool gesehen hat.

Eine Woche: Wir schaffen das. Ich halte meine Pfeife fest. Ich bin Trainer und das ist mein Team.

22

Lou

Ach, Gott, Lav. KATASTROPHE bei BHT. Keine Ahnung, wo ich anfangen soll.

Lav

Die Schlagzeilen kenne ich schon

Lou

Woher weißt du es??

Lav

Twitter

Lou

AAARRRGGH!!! **Ich bring mich um**

Lav

Nein, nein, schon okay. Ist nicht so schlimm, echt.

Lou

Echt? WARUM?

Lav

Die meisten schreiben deinen Namen falsch.

Lou

LOU …?

Lav

Alles Idioten.

Lou

Schreiben sie auch Roman, Gabe oder Pete falsch?

Lav

Nein.

Lou

Mir ist schlecht.

Lav

Das geht vorbei. Weißt du noch, wie diese Sechst-

klässlerin in der Schulversammlung in die Hose gemacht hat?

Lou
Nein.

Lav
Siehst du.

Kein Wunder, dass Roman und Pete so schlecht drauf waren. Im Gegensatz zu mir haben sie einen coolen Ruf zu verlieren. Aber ich bin nicht für alles verantwortlich. Ich bin jünger als sie, und sie behandeln mich, als wäre ich ihre Mum *und* eine Angestellte.

Aber ich trag es ihnen nicht nach. Ich habe diesen Sommer lange genug in Selbstmitleid gebadet. Wir müssen nur ein Becken auftreiben. (Ich kann es sagen, so oft ich will – es hört sich einfach absurd an.)

An diesem Abend gehe ich früh zu Bett, völlig erschöpft nach dem Start um 5:00 Uhr morgens und der öffentlichen Demütigung. Gott sei Dank zwangen meine Eltern mich nicht, alles noch einmal durchzukauen, als ich nach Hause kam. Dad gab mir einfach einen riesigen Schokoriegel.

Ich liege im Bett und bin komischerweise trotz allem optimistisch. Wenigstens muss ich nicht ganz allein damit fertigwerden.

Ich wünschte, ich könnte mit Hannah darüber reden. Mit Lav ist es nicht dasselbe. Sie weiß mehr als ich, deshalb fühlt es sich eher wie eine Beratung und weniger wie ein Gespräch an. Genau aufs Stichwort spricht sie mich vom gegenüberliegenden Bett an.

Nicht »Bist du noch wach?« oder sonst einen höflichen Unsinn. Lav hat beschlossen, dass es jetzt Zeit für ein ernsthaftes Gespräch ist. Also die Plauder-Hüte aufgesetzt und los. Sie schaut nachdenklich von ihrem Handy auf.

»Das Problem mit den Jungs ist«, sagt sie ernst, »dass sie dich immer küssen wollen.«

Unwillkürlich lache ich los.

»Ja, Lavender«, entgegne ich, »das genau ist mein Problem mit Jungs. Sie wollen mich immer küssen. Ich bin wie ein Stück Brot in einem Ententeich. Außerdem wünschte ich, sie würden nicht dauernd Liebeslieder für mich schreiben. Es wird langweilig.«

Es herrscht gedankenschwere Stille.

»War das ironisch gemeint?«

»*Ja!* Ja, natürlich war das ironisch gemeint. Meine Güte, Lavender.«

»Du bist hübsch.«

»Hör auf«, sage ich fest. »Auch wenn du nett sein willst. Ich bin riesig. Meine Haare sind das totale Chaos. Ich bin muskulös. Wenn ich mir in einer dunklen Gasse begegnen würde, hätte ich Angst.«

»Aber du siehst doch aus wie diese androgynen Catwalk-Models«, protestiert sie.

»Mag sein, aber wir sind hier nicht auf einem Mailänder Catwalk, sondern in einer Vorstadtsiedlung, wo Männer mir aus Autos hinterherrufen, ob ich aus einem Zoo getürmt bin.«

»Ich style dich um«, sagt sie fest. Ich seufze.

Lavender denkt, dass ein Umstyling die Lösung für alle Probleme der Menschheit ist.

Wenn man sie in einem Kriegsgebiet aussetzte, würde sie allen als Erstes die Augenbrauen zupfen.

Ich taste nach meinen Augenbrauen. Sie fühlen sich ziemlich übel an, wie Schnecken, die mit Hundehaaren bedeckt sind. Ich bürste sie mit den Fingernägeln wenigstens ungefähr in eine Richtung.

»Lass es einfach, Lav«, sage ich leise in die Dunkelheit hinein. Ich sage zwar, dass es mir egal ist, aber ich fürchte, dem ist nicht so, denn meine Kehle fühlt sich heiß und zugeschnürt an.

»Komm mit.« Sie springt aus dem Bett und packt mich am Arm. Es ist *so* unheimlich, wenn jemand das tut, der sich leichtfüßig im Dunkeln bewegt. Sie führt mich aus unserem Zimmer hinaus, und wir tasten uns den Flur entlang zu Mums Zimmer, die gerade versucht einzuschlafen.

»Mum«, sagt Lav, »ist Lou nicht hübsch?« Mum schiebt ihre Schlafmaske hoch und schaut uns schlaftrunken an.

»Sie wird es sein«, antwortet sie schließlich.

»Wann?«, will ich wissen.

»Bald.«

Aha. Um ehrlich zu sein, hätte ich hier gern einen konkreteren Zeitrahmen. Ich will nicht sterben, wenn ich gerade hübsch werde, und alle sagen an meiner Beerdigung: »Wie schade, jetzt wo sie gerade in ihre Nase hineingewachsen ist.«

Lav lässt sich neben Mum plumpsen und ich krieche von der anderen Seite in ihr Bett. Mum stöhnt, wirft aber die Decke über uns beide.

»Ihr seid dafür viel zu groß«, jammert sie.

»Mum, du brauchst dich nicht zu schämen, weil wir fett sind.«

»Halt die Klappe, Lavender«, murmelt sie.

Wir liegen eine Weile schweigend da.

»Mum?«, flüstere ich.

»Ja«, flüstert sie zurück.

»Ist mit Dad alles okay?«

Ich weiß, dass Lav auch zuhört.

»Bald.«

»Kommt ihr beide wieder zusammen?«

»Nein, er wird eine hübsche Rothaarige finden und sie werden viele kleine Rotschöpfe zusammen haben.«

»*Mum.*«

»Schlaft jetzt.«

23

08:30

Großartige Leistung gestern, Leute, kein einziges schwaches Glied in der Mannschaft. Das ist das stärkste Team, das ich jemals trainiert habe. Ein paar von euch treten sehr bald in Hannahs Fußstapfen.

Debs

08:31

Danke, Debs!

Xo – Nic

08:33

Danke, Debs! Lou ist übrigens noch im Verteiler, können wir sie rausnehmen? ;)

Xoxo – Cammie

Kreativität funktioniert offenbar am besten in der Beschränkung. Das habe ich irgendwo gelesen. Ich muss mir das am Montag ins Gedächtnis rufen, als wir feststellen, dass Debs das Schwimmbecken in der kommenden Woche für jeden Abend gebucht hat und wir keinen Ort haben, um zu trainieren. Ich *wusste,* dass sie so was tun würde.

Die letzte Hebefigur klappt noch nicht immer: Gabe wird dabei von Pete und Roman, die je einen Fuß halten, aus dem Wasser gehoben. Er soll sich dann zum Stand aufrichten und in einer kontrollierten Pose ein bisschen nach vorn beugen, bevor die beiden anderen Jungs ihn zu einem hohen, anmutigen Salto hochwerfen.

In der Hälfte der Zeit klappt die Übung perfekt, aber in der anderen Hälfte klatscht Gabe mit einem lauten Bauchplatscher ins Becken. Gabe meint, wir müssten uns keine Sorgen machen, er habe sowieso noch nie Kinder gewollt.

Ich hab eine Ewigkeit gebraucht, bis ich diesen Witz verstanden habe.

Meine kleine emotionale Erpressung beim Casting hat sich als Bumerang erwiesen. Debs beäugt mich wie ein Habicht in Hotpants. Die Situation ist so ausweglos, dass Ro sogar *in aller Öffentlichkeit mit mir spricht.* Ruft bei der Zeitung an!

Wir stehen in der Pause vor dem Automaten, und er

starrt während des gesamten Gesprächs angestrengt auf die Schokolade, damit niemand glaubt, er würde mit der großen, muskulösen Verrückten reden, die zwei Klassenstufen unter ihm ist.

»Keine Ahnung, wohin wir gehen könnten. Tut mir leid!«, sage ich ihm zum tausendsten Mal.

»Dann *denk nach*«, fordert er mich ungeduldig auf. »Das ist dein Job.«

»Nein, *eigentlich*«, antworte ich, »war mein Job, euch zu helfen, eine Unterwasserchoreografie zusammenzustellen, ohne dass ihr alle ertrinkt. Das habe ich getan und ich hab *so* hart daran gearbeitet … also … trample nicht auf mir herum.«

Weiter so! Ich bin froh, dass ich mich getraut habe, das zu sagen. Pete und Roman haben manchmal nur noch ihre eigenen Ziele im Blick und scheren sich um nichts und niemanden sonst.

Wenn man nur Gabes einfühlsamen Kopf auf einen ihrer Körper montieren könnte. Hmmm. Frankenstein-Jungs.

In Mathe bekomme ich eine WhatsApp-Nachricht von Pete. Ausnahmsweise freue ich mich darüber, dass ich allein in meiner Bank sitze. Unsere Mathelehrerin *liebt* es, uns paarweise Matheaufgaben lösen zu lassen. Warum? Zu zweit macht Mathe auch nicht mehr Spaß, von wegen Good Cop, Bad Cop! Wir sind Querdenker, aber wir kommen auf Ergebnisse! Normalerweise will niemand mein Partner sein, deshalb muss ich mich mit der Mathelehrerin zusammentun. Die mir aber nicht hilft, weil SIE DIE MATHELEHRERIN IST UND DIE ERGEBNISSE KENNT.

In der WhatsApp heißt es:

Heute um 9 vor dem Schwimmbad. Trag dunkle Sachen.

Im Ernst? Wenn Mum wüsste, dass mir ein Junge eine so verdächtige Nachricht schickt, würde sie sofort zur Polizei gehen! Obwohl der Gedanke, Roman – oder Pete – könnten mich auf diese Weise sehen, echt ein Witz ist. Ich bin mir nicht sicher, ob ihnen überhaupt klar ist, dass ich ein Mädchen bin. Ich schreibe zurück.

Ich bringe Waffen, ihr sorgt für die Alibis.

Roman

Cool

Pete

OK

Gabriel

Oh, Mann, ich geh NICHT wieder zurück ins Gefängnis.

Was den Spaß angeht, machen zwei Leute in diesem Team den Hauptteil der Arbeit.

Gerade als ich mein Handy zurück in die Tasche schiebe, vibriert es, weil eine neue Mail von Hannah kommt. Ich behalte die Lehrerin im Auge und überfliege die Nachricht. Langsam mache ich mir echt Sorgen um Hannah, sie klingt immer gestresster. Ich hoffe, ihre Eltern setzen sie nicht allzu sehr unter Druck oder die Trainer im Trainingslager machen weiter, wo ihre Eltern aufhören. Von zwei Seiten bedrängt zu werden, ist das Letzte, was sie braucht.

»Lou-eeze!«, blafft Ms Kearney.

»Vier!«, rufe ich. (Sag eine Zahl, es ist immer einen Versuch wert.) Ihrem Gesichtsausdruck nach zu urteilen, war sie falsch. Und dem Schweigen im Raum nach, war sie ziemlich lustig. Wenn ich etwas Peinliches sage, ist es, als hätte jemand eine LOL-Bombe im Klassenzimmer gezündet. Aber auf etwas Lustiges kommt keine Reaktion.

Lav hat so recht. Sie sind keine Freunde, mit denen ich mich nur noch nicht angefreundet habe, sondern es ist einfach Pech, dass wir in einem ähnlichen Alter sind. Schlecht gelaunt kritzle ich ein Aquarium auf mein Mathebuch. Ich setze Cammie hinein und füge einen Hai hinzu. Dabei belasse ich es.

24

Weez, bist du da? Ich hatte einen total üblen Tag. Meine Zeiten werden schlechter. Ich fühle mich total schwerfällig. Außerdem hab ich Heimweh und esse, damit es mir besser geht, aber das ist das LETZTE, was ich tun sollte. Ich hab Mum gesagt, dass ich heimwill. Aber sie sagt, sie lässt nicht zu, dass ich einen Fehler mache, den ich bereuen werde. Also sitze ich hier fest. Kommst du und befreist mich? Scherz. Kein Scherz.

Xo – H

Beim Abendessen denke ich an Hannah und überlege, ob ich mit meinen Eltern über sie reden sollte. Oder vielleicht mit Lav oder Mr Peters? Debs? Nein, niemals, nicht mit Debs.

Ich habe das Gefühl, ich würde sie verraten, wenn ich

ihre Mails jemandem zeige. Deshalb antworte ich, sie solle nichts überstürzen, sie hätte wahrscheinlich nur eine schlechte Woche (oder einen schlechten Monat … aber das füge ich *nicht* hinzu), und schicke ihr ein paar Fotos von uns beim Campen und von ein paar falsch ausgestopften Tieren. Wenn die sie nicht zum Lächeln bringen, dann hat sie wirklich Probleme.

Erst als es sieben schlägt, fällt mir ein, dass ich auch ein Problem habe, und zwar direkt vor meiner Nase: Ich habe nämlich Mum und Dad nicht gefragt, ob ich heute Abend noch einmal weggehen darf. Wie auch?

»Muuu-uuuum, Daa-aad, kann ich mit drei Jungs, die ihr nicht kennt, spätabends weggehen? Außerdem haben wir wahrscheinlich etwas nicht ganz Sauberes vor. Ihr braucht nicht auf mich warten! Und – hat jemand vielleicht Geld für Wodka?«

Es ist an der Zeit, einen Gefallen einzufordern. Ich schnappe mir Lav, als wir nach dem Abendessen zusammen abwaschen, und schildere ihr mein Problem.

»Wow.« Sie hält beim Schrubben inne. »Das klingt ja fast cool. Wer bist du und was hast du mit Lou gemacht?«

»Ha, ha«, antworte ich. »Aber hilf mir. Du hast dich schon x-mal rausgeschlichen, um dich mit Jungs zu treffen. Wie machst du das?«

»Nicht ›x-mal‹!«, protestiert sie.

»Lav, ich hab doch gesehen, wie du auf dem Flachdach

an meinem Fenster vorbeigeschlichen bist, und ich hab bestimmt nicht geglaubt, der Weihnachtsmann hätte abgenommen.«

»Ach, war das, als wir noch unsere eigenen Zimmer hatten?«

»Genau, ja. Die glorreichen alten Zeiten. Jetzt sind sie vorbei.«

»Du sagst ihnen, dass du dich nicht gut fühlst und ins Bett musst. Du sagst, dass dir der Bauch und der Rücken wehtun …« Sie zwinkert mir zu.

Ich zwinkere zurück.

Sie zwinkert noch einmal.

»Lav, warum zwinkern wir?«

»Ach, um Himmels willen. Dann muss ich es wohl aussprechen … Wann hast du das nächste Mal deine Tage?«

»Ähm … irgendwann in der Zukunft?«

»Hast du sie echt noch nie gehabt?«

»Ich bestehe nur aus Muskeln und mein BMI ist ein bisschen … ach, halt die Klappe, ja? Du brauchst mir das nicht unter die Nase zu reiben!«

»Ich dachte nur, du würdest ohne großes Theater damit umgehen.«

»Oh nein, wenn es so weit ist, mach ich richtig Wirbel. Und jetzt zurück zum Zwinkern.«

»Okay, wenn du sagst, dass dein Bauch und dein Rücken wehtun, klingeln bei Dad die Monatsblutung-Alarmglocken. Er gibt dir eine Wärmflasche und lässt dich in Ruhe.«

»Großartig!«

»Ja, aber *Mum* wird sich dafür umso mehr für dich interessieren und um dich herumschleichen. Es gibt da dieses Buch *Zur Frau erblühen* – buchstäblich das schlechteste Buch, das jemals geschrieben wurde – und sie wird es mit dir zusammen lesen wollen. Aber sie ist heute Abend weg, also ist der Plan wasserdicht.«

»Wann geht sie?«

»Um Viertel vor neun.«

»Ich treffe die Jungs um neun.«

»Dann erblühst du exakt um 20:46 Uhr.«

Es ist jetzt 20:50 Uhr und Mum ist immer noch da. Sie sitzt komplett angezogen auf dem Sofa, scheint aber ziemlich zufrieden damit, zusammen mit Dad fernzusehen. Sie geben beleidigende Kommentare zu *Question Time* ab und lachen, bis sie schnauben.

Lav und ich sitzen mit versteinerter Miene da und beobachten sie. Wenn sie in unsere Richtung schauen, setzen wir ein breites Grinsen auf, als wollten wir sagen *Der war gut!! David Cameron, was?* (Keine Ahnung. Ich habe zu viele Probleme in meinem eigenen Leben, um mir Gedanken um die Probleme meines Landes zu machen.) Um 21 Uhr gibt Mum uns allen *endlich* einen Kuss und geht los, um Dan zu treffen, wer immer das ist. Anscheinend handelt er mit Aktien. Lässt mich an einen langweiligen Typen mit Ärmelschonern denken. Viel Glück, Mum.

Als die Eingangstür zuschlägt, schaue ich Lav an. Sie schüttelt den Kopf. Wir warten auf das vertraute Geräusch, wie Mums Wagen anspringt und wegfährt.

Lav nickt. »Operation Erblühen« kann starten.

»Ohhh«, sagte ich, »mein Bauch tut so weh.«

»Ach, Schatz«, sagt Dad, den Blick fest auf den Fernseher gerichtet.

»Und mein Rücken«, füge ich hinzu. »Und irgendwie bin ich total gefühlsduselig.«

Lav durchbohrt mich mit Blicken. Zu dick aufgetragen.

Dad wendet mir jetzt seine ganze Aufmerksamkeit zu: »Magst du eine Wärmflasche?«

»Ich mach schon.« Lav wirft ihm einen bedeutsamen Blick zu. »Vielleicht sollte Lou heute ein bisschen früher ins Bett.«

»Okay«, sage ich im Tonfall von *wenn du meinst.*

»Gute Besserung, Goldfisch!«, ruft Dad, als wir langsam die Treppe hinaufschlurfen.

»Das war total schlecht, wenn du es wissen willst«, zischt Lav und stupst mich in den Rücken, als sie hinter mir die Treppe hinaufgeht.

»'tschuldigung, Lav, ich hab noch nie was Verbotenes gemacht.«

Kaum sind wir in unserem Zimmer, ändern wir das Tempo. Es ist 21:03 Uhr, und ich brauche mindestens zehn Minuten, um zum Schwimmbad zu rennen. *Aargh!*

Ich reiße mir das Nachthemd vom Leib. Darunter bin ich gekleidet wie ein Pantomime, von Kopf bis Fuß in Schwarz. Eigentlich ein ziemlich cooles Outfit – schließlich stammen die meisten Teile von Lav.

Ich stelle einen Fuß aus dem Fenster, um mich behutsam auf das Flachdach gleiten zu lassen, über die Garage zu schleichen und dann weisungsgemäß über das Wasserfass hinunterzuklettern. *Ohne* mit den Kleidern irgendwo hängen zu bleiben. Wichtigste Anweisung. Lav sagt, wenn ich ihre Klamotten zerreiße, sollte ich einfach weiterrennen, niemals zurückschauen und ein Leben auf der Flucht führen. So sehr wie ich die Schule hasse, klingt das fast ein bisschen verführerisch.

Ich drehe mich um. Lav faltet fachmännisch Kleider und Kissen, um sie unter der Bettdecke zu drapieren. Sie schaut zu mir auf.

»Nur falls er hochkommt. Ich bleib hier und sag ihm, dass du schläfst. Jetzt beeil dich, du bist spät dran.«

Ich klettere vorsichtig auf das Dach hinaus und renne auf Zehenspitzen mit gespreizten Fingern wie ein Einbrecher im Comic über die Garage. Hi, hi, das macht *Spaß!* Als ich zum Rand komme, setze ich mich hin und lasse die Beine hinunterhängen. Mit einem Fuß taste ich nach dem Wasserfass. Ich muss aufpassen, der Deckel ist glitschig. Vorsichtig taste ich mit dem Fuß weiter nach unten und immer weiter, aber ich spüre das Fass immer noch nicht. Ich habe die längsten Beine von allen, die ich kenne – warum lassen die mich jetzt im Stich?

Dann springe ich die letzten paar Zentimeter eben.

Also lasse ich los und schlage zweieinhalb Meter weiter unten hart auf dem Boden auf.

Ich lande auf den Fußballen und falle dann rückwärts auf meinen Hintern und die Ellbogen: klassischer Turnerabgang. *Wo* war das Wasserfass? Rasch stehe ich auf und knalle mit der Schulter dagegen. Oh, da ist es ja, einen Viertel Millimeter weiter links. Gut gemacht, Lou. Das wird schön blau.

Ich bin jetzt richtig spät dran, aber als ich einen Schritt nach vorne mache, stoße ich gegen etwas Großes und nicht eindeutig Erkennbares. Es ist aus Metall mit vielen abstehenden Teilen, die sich mir in den Magen, in die Beine und ins Gesicht bohren. Ich verliere das Gleichgewicht und falle auf das Ding.

Eine Weile kämpfe ich gegen das Ding an. Es scheint überwiegend aus beweglichen Teilen zu bestehen. Baut Dad eine *Foltermaschine* hier mitten im Garten?

Ich kann's nicht fassen. Aufräumen ist ihm doch immer so wichtig. Und ein Psychopath ist er auch nicht.

Endlich kann ich die Maschine der Schmerzen abwehren, füge dabei aber meiner Sammlung noch ein paar blaue Flecke hinzu. Es waren ein paar ziemlich laute Minuten, und ich kann mir vorstellen, wie Lav am Fenster steht, den Kopf schüttelt und bei jedem Laut zusammenfährt, während ihre idiotische Schwester über alles fällt, was sie finden kann.

Ich stehe auf und warte, bis sich meine Augen an die Dunkelheit gewöhnt haben. Es war ein umgedrehtes Fahrrad. Na klar. Auch so was, das Dad »repariert«. Sobald ich besser sehen kann, taste ich mich zum Nebenausgang und fange an zu rennen.

Ich kann schnell rennen und ohne eine Tasche voller Bücher komme ich super voran, als ich die Straße hinuntersprinte. In der Nähe des Schwimmbads erkenne ich die drei Jungs, die ungeduldig auf dem dunklen Parkplatz auf und ab gehen. Pete fummelt an einer Zigarettenschachtel herum, raucht aber nicht.

Ich mache einen letzten Satz zu ihnen hin und sie springen alle ungefähr zwei Meter in die Höhe.

»Was soll das!«, blafft Roman.

»Ach, hab ich dir Angst gemacht?«, kichere ich, bevor meine Schüchternheit mich stoppt. Erstaunlicherweise lacht Pete.

»Tut mir leid!«, erkläre ich ihnen. »Ich bin nicht früher losgekommen! Ich musste warten, bis meine Mum weg war, und dann meinem Vater gegenüber … eine Krankheit vortäuschen.«

»Warum das?«, fragt Roman verdutzt.

Ich schaue ihn an. »Weil ich fünfzehn bin.«

Gabe lacht. »Sie kann nicht einfach aus dem Haus gehen und sagen: ›Wartet nicht auf mich, ich nehm den Wagen!‹«

»Du bist fünfzehn?«, fragt Roman ungläubig.

»Jap.«

»Du siehst aber *viel* älter aus«, sagt er in einem Ton, der sich nicht nach Kompliment anfühlt. Aber gut.

»Also.« Pete, den dieses Geplauder langweilt, knipst eine professionell aussehende Taschenlampe an. »Mir nach.«

Wir gehen am Schwimmbad vorbei und über einen der Sportplätze unserer Schule, der direkt dahinterliegt. Es ist wirklich gruselig. Allein würde ich das nicht machen, aber Roman und Pete gehen voran und ich und Gabe folgen. Roman lässt die Sache mit dem Alter offenbar nicht los.

»Hast du gewusst, dass sie erst fünfzehn ist?«, fragt er Gabriel.

»Ja, sie ist in der Stufe unter mir. Und da sind die meisten fünfzehn. Ich dachte nicht, sie wäre zwanzig und hätte ihre GCSE-Prüfungen nicht bestanden.«

Ich kichere. Gabe ist so witzig, vielleicht sogar witziger als Hannah. Oh, Hannah! Ich hatte keine Sekunde Zeit, um ihr was Besseres zu mailen als »Alles wird gut, hier ist eine ausgestopfte Eule, deren Kopf in die falsche Richtung schaut.« Sobald ich wieder daheim bin, mach ich das, auch wenn es fünf Uhr morgens ist und ich hundemüde bin.

Wir erreichen das Ende des Spielfelds und Pete führt uns in einen kleinen dunklen Wald. Er marschiert hindurch und wir folgen ihm wie gehorsame Entenküken.

Am anderen Ende kommen wir in einer Art Gewerbegebiet raus und Pete steuert durch einen schmalen Durchgang hinunter eine große verborgene Tür an.

Pete fummelt an dem Schloss herum und drückt dann vorsichtig die schwere Metalltür auf. Wir folgen ihm hinein. Es ist stockdunkel, aber die Luft fühlt sich warm an und es riecht merkwürdig. Außerdem brummt etwas. *Wo* sind wir hier? Ich folge Pete direkt auf den Fersen. Es ist stockdunkel hier, deshalb strecke ich die Hand aus und greife vorsichtig nach einem Zipfel seines Pullovers. Ich erwarte, dass er mir das verbietet, aber er sagt nichts. Und Gabe hält sich auf dieselbe Weise an mir fest.

Der Teppich am Boden ist so rau, dass ich mit den Turnschuhen hängen bleibe und stolpere. Wir gehen ein paar Stufen hoch, dann biegt Pete auf einmal rechts ab und ich stolpere über seinen Fuß. Ich falle nach vorn, strecke die Hände aus, um mich abzufangen, aber da ist nichts, und ich falle und falle in die Dunkelheit und lande nicht auf dem Boden, sondern auf einer dicken, leicht schrägen Glasscheibe. Zuerst knallen meine Hände darauf, glatt und kalt, gefolgt von meinem Kopf. Hart.

Als mein Kopf gegen das Glas stößt, kommt mir drohend das grauenhafteste Ding entgegen, das ich je gesehen habe: kalt, blasse Haut, starre Augen und viele Reihen von Zähnen.

Ein Hai.

Er taucht aus der Dunkelheit auf, und ich denke, ich muss sterben. Ich schreie laut auf und spüre ein Pochen in meinem Kopf. In meinen Ohren rauscht es, und ich rutsche an dem Glas hinunter, bis ich am Boden kaure und den Kopf in den Armen verberge, um mich vor diesen Zähnen zu schützen.

Und dann werde ich ohnmächtig.

25

Ich öffne die Augen. Ich liege auf dem Boden. Der Teppich ist hart und fühlt sich an wie Klettband. Der Stoff meiner Hose bleibt daran hängen und ich nehme verschwommen wahr, dass sich dadurch meine Unterhose in meine Po-Ritze hochzieht.

Mein Rücken schmerzt, und mir ist schlecht, aber unter meinem Kopf spüre ich etwas Weiches und kühle Hände liegen an meinem Gesicht.

»Lou? Lou?« Ein Atemzug auf meiner Wange. Die Stimme gehört Gabe. Er dreht sich zu den anderen und sagt in strengem Ton: »Ruft einen Krankenwagen.«

»Geht nicht!« Das ist Pete. Er klingt panisch.

»Sein Dad verliert dann seinen Job!« Roman ist irgendwo weit über mir.

»Ist mir egal! Ruft einen Krankenwagen!« Ich habe Gabriel noch nie so wütend gehört.

»Ich bin da. Ich bin …«, bringe ich mühsam hervor. Aber was ich *versuche* zu sagen ist: »Ich bin nicht tot und bitte, *warum ein Hai?*«

»Oh, Gott, Lou!«, flüstert Gabe und klingt wieder so wie immer. Ich spüre ein Gewicht auf meiner Schulter: seinen Kopf. Ich lege meine Hand auf seine Haare. Ich habe das Gefühl, als müsste ich *ihn* trösten und nicht umgekehrt.

»Hast du Schmerzen?«, fragt er.

»Nein«, lüge ich. Um ehrlich zu sein bestehe ich seit dem Wasserfass, dem umgedrehten Fahrrad und dem Ereignis jetzt zu siebenundachtzig Prozent aus Schmerzen. Aber egal.

»Der Hai!« Ich ziehe mich zum Sitzen hoch. Mein Magen dreht sich um. »Was … hat …?«

»Wir sind im Aquarium«, erklärt Gabriel mit einem zaghaften Lachen.

Im Aquarium. Klar.

»Hättest du auch sagen können!«, rufe ich in die Richtung von Petes Stimme.

»Sollte eine Überraschung sein«, verteidigt er sich und klingt – ganz untypisch für ihn – sehr nervös.

»Ich war überrascht«, sage ich mit schwerer Zunge vom Fußboden aus.

Roman stößt ein kleines Lachen aus und ich rapple mich mit Gabes Hilfe auf.

»Und was jetzt?« Meine Stimme klingt ein bisschen kehlig. Beim Stehen ist mir schlecht geworden, deshalb lehne ich mich an eine Wand.

»Und …« Petes Stimme verschwindet in die Dunkelheit. »… jetzt!« Er dreht das Licht in den Aquarien an und das Wasser schimmert bläulich. Kleine Schwärme leuchtender Fische treiben hinter der Glasscheibe vorbei. Etwas Schöneres habe ich nie gesehen.

Wir stehen schweigend da und ich merke, wie ich nach Gabriels Hand taste. Zu meiner Überraschung greift Roman nach meiner anderen Hand. Es fühlt sich gut an, wie eine Familie. Ob Roman und Pete auch Händchen halten? Ich frage lieber nicht. Wir schauen schweigend, bis Pete die Stimmung des Augenblicks unterbricht.

»Also, mit wem möchtet ihr gerne schwimmen?«, fragt er und streckt den Hals, um die Tafeln lesen zu können. »Koi-Karpfen, Thunfisch oder …«

»*Mit* den Fischen schwimmen?«, unterbricht Roman. »Ich dachte, du hättest gesagt, da wäre ein leeres Aquarium!«

»Ja, war auch, aber jetzt nicht mehr.« Pete wischt das weg, als wäre es nicht wichtig.

»'tschuldigung, Peter, vielleicht bin ich ein bisschen schwer von Begriff«, mischt Gabe sich ein. »Aber könnten wir ein paar mehr Detailinfos dazu haben?«

Pete seufzt, als wäre Gabriel übertrieben zimperlich.

»Da war ein leeres Aquarium, aber jetzt ist es L-E-E-R. Kein Wasser darin. Also müssen wir heute Abend eben zusammen mit ein paar Fischen schwimmen. Das ist okay, sie sind vollkommen harmlos. Sollen wir es mit Thunfisch versuchen? Ich hatte heute Mittag ein Thunfisch-Sandwich, irgendwie steht es also schon eins zu null für mich.«

Na, denke ich in meinem Schwindel, da hat aber jemand gute Laune. Das war möglicherweise der erste Witz, den ich jemals von ihm gehört habe. Aber … warte.

»Pete«, sage ich. »Thunfische sind riesengroß und bissig.«

»Nein, sind sie nicht«, korrigiert er mich. Wir wenden uns dem Aquarium zu und ungefähr zwanzig Thunfische gleiten vorbei. Sie sehen aggressiver aus als die meisten anderen Fische, die ich in meinem Leben gesehen habe.

»Doch. Sind sie«, sagen Roman und Gabe im Chor.

»Ach, verd…«, seufzt Pete und klettert leichtfüßig eine Leiter hoch, die ich in der Dunkelheit nicht gesehen hatte.

Dann hören wir ihn geschäftig hantieren und der Deckel des Aquariums gleitet zur Seite. Ein blasser Fuß und ein Bein im Wasser erscheinen und dann der zweite. Einen Augenblick passiert nichts, dann stürzen sich auf einmal *alle* Fische auf die Füße. Es geht so schnell, dass ich vor Schreck aufschreie.

Mit einem Ruck zieht Pete seine Beine aus dem Wasser, aber so schnell, wie die Fische sich bewegt haben, kann ich nicht ausschließen, dass er gebissen wurde. Sie sehen wütend aus und werfen sich an der Wasseroberfläche hin und her. Und, ich bin mir nicht sicher, aber ich *glaube*, einer von ihnen kaut.

»Pete?«, ruft Gabe leise hinauf. »Alles in Ordnung?«

Keine Antwort.

»Wahrscheinlich hast du heute Mittag einen engen Freund verspeist, Pete, und sie wollen Rache«, rufe ich hinauf.

Wir kichern leise in uns hinein.

»Okay, gut.« Pete erscheint wieder oben an der Leiter, als ob nichts geschehen sei. Er hüpft nach unten. »Lasst es uns in einem anderen Becken versuchen.«

»Nach dir, Alter«, sagt Roman grinsend.

Nach mehreren Knabberangriffen und zwei entsetzlichen Beinaheunfällen (im Ernst, wenn du einen Oktopus in einem Becken hältst, MACH EIN SCHILD DRAN – Bescheidenheit ist hier nicht angesagt) finden wir ganz hinten endlich ein Becken voller winziger, leuchtend bunter Fische, die offenbar mehr Angst vor uns haben als wir vor ihnen. Wir sind uns einig, dass wir hier nur die Unterwasserfiguren üben können, nicht die Hebefiguren über Wasser, aber da an allem noch gearbeitet werden muss, lassen sich die Jungs auf den Grund des Beckens sinken und fangen an.

Es ist faszinierend zuzuschauen, und das liegt nicht nur an meiner vermutlichen Gehirnerschütterung. Die Jungs schweben in perfektem Einklang in dem blau schimmernden Wasser und die Fische gleiten als leuchtende Farbblitze an ihnen vorbei. Ich habe nie zuvor etwas gesehen, das so friedlich und zugleich so unheimlich war, und ich habe das Gefühl, in alle ein bisschen verliebt zu sein. Ja, sogar in Pete.

Ich filme die ganze Nummer mit meinem Handy und mir gelingt eine perfekte Aufnahme. Einmal schwimmt sogar ein Aal im Vordergrund vorbei! Zum Glück sind die Jungs so auf ihre Übungen konzentriert, dass sie ihn nicht sehen, sonst würden sie ausflippen. Ich schaue mir das Video noch einmal an, während sie sich oben umziehen, und bin vollkommen darin versunken.

Einer spontanen Eingebung folgend, lade ich das Video auf YouTube und schicke nach kurzem Zögern den Link an Hannah. Vielleicht tut es ihr gut zu sehen, dass es ein Leben außerhalb des Trainingslagers gibt, dass anderswo coole Dinge passieren. Ich tagge die Jungs nicht und füge auch keine Hashtags hinzu: Wir wollen die Sache ja bis nach dem Casting geheim halten. Dass Debs unser Geheimnis gelüftet hat, hatte nur üble Folgen. Ich kann auf weitere Hindernisse gut verzichten.

Von Han ist eine neue Mail da. Ich sehe nur die Vorschau: **Ich kann so nicht weitermachen.**

Hmmmm, ist das dramatisch gemeint? Also im Sinn von: »Ich haue ab«, oder eher im Sinn von: »Ich darf nicht mehr so streng mit mir sein«?

Damit Hannahs Text ganz angezeigt wird, aktualisiere ich meine Mails. Inzwischen mache ich mir wirklich Sorgen.

Ich bin vollkommen vertieft in mein Handy und nehme nichts um mich herum wahr, als Roman mich auf einmal am Arm packt. Er zerrt mich mit sich und wir rennen über den Teppich, stolpernd und tastend unseren Weg suchend an den kalten Glaswänden vorbei. Ich stoße mir die Zehen und Finger an, knalle immer wieder mit dem Kopf gegen irgendwas und habe keine Ahnung, was los ist. Ich weiß nur, dass ich Angst habe.

»Polizei!«, zischt Roman mir zu und mich packt kalte Furcht. *Ich renne vor der Polizei weg?* Was ist mit meinem Leben passiert?

Die Jungs sind so schnell, dass ich nicht hinterherkomme. Sogar Gabe. Ich bin immer noch benommen von meinem Sturz, sodass ich ein paarmal hinfalle und mir die Knie aufschürfe, aber Roman lässt mich nicht los. Er reißt mich jedes Mal wieder hoch und weiter. Ich bin froh darum, denn in meinem Kopf pocht es wieder und mir ist schrecklich schwindelig. Ohne Hilfe würde ich das niemals schaffen.

Jetzt höre ich hinter uns, wovor wir wegrennen: schwere

Schritte und Hunde. Pete biegt auf einmal scharf nach links ab. Eine Tür öffnet sich. Pete springt zurück und packt mich am anderen Arm, um mich, Roman und Gabriel hinter sich herzuziehen. Ich glaube, wir befinden uns in einem Abstellraum. Es riecht nach Bleichmittel, und bevor Pete die Tür schließt und auch noch das schwache Licht aus den Aquarien aussperrt, erkenne ich Schrubber, Eimer und einen Henry-Hoover-Staubsauger.

Wir stehen dicht aneinandergedrängt da. Die Jungs werden von allen Seiten gegen mich gepresst und ich rieche Aftershave, süßliches Haargel und ein bisschen Schweiß. Wir zittern vor Anstrengung, ruhig zu atmen. Mein Kopf liegt an Romans Brust, sodass ich seinen Herzschlag hören kann. So nah war ich einem Jungen noch nie.

Draußen ist es ruhig geworden und ich halte die Luft an (als ob das helfen würde). Ich schließe die Augen, aber davon wird mir schwindelig und ich mache einen kleinen Schritt nach hinten. Dabei verliere ich das Gleichgewicht. Ro packt mich an der Schulter, und ich greife nach Gabe und Pete, damit ich nicht mit lautem Poltern in die Schrubber und Eimer falle.

Wir alle vier gleiten langsam und vorsichtig nach unten auf den Boden. Es wäre lustig, wenn wir nicht so schreckliche Angst hätten.

Sie dürfen uns nicht finden, sonst steht uns riesiger

Ärger ins Haus. Ich würde Hausarrest bekommen: kein Training mehr und keine Freunde. Petes Dad könnte seinen Job verlieren … Bitte, wer immer ihr seid, geht einfach weiter.

Ich höre nichts. Nur unseren Atem. Mir ist echt schlecht, und der Raum fängt wieder an, sich zu drehen.

Auf einmal ertönt ein Schlag und die Tür wird aufgerissen. Wir vier schrecken vor blendenden Taschenlampen zurück. Der Druck in meinem Kopf wird schlimmer. Ich spüre meinen Puls im Hals pochen und rutsche weiter nach unten, bis ich praktisch auf dem Boden sitze. Roman, Pete und Gabe sehen aus, als wären sie merkwürdig weit weg. Petes Lippen bewegen sich, aber ich kann nicht hören, was er sagt.

In meinen Ohren ist ein Rauschen und von den Rändern meines Gesichtsfelds kriecht Schwärze herein und fließt in der Mitte zusammen.

26

Ich erwache mit einem merkwürdigen Druck auf der Brust. Meine Arme kann ich gar nicht bewegen. Wenn ich es versuche, raschelt es nur. Da merke ich, dass jemand einfach nur meine Decke brutal fest um mich herum ins Bett gestopft hat.

Warum bin ich im Krankenhaus?

Ich drehe den Kopf und sehe Mum. Sie wühlt in ihrer Tasche und sieht aus, als ob sie weint. Lav steht hinter ihr, kaum wiederzuerkennen, so ernst ist sie, und über ihr Gesicht ziehen sich blasse Mascara-Schlieren. Sie fängt meinen Blick auf und ihre Augen weiten sich. *Was ist hier los?*

Mums Kopf fährt hoch, und sie schnappt nach Luft, als sie mich sieht.

»Ach, Lou!« Sie beugt sich zum Bett herab und nimmt mich fest in den Arm.

»Was hast du nur gemacht?« Sie atmet in meine Haare. Zornig vor Erleichterung hält sie mich mit festem Griff. Das habe ich zuletzt erlebt, als ich sieben war und beschloss, ein paar Stunden in der Garage zu schlafen, ohne jemandem Bescheid zu sagen.

Mum lässt nicht los und ich atme den Duft ihres Shampoos ein. Stück für Stück kommt die Erinnerung an das Aquarium wieder.

»Wo ist mein Handy?«, frage ich blöde.

»Das kriegst du so schnell nicht wieder«, ertönt eine grimmige Stimme von der anderen Seite des Raumes. So streng klang Dads Stimme noch nie. Ich drehe den Kopf, um ihn anzuschauen. Mein Nacken fühlt sich steif an und ist sehr schmerzempfindlich.

»Tut mir leid, dass ich heimlich weggegangen bin.« Da ich nicht dauernd den Kopf drehen kann, spreche ich Dad an und drücke Mums Hand. »Es war nicht Lavenders Schuld. Ich musste einfach den Jungs bei ihrem Schwimmtraining helfen.«

»Und das war alles?«

»Ja, natürlich!«

»Natürlich nicht!«, braust Mum gereizt auf. »Du bist zusammen mit drei älteren Jungs bewusstlos und übersät mit blauen Flecken in einer Besenkammer gefunden worden! Wir hatten keine Ahnung, was passiert ist!«

Ich berühre mein Gesicht. Es fühlt sich aufgedunsen

und hart an. Beim bloßen Anheben der Hand schießen Schmerzen meine Seite hinunter.

»Willst du einen Spiegel?«, fragt Lav.

Dad räuspert sich. Lav und Mum schauen zu ihm hinüber. Er hält das offenbar nicht für eine gute Idee.

Lav trifft die Entscheidung und reicht mir einen kleinen Klappspiegel aus ihrer Handtasche. Ich hebe ihn vor mein Gesicht und neige ihn dann zu meinem Hals und meinen Schultern hinunter. Die Zahl von Schürfwunden und blauen Flecken wird nicht geringer. Mein Gesicht ist grün und blau, ich habe eine aufgeplatzte Lippe und am ganzen Körper merkwürdige Wunden. Ich sehe aus, als hätte ich mit wilden Tieren gekämpft.

Das lässt mich an den Hai denken und mir schaudert.

»Alles in Ordnung?« Mum beobachtet mich müde.

»Mum, das ist alles meine Schuld.«

»Nichts davon ist deine …«

»Nein, ich meine, *wirklich* … Ich hab mich rausgeschlichen und bin dann mit dem Wasserfass kollidiert«, sage ich und zeige auf meine Schulter. »Dann bin ich hinten im Garten über ein Fahrrad gestolpert und im Aquarium bin ich gestürzt und mit dem Kopf gegen eines der Becken geknallt. Ich weiß, ich sehe aus, als würde ich aus einem Horrorfilm kommen, aber *niemand* hat mir etwas getan. Das ist alles eine Folge von unglaublicher Tollpatschigkeit.«

Lav beobachtet mich, und ihr Mundwinkel zuckt, als müsse sie gegen ein Grinsen ankämpfen.

Mum sieht immer noch grimmig aus.

»Nimm ein umgedrehtes Fahrrad, wenn du einen Schuldigen suchst.«

Mum wirft Dad einen Blick zu. »Was hab ich jetzt damit zu tun?«, protestiert er.

»Haben die Jungs Probleme?«, frage ich.

»Ja«, antworten alle drei im Chor.

»Kann ich mein Handy haben?«

»Nein.«

»Aber …«

»NEIN.«

»Ich muss mit Roman, Gabe und Pete reden! Ich trainiere sie für *Britain's Hidden Talent* und die Vorauswahl ist in wenigen Tagen …« Ich verstumme, weil Dad mit geschlossenen Augen den Kopf schüttelt.

»Nein, Lou, es wird kein *Bitain's Hidden … Ding* geben. Die Jungs können von Glück sagen, wenn sie nicht von der Schule fliegen oder noch schlimmer.«

Kälte und Hitze wallt gleichzeitig durch mich hindurch. Ich fühle mich schwach, als ob das letzte bisschen Hoffnung einfach ausgelaufen wäre. Das kommt nicht mehr in Ordnung, oder? Alles ist kaputt.

27

Lou, Süße, alles in Ordnung? Wir haben gehört, dass du zusammen mit Ro Garwood und Pete Denners VERHAFTET worden bist. Das kann doch nicht wahr sein?!! Hast du Lust, dich diese Woche nach dem Schwimmtraining zu treffen? Alle Mädels sagen, dass wir das tun sollten, weil wir dich schon EWIG nicht mehr gesehen haben.
Xo – Nic

Hi, Lou, wollte mich mal melden und hören, ob du okay bist. Ruf mich an, wenn du reden magst. Ich kann mir zwar nicht vorstellen, wie du dich fühlst, aber ich kann zuhören.
Grüße von Cammie
Xo – Melia

Mädels, hier ist Lous Mum. Ihr Handy ist bis auf Weiteres in meiner Obhut.

Gleich am nächsten Morgen werde ich entlassen. Später kommt eine junge Polizistin zu uns nach Hause, um Kaffee zu trinken und mich skeptisch zu beäugen. Ätzend. Mum holt das Geschirr heraus, das wir sonst nur an Weihnachten benutzen. Es ist merkwürdig, es im Oktober in Gebrauch zu sehen.

Niemand hört mir zu und ich habe langsam wirklich Angst um die Jungs. Ich mache mit der Polizistin eine Müllplatz-Führung und zeige ihr das Wasserfass und das umgedrehte Fahrrad – was total für die Tonne ist.

Mein Handy bekomme ich immer noch nicht zurück. Hannahs ungelesene Mail habe ich total vergessen, weil ich mich mit so vielen verschiedenen Problemen herumschlage: Ich mache mir Sorgen, ob die Jungs von der Schule geflogen sind, oder schlimmer noch, ob die Polizei involviert ist. Jedes Mal, wenn ich auf unserem Heimcomputer die Lokalnachrichten googeln möchte, stürzt sich Mum auf mich wie der Thunfisch auf Petes Bein. Außerdem nehme ich starke Schmerzmittel, damit ich schlafen kann, aber sie machen mich bis in den Nachmittag hinein groggy, sodass meine Tage in einem frustrierenden Nebel vorbeiziehen.

Ich muss zwei Wochen zu Hause bleiben, um die

Gehirnerschütterung auszukurieren und um »Gras über die Sache wachsen zu lassen«, wie Mum sagt. Am Samstag ist die letzte öffentliche Vorauswahl. Der Tag geht vorbei, und meine Bitten, hingehen zu dürfen, verhallen ungehört.

Mum und Dad erlauben mir nicht einmal, das Haus zu verlassen. Sie können mich aber nur davon abhalten, indem sie mir sagen, dass die Jungs *noch viel mehr Schwierigkeiten* bekommen, wenn ich mich mit ihnen treffe, und dann würde es wirklich meine Schuld sein. Also gehe ich zurück ins Bett und weine mich in den Schlaf. Beim Aufwachen sieht mein Gesicht dann aus wie eine Blase.

Ich frage mich, ob die Jungs ohne mich zur Vorauswahl gehen. Bestimmt, da könnte ich wetten. Ich habe wirklich die uneinsichtigsten Eltern der Welt. Lavender berichtet mir aus der Schule, dass:

1) die Leute unverschämt neugierig sind. Sie sage ihnen, sie sollen sich alle verpissen, besonders Cammie, die meint, sie wäre bekümmerlicht (das ist nicht mal ein Wort).
2) Roman zur Schule kommt. Gabe habe sie allerdings noch nicht gesehen.
3) sie sich langsam daran gewöhnt, dass Amelia Bond kein haariges Muttermal mehr im Gesicht hat, aber sie hätte noch einen langen Weg vor sich.

Ich glaube, mir wäre es lieber, wenn Roman, Gabe und Pete ohne mich zur Vorauswahl gingen, als wenn sie sie verpassten. Aber wenn ich mir vorstelle, dass sie das Finale erreichen, während ich zu Hause festsitze, fühle ich mich ausgeschlossen. Ich leide ernstlich an FOMO.

Wie hat Gabe das nur ein ganzes Jahr lang ausgehalten? Ich kiege schon nach drei Tagen die Krise. Mum lässt mich schließlich mit Dad mitfahren, nachdem ich begonnen habe, für jeden Tag meiner Inhaftierung mit Lavs Eyeliner einen Strich an die Schlafzimmerwand zu malen.

Sieg! Auch wenn ich Lav einen neuen Eyeliner kaufen muss.

Und perfektes Timing: Es stellt sich nämlich heraus, dass mein schmerzender Rücken und die Übelkeit nichts mit dem Aquarium zu tun haben, sondern eine Folge meiner ersten Periode sind. Mum bringt mir eine Wärmflasche.

»Es war wirklich eine denkwürdige Woche«, sage ich zu ihr.

»Lange nicht so dramatisch wie meine erste Periode.«

»Pffft. Wie viel Polizei war bei *deiner* ersten Periode dabei?«

»Keine, aber ich habe bei der Schulaufführung mitgetanzt. In einer weißen Hose.«

Damit deckt sie mich zu. Ich wage es nicht, zu schlafen, falls ich träume.

Am nächsten Tag hole ich ein paar Hausaufgaben nach, die Mr Peters vorbeigebracht hat. (»Reizender Typ, und diese dunklen Augen …«, sagte Mum. »Ein bisschen dürr«, schnaubte Dad.) Mit einem Stich im Magen fällt mir Hannahs Mail ein. Unfassbar, dass ich seit der Besenkammer nicht an sie gedacht habe. Aber Gehirnerschütterung ist etwas Merkwürdiges, meinte der Arzt. »Wirklich komisch«, erwiderte ich und tastete meinen verbeulten Kopf ab.

Ich bitte Mum um mein Handy. Sie will eigentlich Nein sagen, aber ich erzähle ihr von Hannahs letzter Nachricht und davon, dass sie immer gestresster ist und ihre Eltern so viel Druck machen. Dad kommt die Treppe herunter. Er macht sich hinter mir zu schaffen und schmiert sich mit gespitzten Ohren ein Brot.

»Ich schau in deinem Handy nach«, sagt Mum in einem Ton, als würde sie mit meinem Widerspruch rechnen.

»Gut.«

»Lavender würde ausflippen, wenn du daran auch nur denken würdest«, murmelt Dad.

Ich verdrehe die Augen. »Weil sie Jungs kennt, die mit ihr ausgehen wollen. Ich dagegen kenne nur ein paar streitsüchtige Synchronschwimmer.«

Mum lehnt am Küchenblock und scrollt durch meine Nachrichten. Ich forsche in ihrem Gesicht nach Reaktionen.

»Hast du was?«

»Deine Freunde vom Schwimmteam wollen wissen, ob du okay bist, *Babes*«, sagt sie süß-sauer. »Und du hast zwei neue Mails von Hannah.«

»Darf ich sie lesen?« Ich stehe auf.

»Nein. Nicht nach der Woche, die du hinter dir hast.« Sie fängt an zu lesen.

Dad schaut Mum über die Schulter. Ihre Gesichter verfinstern sich.

»Was ist?«, will ich wissen. »Kommt schon, sie ist meine beste Freundin!«

Sie lesen weiter. Auf einmal streckt Dad, ohne die Augen vom Bildschirm zu nehmen, den Arm aus und ergreift meine Hand. Ich glaube, er vergisst, sie loszulassen. Er und Mum beugen sich eine ganze Weile über mein Handy, ihre Köpfe berühren sich, als sie durch all die älteren Mails scrollen, und wir halten immer noch Händchen. Muss ich ihn mit zur Uni nehmen?

»He, Leute, das ist mein Dad. Könnt ihr die Tür halten? Nein, schon in Ordnung, wir gehen seitlich durch.«

Endlich sind sie fertig und schauen sich an. Ihre Nasen berühren sich praktisch und einen verrückten Augenblick lang denke ich … *werden sie sich gleich küssen?* Aber sie sind kein Paar mehr, also küssen sie sich lieber nicht. Außerdem hält Dad immer noch meine Hand!

Zum Glück küssen sie sich nicht *und* er lässt meine Hand los. Doppelsieg.

»Was ist eine Thigh Gap?«, fragt Dad und ich erkläre es ihm.

»Und ein fetter Rücken?«

»Ähm …«

»Vielleicht Fett, das auf deinem Rücken sitzt?«, erklärt Mum geduldig.

»Genau.«

Mum fängt meinen Blick auf. Ich unterdrücke ein Lächeln. Sie nimmt meine Hand und sieht nachdenklich aus. »Also. Sieht nicht so aus, als würde Hannah gut mit dem Druck klarkommen. Oder als wären ihre Eltern sehr hilfreich.« Er hält inne.

»Was?«

»Okay«, sagt Dad mit seiner Ich-habe-einen-Plan-Stimme, mit der er normalerweise seine Absicht ankündigt, mit Puddingrezepten zu experimentieren.

Er reicht mir mein Handy.

»Lou, schreib Hannah und frag sie, was sie tun möchte. Sag ihr, dass wir ihre Eltern anrufen können …«

»Nein«, unterbreche ich ihn, »sie wird *ausflippen.*«

»Lou, sie ist schon ›ausgeflippt‹. Sie denkt, Rückenfett sei wichtig. Sei einfach ehrlich zu ihr. Und dann …«

»Ja?«

»Dann gib mir dein Handy wieder.«

28

Liebe Hannah, es tut mir so leid. Ich habe nicht bemerkt, dass du verrückt geworden bist.

Hmmm. Löschen.

Hannah, es tut mir wirklich leid. Ich habe neue Freunde gefunden und hatte nicht bemerkt, dass du …

Noch schlechter. Löschen!

Hannah, es tut mir leid. Ich habe nicht bemerkt, dass dir das Trainingslager so schwerfällt. Es hört sich wirklich hart an. Soll ich deinen Eltern was sagen? Oder vielleicht könntest du mit den Trainern darüber reden, dass sie es ein bisschen langsamer angehen lassen?

Ich bin sicher, wenn du jemandem sagst, dass du unglücklich bist, helfen sie dir bestimmt. Man bekommt leicht das Gefühl, dass der Sieg das Einzige ist, das zählt, aber ich glaube nicht, dass das so ist. Lass es dir von einem Loser gesagt sein! Tut mir leid, dass ich dir so spät antworte – ich habe zwei wahnsinnige Wochen hinter mir. Ich erzähle dir später mehr, bitte lass mich wissen, ob du okay bist!

Ich hab dich lieb.

Xoxoxo – Weeez

Ich brauchte eine Ewigkeit, um das zu formulieren. Ich saß am Küchentisch und der Tee vor mir wurde kalt. Aber schließlich hatte ich es.

Ich drücke senden und gebe Dad mein Handy. Er legt es vorsichtig in eine Schachtel, dann verschließt er die Schachtel mit einem kleinen Schlüssel, den er Mum reicht, die ihn mit einem selbstzufriedenen Ausdruck auf dem Gesicht einsteckt. Dad stellt sich auf die Zehenspitzen und schiebt die Schachtel auf ein hohes Regalbrett im Küchenschrank, das nicht einmal ich erreichen kann.

Er dreht sich wieder um und steht dann Schulter an Schulter neben Mum. Sie verschränken die Arme. Gegen so eine Elternfront kann keiner es aufnehmen.

Fast sofort gibt mein Handy einen Klingelton von sich und vibriert in der Schachtel. Sie machen lange Gesichter.

»Das ist wahrscheinlich Hannahs Antwort«, erkläre ich unnötigerweise. Dad seufzt und geht wieder zum Küchenschrank. Mum greift in ihrer Tasche nach dem Schlüssel.

Es *ist* Hannah.

KEIN WORT ZU MEINEN ELTERN. Im Ernst! Das hier bedeutet die Welt für sie. Aber du bist kein Loser und das weißt du. Das Video aus dem Aquarium war der Hammer. Ich habe es hier total vielen Leuten gezeigt! Ich bin okay. Nur abends bin ich einfach deprimiert, morgens sieht alles immer besser aus. Muss los ... Wir gehen alle zusammen ins Kino. Haha – nur ein Scherz, TrainingTrainingTraining.
Xoxoxoxoxoxo

So eine Antwort hatte ich nicht erwartet. Sie ist mir viel zu vage. Mum nimmt das Handy und liest zusammen mit Dad die Nachricht.

»Okay«, sagt Dad. »Aber ich würde doch lieber ihre Eltern informieren.«

»Dann ist sie total sauer auf mich. Ich hab sowieso schon ein schlechtes Gewissen, weil ich *euch* das zeige.«

»Bleib im Gespräch mit ihr«, sagt Mum und gibt mir mein Handy zurück. »Ich vertraue dir«, sagt sie und hält es eine Sekunde länger fest als nötig.

Ich gehe nach oben und verbringe den Rest des Tages damit, all die Dinge zu googeln, die mir vierzehn Tage lang vorenthalten worden waren. Es dauert ewig. Als ich auch noch die Bedeutung von »bekümmerlicht« gecheckt habe (ich wusste doch, dass das kein Wort ist), ist Lav aus der Schule zurück. Sie lässt sich müde auf ihr Bett plumpsen, nachdem sie ihre Hausaufgaben aus ihrer Tasche gekippt hat.

»War's gut in der Schule?«

Sie seufzt. »Sie quetschen mich immer noch wegen dir aus.«

»Können sie nicht Roman fragen?«

»Ich hab gehört, dass dieses Mädel, Camo …«

»Cammie …«

»… versucht, es aus ihm rauszuflirten. Er war wohl ziemlich unfreundlich zu ihr.«

Ich freue mich aus mehreren Gründen wirklich sehr über diese Nachricht.

Ich seufze und mein Blick fällt auf meinen Bauch. Nachdem ich mein Top angehoben habe, betrachte ich ihn. Er ist lange nicht mehr so definiert wie früher. Cammie sagte mal: »Total scharf – bei einem Jungen.« Sie ist gut darin, mich auf eine Art und Weise zu beleidigen, die wie ein Kompliment klingt. So, dass ich ihr auch noch danken muss, weil sonst *ich* unhöflich bin.

Ich ziehe den Bauch ein und strecke ihn dann so weit

wie möglich raus. Dann ziehe ich ihn wieder ein. Dünn. Dick. Dünn. Dick. Ich hasse Cammie.

»Was machst du?«, ertönt eine argwöhnische Stimme vom anderen Bett. Ich schaue hinüber und Lav starrt mich über den Rand eines Schulbuchs hinweg an. Beschämt ziehe ich mein T-Shirt hinunter. Ehrlich, keine Privatsphäre in diesem Zimmer.

»Du stehst unter Essstörungs-Beobachtung, nur dass du es weißt«, informiert sie mich. »Schon seit der Qualifikation.«

»Wie süß«, antworte ich. »Ich hab dich unter Schwangerschafts-Beobachtung.«

»Ha-ha«, sagt sie gut gelaunt, legt ihr Schulbuch hin und rollt sich auf den Bauch. Verdammt, alles, was Lav tut, sieht elegant aus. Wahrscheinlich, weil sie viel weniger Körper steuern muss. Wenn ich meinen schlaksigen Körper bewege, ist es mehr, als würde man eine Schulklasse durch einen Zoo führen – ein kaum kontrollierbares Chaos.

»Seit du nicht mehr trainierst, siehst du anders aus, aber das ist okay, ja?«

»Okay.«

»Untersteh dich, eine Essstörung zu kriegen. Wenn du bulimisch wirst, machst du dir die Zähne kaputt. Und wenn du anorektisch wirst, bekommst du ein haariges Gesicht.«

»Bekomme ich nicht!«, widerspreche ich entsetzt.

»Hmmm-hmmm«, sagt sie bestimmt und verschwindet wieder hinter ihrem Buch. »Dein ganzer Körper wird überall ganz flaumig, wie Omas Kinn, aber *überall.*«

Ich überlege eine Sekunde und gebe ihr dann mein Handy mit dem E-Mail-Verlauf von Hannahs letzten Nachrichten.

»Klingt Hannah für dich auch ein bisschen gewichtsfixiert?« Sie überfliegt die Mails.

»Ja, sagst du es ihren Eltern?«

»Ich hab Mum und Dad davon erzählt, aber wenn wir Barbra und Damian einweihen, holen sie sie vielleicht aus dem Trainingslager. Und dann wird sie keine Profischwimmerin und alle ihre Träume platzen und ich bin daran schuld, weil ich ...«

»Lou, hol Luft.«

»'tschuldigung. Es ist echt stressig, auch nur daran zu denken. Damit zu leben, muss noch schlimmer sein.«

»Hör auf, an deinen Lippen zu zupfen. Sie fangen sonst an zu bluten. Sie bluten ja schon. Hannah klingt ziemlich durcheinander.«

»Ja, aber ich könnte wetten, dass dort alle durcheinander sind!«

Sie wirft mir ein Tempo zu.

»Danke.« Ich tupfe meine aufgeplatzte Lippe ab.

»Na ja.« Lav zuckt die Schultern. »Ich würde es ihnen sagen.«

»Ich glaube, Dad will das auch. Mama und ich sagen nein.«

Wir legen uns beide auf unsere Betten.

»Also steht es unentschieden«, sagt Lav.

»Hannah eingerechnet steht es drei zu zwei dafür, nichts zu sagen.«

»Hmmmm.«

Ich tippe einen kurzen Gute-Nacht-Gruß an Hannah. Es ist so schön, mein Handy wiederzuhaben.

Ich schaue zu, wie die Nachricht rausgeht, und sehe, dass sie sie sofort liest. Ein paar Punkte erscheinen, als sie zurückschreibt. Sie verschwinden, weil sie aufgehört hat. Dann poppen sie wieder auf, weil sie es erneut versucht. Ich beobachte die Punkte.

»Schau nicht auf die Punkte«, sagt Lav weise. »Dating-Regel.«

Ich lege mein Handy hin. Sie wird morgen antworten.

29

Ordner: Entwürfe

Hi Gabe, alles in Ordnung? Mir geht's gut. Tut mir leid, ich weiß nicht, was passiert ist.

Gabe, können wir reden?

Hi Gabriel, was ist los? Alles ist so merkwürdig hier.

Hi Roman, keine Ahnung, ob du mit mir reden willst, aber

Hey Pete

Ich hab mein Wort gegenüber Mum gehalten und den Jungs keine Nachrichten *geschickt.* Wenn ich gewusst hätte, was ich schreiben soll, hätte ich es getan. Egal, ich sehe sie ja bald.

Gestern sagten Mum und Dad, ich dürfe wieder zur Schule gehen, wenn es für mich in Ordnung sei. Nein, Mutter, Vater, gesegnet sei euer Optimismus, aber es ist *alles andere* als in Ordnung. Lav sagt, alle wissen, dass die drei Jungs verhaftet worden sind und dass ich dort war – und das könnte *alles* bedeuten, oder?

Fazit: Lahmer Loser Lou Brown hat drei beliebte Jungs ins Gefängnis gebracht. Ich sehe nicht, warum das meine gesellschaftliche Stellung verbessern sollte, aber wie viel schlechter könnte sie überhaupt werden? Ich wette, die Leute zerreißen sich ein paar Tage den Mund darüber und vergessen die Sache dann, also halte ich einfach den Kopf gesenkt. Lustiger Gedanke, nachdem ich das halbe Schuljahr damit verbracht habe, verzweifelt jemanden zu finden, der mit mir redet.

Am Abend vorher packe ich meinen Rucksack und stoße auf etwas Sperriges ganz unten am Boden: *Schwimmen für Frauen und Gebrechliche.* Der Rücken ist abgeplatzt. Das Buch lag schließlich seit unserem letzten Training vergessen in meiner Tasche. Sein muffiger Geruch erinnert mich an lange Abende in der Schwimmhalle, und ich bin traurig, dass all das jetzt vorbei ist. Sogar meine Schuhschachtel voller Zwanzig-Pfund-Noten löst Wehmut in mir aus. Ich bin mir nicht sicher, ob ich es jemals übers Herz bringe, das Geld auszugeben. Lav bietet an, es mir abzunehmen, wenn das alles zu emotional aufgeladen sei für mich. Zu freundlich, antworte ich ihr. Aber nein.

Am nächsten Morgen wache ich früh auf und esse schon mein Müsli, als Mama und Lav herunterkommen. Sie werfen mir aufmunternde Blicke zu, aber ich starre nur in meine Schüssel. Meine Laune ist nicht besonders gut. Da schleiche ich mich *einmal* in fünfzehn langweiligen Streber-Jahren heimlich aus dem Haus und dann bricht die Hölle los. Denn wenn ich schon aufmüpfig bin, dann richtig.

Dad nimmt uns im Auto mit. Er hält auf dem Schulparkplatz an und Lav dreht sich auf dem Vordersitz zu mir um.

»Sollen wir zusammen reingehen?«

»Wenn das für dich okay ist.«

»Klar.«

Sie wartet, bis ich mich und meinen Rucksack aus dem Auto befreit habe. Ich bin nervös und ungeschickt und spüre die Augen meiner Mitschüler auf mir. Die Blicke, natürlich, nicht die Augäpfel. Das wäre krass.

Endlich steige ich aus dem Auto aus. Meine Beine fühlen sich ein bisschen gummiartig an, als Lavender und ich zum Eingang gehen. Die Leute starren uns definitiv an und ich werde rot. Aber Lav löst sich nicht von mir, um zu ihren Freunden zu gehen, sondern begleitet mich bis zu meinem Klassenzimmer, wo wir glücklicherweise gleich an der Tür Mr Peters begegnen.

Es kommt mir vor, als würde Lav mich ihm wie ein Paket übergeben, aber so ist es wohl am besten. Als ich hineingehe, hören ein paar Leute auf zu reden und schauen mich an, während andere noch mehr reden, wahrscheinlich über mich. Ich sehe nicht gut aus: mein Gesicht ist immer noch überall blau, an meinen Händen habe ich Schürfwunden vom Teppich und meine Lippe ist übel verschorft. Ich setze mich gleich vorn auf einen leeren Platz, statt das Risiko einzugehen, bis nach hinten zu marschieren. So bin ich ganz in der Nähe von Mr Peters und niemand traut sich, mich anzusprechen.

Die Leute an dieser Schule sind besonders schlimm: Entweder sie ignorieren dich oder sie gaffen dich an. *Wie wär's mit einem Mittelweg, Idioten!*

Es klingelt.

»He, ist das ein *blauer Fleck?*«, ruft ein Junge meinem Rücken zu, als ich aus dem Klassenzimmer eile, und ich höre ein paar Mädchen empört, aber zugleich amüsiert nach Luft schnappen.

Noch drei Jahre, Lou, sage ich mir, schultere meinen Rucksack und gehe mit gesenktem Kopf in meinen Geschichtsunterricht. Noch drei Jahre, mach deine Abschlussprüfungen und deine A-Level, ändere deinen

Namen in Trixie McCool, geh zur Universität und leugne, dass Louise Brown jemals existiert hat, geschweige denn jemals außerhalb der Öffnungszeiten in einem Aquarium war.

Ich bin schon total fertig. Anderthalb Wochen Bett und ich bin vollkommen kraftlos. In Geschichte döse ich mit interessiertem Gesichtsausdruck in der ersten Reihe still und leise vor mich hin. Die Lehrerin ist nicht überzeugt, aber sie lässt mich heute in Ruhe. Mit meiner Größe bin ich nicht gerade ein natürlicher Leisetreter, aber heute tue ich mein Bestes. In der ersten Pause schleiche ich in die Toilette und sitze dann in meinen nächsten beiden Stunden wieder ganz vorn.

In der Mittagspause gehe ich in die Cafeteria und suche Roman und Gabe, aber ich sehe sie nirgends. Stattdessen treffe ich Melia. Sie lächelt und sieht ehrlich erfreut aus, mich zu sehen.

»Hey, alles in Ordnung mit dir?« Sie kommt ohne jedes Geplauder gleich zum Thema. Erscheint merkwürdig, aber dann tauchen Cammie und die anderen hinter ihr auf und setzen jedem Gespräch ein Ende.

»Oh mein Gott, wie siehst du denn aus«, sagt Cammie affektiert. »Wer war das? Aber nicht Roman? Hat er dich *geschlagen?* Hattest du einen *Unfall?*«

Die Leute drehen sich um und gaffen, genau wie sie es beabsichtigt hat.

Melia sieht beschämt aus. »Cammie«, murmelt sie.

»Was?«

»Ver… vergiss es einfach.«

Weiter so, Melia, setz dich gegen sie durch. Ich mache mir zunutze, dass Cammie abgelenkt ist, und schlüpfe an ihnen vorbei.

Dann suche ich meinen alten Zufluchtsort auf, die Bibliothek. Ich werde das größte Buch aussuchen und mich dahinter verstecken. Wenn es groß genug ist, baue ich daraus ein Fort und komme erst nach Schulschluss wieder heraus. Kindisch, aber das ist mein Plan.

Ich biege in einen nicht so vollen Flur ein und merke, wie ich langsam ruhiger werde. Im Ernst, was soll dieses ganze Theater! Mein schlimmstes Vergehen bestand darin, meine Eltern anzulügen und vielleicht, ein paar Fische zu erschrecken. Als Lav heimlich zu einer Party ging, in eine Scherbe trat und in paillettenbesetzten Hotpants im Krankenhaus eine Tetanusspritze bekam, machten sie nur halb so viel Aufhebens. Diese Ungerechtigkeit schreit zum Himmel.

Mit gesenktem Kopf gehe ich rasch den Flur hinunter. Ich biege um eine Ecke und laufe direkt in Roman. Tatsächlich pralle ich mit dem Gesicht gegen ihn.

»Au!«, stoße ich kläglich hervor und reibe mir die Nase. Im Mund habe ich einen metallischen Geschmack, als würde ich Nasenbluten bekommen.

»'tschul …«, beginnt Roman, verstummt aber, als er mich erkennt.

Eine fiese Stimme in meinem Kopf fragt, ob er mich grüßt – bevor ich dafür gesorgt habe, dass er verhaftet wurde und fast von der Schule geflogen ist, hat er schließlich in der Schule nie mit mir gesprochen. Eine weniger fiese Stimme erinnert mich daran, wie er mich festhielt, als wir durch das Aquarium gerannt sind, und nicht einmal losließ, als er durch mich langsamer wurde.

»Du siehst ja schlimm aus«, sagt er erschrocken.

Zwei Jungs aus meinem Jahrgang biegen in den Flur ein und sehen uns. Sie bleiben gaffend stehen.

Roman wirft ihnen einen wütenden Blick zu, und da fällt ihnen ein, dass sie eigentlich etwas sehr Wichtiges vorhatten, und gehen schnell an uns vorbei.

»Ich weiß. Das ist mein neues Shampoo«, antworte ich.

Roman lacht. Er lacht sonst nie über meine Witze. Vielleicht ist es ein mitleidiges Lachen, aber egal: Ich tue mir leid. Beim Sprechen schmerzen meine verschorften Lippen. Würg.

»Wie geht es dir?«, traue ich mich zu fragen.

»Ging … schon mal besser«, antwortet Roman vorsichtig. Ich habe das Gefühl, dass er etwas vor mir verbirgt, und außerdem … »Hör bitte auf, mit meiner aufgeplatzten Lippe zu reden.«

»Ach Gott, sorry.« Er lächelt. Er sieht so gut aus, wenn

er lächelt, aber daran denke ich im Augenblick nicht. Mich beschäftigt etwas anderes.

»Wo ist Gabe?«, will ich wissen.

»Krank«, sagt Roman ein bisschen weniger freundlich. »Wegen dem ganzen Stress ist er wieder krank geworden.«

Ich habe das Gefühl, als hätte ich einen Tritt in den Bauch bekommen.

»Das … das tut mir sehr leid.«

»Das ist nicht *deine* Schuld!« Er scheint fast wütend zu sein bei diesem Gedanken.

»Ich weiß, dass das nicht meine Schuld ist!« entgegne ich. »Es tut mir leid für *ihn*, meine ich. Ich mag ihn, er ist mein Freund. Ich möchte nicht, dass er sich die ganze Zeit fühlt, als hätte er Grippe, und müde ist und Gliederschmerzen hat und so.«

»Hat er dir das erzählt?«

»Ja. Aber, sag mal, wo wohnt ihr?« Ich ziehe mein Handy heraus, um die Adresse zu notieren. Ich werde ihn besuchen, beschließe ich. Jetzt sofort. Roman mustert mich.

»Du willst ihn besuchen?«

»Klar!«, antworte ich. »Wenn das okay ist?«

»Ich wollte gerade bei Pete mitfahren, wenn du auch …?«

»Will Pete mich denn überhaupt sehen?«

»Ach, halt die Klappe.« Er packt mich am Rucksack

und schüttelt mich ein bisschen. »Wir bringen dich zum Ende der Mittagspause wieder zurück.«

Wir gehen im Gleichschritt zusammen hinaus zum Parkplatz. Ich bin fast so groß wie er. Wir werden beobachtet und ich bin langsam ziemlich nervös.

Das ist auch wieder eine Dummheit und in den vergangenen zwei Wochen ist die Liste meiner Dummheiten deutlich länger geworden. Jetzt schwänze ich Schule und zwar zusammen mit zwei Jungs, die erst kürzlich beschuldigt wurden, mich angegriffen zu haben. In einer Besenkammer. In einem Aquarium.

Pete wartet auf dem Parkplatz in seinem Mini und raucht. Vermutlich bin ich nicht mehr seine Trainerin, aber ich verspüre doch eine gewisse mütterliche Verärgerung. Er wirkt erstaunt, als er mich sieht, schnippt die Zigarette aus dem Fenster und steigt aus. Ich winke ihm verlegen zu und bin entsetzt, als er zu mir tritt und mich umarmt.

Er quetscht ziemlich genau jeden einzelnen meiner blauen Flecke, aber das ist okay.

Roman öffnet die Beifahrertür und klappt den Sitz für mich nach vorn.

(Das ist so cool! Oder wäre cool, wenn wir nicht notfallmäßig zum Krankenbett von jemandem fahren würden, der mir wirklich wichtig ist.)

»Willst du eigentlich lieber vorne oder lieber hinten

sitzen, Lou?« (Und wenn es physikalisch nicht unmöglich wäre, drei schlaksige aufgeschossene Teenager in einen Mini zu packen.)

»Ähm.«

Ich habe das Gefühl, wir passen nur dann alle hinein, wenn wir uns verflüssigen und jemand uns dann durch das Schiebedach ins Wageninnere gießt. Also nehme ich den Rücksitz, und wir spielen langsam und vorsichtig eine Runde Twister, während sich fünfeinhalb Meter Mensch in das Auto falten.

Bevor wir es fast geschafft haben, bekommen wir einen Lachanfall. Das hilft zwar nichts, aber ich fühle mich danach sehr viel besser. Ich kann mich nicht erinnern, wann ich das letzte Mal gelacht habe. Ich glaube, das war vor dem Hai.

30

Lav

Alles okay? Millie sagt, du schwänzt zusammen mit Roman und Pete? Dir ist schon klar, dass das eine absolut schlechte Idee ist?

Lou

Gabe ist krank. Ich will ihn besuchen. Bin zum Ende der Mittagspause wieder da!

Lav

Okay. Halt dich von Fischen fern.

Wir erreichen Romans und Gabes Zuhause. Ro schließt auf, Pete, der sich offensichtlich hier wie daheim fühlt, folgt ihm. Ich bin auf einmal ein bisschen verlegen.

Das Haus ist größer als unseres, bemerke ich beim Hineingehen, aber nicht so protzig wie das von Hannahs Eltern.

»Gabe! Lou ist hier. Bist du salonfähig?«

»Lou? Echt?«

»Ja! Zieh dich an!«, rufe ich die Treppe hinauf. Hoffentlich ist seine Mum nicht da, denn diese Bemerkung war gefährlich anspielungsreich.

Gabe ist angezogen, aber er sitzt zwischen Bücherstapeln und einem Laptop auf seinem Bett. Ich umarme ihn nicht, weil es sich merkwürdig anfühlt. Schließlich ist er im Bett. Also hocke ich mich an das Fußende und drücke sein Bein.

»Wie geht's?«, fragen wir gleichzeitig und lachen.

»Besser.«

»Besser.« (Goldene Regel: niemals zu viele Worte mit Jungs, nicht mal mit den netten.)

Wir sitzen zu viert da und reden ein bisschen. Ich muss sie einfach fragen: »Wart ihr beim Casting? Ich meine, es ist vollkommen in Ordnung, wenn ihr ohne mich gegangen seid. Wirklich.«

Sie machen alle drei betretene Gesichter. Roman redet als Erster.

»Gabe und ich waren vorübergehend vom Unterricht ausgeschlossen. Ich dachte, wir würden von der Schule fliegen. Außerdem wurden wir alle drei fast wegen Körperverletzung angeklagt, und dann ist Gabe auch noch krank geworden. Das Casting ist total an uns vorbeigegangen.«

»Ich habe es meinen Eltern gesagt!«, protestiere ich geschockt. »Ich habe gesagt, dass ich mich verletzt habe, weil ich tollpatschig war, als ich mich hinausgeschlichen habe, und dass ich in Ohnmacht gefallen bin, weil ich … was ausgebrütet habe.«

»Was hast du ausgebrütet?«, fragt Gabe und Roman und Pete schauen mich an.

Jetzt habe ich natürlich ihre volle Aufmerksamkeit. Wenn ich ihnen beibringen will, wie man elegant taucht, hört keiner zu, aber jetzt sind sie alle ganz Ohr.

»Mädelssache«, sage ich zu Gabe. »Ich habe eine Mädelssache ausgebrütet.«

»Wird das besser?«

»Nein. Nein, keine Aussicht auf Heilung. Vielleicht muss ich mir ein Kleid kaufen.«

»Egal!«, unterbricht Pete. Er redet offenbar lieber über seine Verhaftung als über die spannenden biologischen Vorgänge in meinem Körper. Na gut. »Du warst stundenlang bewusstlos.«

»Wir haben uns echt Sorgen gemacht«, sagt Roman total süß.

»Ja, um dich *und* um uns«, wirft Pete ein. »Es sah so aus, als hätten wir dich entführt und verprügelt. In einem Aquarium. Wie verrückte gewalttätige Schläger.«

»Habt ihr ihnen nicht die Wahrheit gesagt?«, will ich wissen.

Sie schauen mich an.

»Hey, Wachtmeister«, beginnt Roman, »wir haben Unterwasser-Synchronschwimmen geübt … nein, das gibt es eigentlich nicht … wir haben es erfunden.«

»Und wir sind in ein Aquarium eingebrochen …«, fügt Gabe hinzu.

»Mit einem Mädchen, das, wie ich gerade entdeckt habe, ein merkwürdig groß gewachsenes *Kind* ist …«, stößt Pete hervor.

»Hey!«, protestiere ich.

»… um mit ein paar Aalen in einem Fischbecken herumzualbern«, bring Roman die Sache zu Ende.

»Und die Polizei hat euch nicht geglaubt«, vermute ich.

»Das klang so verrückt, dass sie uns auf Drogen getestet haben«, empört sich Gabe.

Ich muss lachen. Es klingt wirklich nach einer sehr surrealen Erklärung für einen Einbruch in einem Aquarium. Dann erinnere ich mich an etwas, das mir seit meinem Krankenhausaufenthalt nicht mehr in den Sinn gekommen war.

»Hey! Wollt ihr sehen, wie ihr im Aquarium schwimmt?«, frage ich. »Ich hab euch gefilmt.«

»Nee, oder?« Aufgeregt drängeln sie sich um mein Handy, aber es ist blöd und langsam. Das Video nimmt viel zu viel Speicher in Anspruch.

»Wartet, ich lösche es.«

»Ich will es *sehen!*«, quengelt Pete.

»Entspann dich, ich hab es auf YouTube hochgeladen. Aber ich hab keinen von uns getagt«, füge ich hinzu, als ich den Ausdruck auf ihren Gesichtern sehe. »Keiner aus der Schule findet es. Ihr seid immer noch cool, Jungs, keine Sorge.«

Ich finde die URL in meiner Chronik, klicke sie an und lehne das Handy, während es langsam lädt, gegen das Fenster. Den Jungs verspreche ich, dass sie das Video bald anschauen können.

»Du brauchst ein besseres Handy«, nörgelt Pete.

»Nicht jetzt. Ich hab meinen Job verloren«, erkläre ich ihm.

Ich sehe, wie viel Uhr es ist, und merke, dass ich für meinen Nachmittagsunterricht schon zu spät dran bin. Ich muss zurück! Als ich meinen Rucksack schnappe und Pete seine Schlüssel nimmt, schlägt die Eingangstür zu. Roman und Gab schauen sich an, und ich erkenne an ihrem Blick, dass es einer von ihren Eltern ist.

Nervös halte ich mich an meinem Rucksackgurt fest.

Leichte Schritte kommen die Treppe herauf und eine kleine elegante Frau streckt den Kopf durch die Tür. Ihr Blick richtet sich direkt auf mich.

»Ähm, hallo, ich bin Louise, hi!«, stoße ich hervor.

Es ist mir so peinlich. Ich frage mich, ob sie denkt, ich hätte ihre beiden Söhne fast ins Gefängnis gebracht. Der

Abend war schlimm für mich, aber ich wette, er war auch für sie nicht gerade familienalbumstauglich.

Aber sobald Gabes und Ros Mum mich gesehen hat, kommt sie schon auf mich zu und umarmt mich vorsichtig. Meine Prellungen danken es ihr.

»Alles in Ordnung mit dir?«, fragt sie.

»Ja, danke. Es tut mir leid, dass alles …« Ich verstumme, weil ich nicht sicher bin, wie ich diesen Satz beenden soll.

»Mir tut es leid, dass meine Jungs so unverantwortlich gehandelt haben«, sagt sie. »Ich weiß, dass sie dir niemals wehtun würden, *aber* sie waren leichtfertig und deshalb bist du verletzt worden.«

Nett ausgedrückt. Ich habe das Gefühl, dass sie einen Knoten in meinem Kopf gelöst hat, und mein schlechtes Gewissen verflüchtigt sich ein bisschen.

»Ich muss zurück zur Schule«, sage ich. »Tut mir leid!«

»Ja, klar.« Pete hebt die Autoschlüssel hoch.

»Kann ich mitkommen und ein paar Hausaufgaben abholen?«, fragt Gabe. »Ich muss unbedingt mal raus.«

»Okay«, sagt seine Mum, zeigt jedoch warnend auf Pete. »Fahr. Vorsichtig.«

Gabe steht steif auf und zieht sich einen Kapuzenpullover über. Wir gehen alle zusammen die Treppe hinunter, ich zuerst. Es soll ihm nicht peinlich sein, dass ich sehe, wie schwach er ist. Draußen stürzen wir zum Auto.

Gabe steigt zuerst ein, dann klettere ich neben ihn auf

den Rücksitz und versuche, ihm dabei nicht den Hintern ins Gesicht zu strecken.

Roman schaut ihn besorgt an. »Ist dir kalt?«

»Alles gut«, protestiert Gabe, aber Roman wirft ihm trotzdem eine Decke über die Beine. Um ihn zu ärgern, stopfe ich sie so fest um ihn, dass er die Beine nicht mehr bewegen kann.

Wir fahren aus der Einfahrt hinaus (ganz langsam, falls Gabes und Romans Mum zuschaut), als sie an der Eingangstür erscheint und mein Handy schwenkt, das ich auf dem Fensterbrett liegen gelassen habe.

»Danke!«, rufe ich, als sie es mir durch das Fenster zuwirft. »War nett, Sie kennenzulernen!«

»Nächstes Mal gibt's auch was zu essen!«, verspricht sie.

Ich schnappe mein Handy aus der Luft und sehe, dass das Video geladen ist.

»He, schaut mal, hier seid ihr!«, sage ich und reiche das Handy nach vorn. »Hier seid ihr im Aquarium.« Ro hält das Handy so hoch, dass er und Pete vorne, aber auch Gabe auf der Rückbank den Bildschirm sehen können.

Das Video beginnt. Aber auf einmal beugen sich die Jungs auf den Vordersitzen nach vorn und versperren uns die Sicht auf den Bildschirm.

»He!«, protestiere ich.

»Runter, ihr da vorn!« Gabe stößt seinen Bruder in den Rücken.

»Warte. Alter …« Pete schaut Roman an und dann uns. »Wir haben über eine Million Views.«

Wir stoßen mit den Köpfen zusammen, als wir uns gleichzeitig nach vorn beugen: eine Million und dreihundertzweiundzwanzigtausend Views.

»Wie … wie?«

Sie drehen sich alle zu mir. Das war nicht ich, ich bin in keinem einzigen sozialen Netzwerk, das müssen andere gewesen sein. Ich schaue auf mein Handy. Zwei Websites haben das Video als »Bestes der Woche« ausgewählt, dann sind einige Leute darübergestolpert und haben es geteilt, ein Schauspieler hat darüber getwittert, ein DJ und ein Model haben es gelikt …

Mein kleines Video ist im Grunde durch die ganze Welt gereist und mit verschiedenen Stars in Kontakt getreten, während ich mit einer Wärmflasche im Bett Trübsal geblasen habe. Wahnsinn.

Roman fängt an, auf seinen Sitz, das Dach und Pete einzuschlagen … Wir anderen machen alle mit und Petes armer kleiner Mini schaukelt hin und her und gibt klagende Laute von sich.

Ich schaue mich um, ob ihre Mum uns hört. Ich möchte Mum und Dad und Lav alles erzählen, aber zuerst behalte ich unseren Ruhm für uns. Für diesen einen Augenblick ist er unser Geheimnis.

»Wen interessiert da noch BHT, was?«, sage ich.

»Verdammt richtig«, sagt Pete. »Eine Million Menschen haben uns schon gesehen.«

»Dank dir, Lou«, sagt Roman unerwartet. »Du bist ein Genie, keine Ahnung, wie du immer auf diese Ideen kommst. Tut mir leid, dass wir dir das nicht viel früher schon gesagt haben.«

»Ich hatte Hilfe. Von euch und …« Frech grinsend ziehe ich *Schwimmen für Frauen und Gebrechliche* aus meinem Rucksack und schlage es auf. Ich sehe in ihren Mienen, dass sie ein paar Moves wiedererkennen.

»Verrate niemals auch nur einen Pieps davon«, sagt Roman fest und Pete stimmt zu.

»Abgemacht«, willige ich großzügig ein. »Wenn ihr meine Bibliotheksgebühr bezahlt. Sie ist gewaltig.«

Gabe schaut immer noch auf mein Handy.

»Lies bloß nicht die Kommentare!«, warne ich ihn.

»Warum nicht?«, fragt Pete.

»Wegen Lebensregel 101: Lies nicht, was die Leute im Internet über dich schreiben!«

»Feigling«, höhnt er und scrollt nach unten.

Die Kommentare sind wunderbar. Es gibt ein paar gemeine und manche Leute werfen uns vor, die Fische zu quälen, aber überwiegend finden sie, dass Roman hinreißend ist, Gabe süß und Pete riesige Füße hat. Ich habe das nie zuvor bemerkt und spähe heimlich hinunter, aber er erwischt mich.

»Größe 51«, sagt er ein bisschen beleidigt.

Als wir keine Lust mehr haben, nette Dinge über die Jungs und ihr Programm zu lesen (was eine Weile dauert), lehnen wir uns alle zurück und seufzen glücklich. Eine. Million. Views.

»Dann hatte der Abend im Aquarium doch noch sein Gutes«, sage ich.

»Durchaus eine Verhaftung wert«, stimmt Pete zu.

»Und einen Unterrichtsausschluss«, fällt Roman ein.

»Und einen Rückfall«, fügt Gabe hinzu.

»Ich habe immer noch Albträume, in denen Haie vorkommen«, lüge ich. »Ich gewinne.«

»Schule!«, ruft Gabe, als er sieht, wie spät es ist. Pete lässt den Motor wieder an und will losfahren. Eine Sekunde später bremst er und schaut stirnrunzelnd in den Rückspiegel.

»Ist mit eurer Mum alles okay?«, fragt er. Wir drehen uns um. Ihre Mum rennt hinter uns her die Straße herunter. Diesmal schwenkt sie das Festnetztelefon.

»Keine Ahnung«, sagt Roman. »Warte.« Er steigt aus und läuft ihr entgegen. Sie reicht ihm das Telefon und schaut zu, wie er einen Anruf entgegennimmt.

Pete steigt auch aus und lässt mich und Gabriel hinten im Auto sitzen wie ein paar Deppen.

»Der Sitz vor mir lässt sich nicht umklappen, aber ich glaube deiner«, sagt Gabe.

»Schon okay«, gähne ich. Auf einmal bin ich schrecklich müde. Immerhin ist das seit einer Woche mein erster Tag außerhalb des Bettes und es ist viel passiert.

Gabriel legt seinen Kopf auf meine Schulter und ich lege meinen Kopf auf seinen. Das Schweigen dauert an, aber es wird nicht unangenehm. Noch nie war ich in Gegenwart eines Jungen so entspannt. Ich schließe die Augen. Obwohl ich neugierig bin, was draußen passiert, macht die Hitze im Auto mich schläfrig.

Auf einmal schaukeln Pete und Roman das Auto hin und her, öffnen die Vordertüren und schreien. Schlimmer bin ich noch nie geweckt worden, *einschließlich* des einen Mals, als Opas Katze mir auf den Kopf gekotzt hat. Gabe und ich schreien auf und klammern uns aneinander. Ich lasse ihn sehr schnell los, als Pete und Roman uns über die Rücklehnen der Vordersitze hinweg angrinsen.

»Das war *Britain's Hidden Talent.* Sie haben unser Video gesehen, es gefällt ihnen und sie möchten, dass wir zum Casting kommen! Wir haben noch eine Chance! Ich habe ihnen gesagt, dass wir nichts haben, worin wir schwimmen könnten«, fügt Roman hinzu, bevor ich den Mund öffnen kann, »und sie sagen, darüber bräuchten wir uns keine Sorgen machen, sie kümmern sich darum.«

Ich bin jetzt wach, ganz wach, und greife wieder nach Gabes Arm.

»Wa… Wann?«, stoße ich hervor.

»An diesem Wochenende. Wir haben vier Tage.«

Ich schaue zu Gabriel hinüber. Er lächelt, schüttelt aber schon den Kopf.

»Ich bin bis dahin nicht fit genug«, sagt er. Ich spüre einen Stich im Magen und versuche meine Enttäuschung zu verbergen. Eine kurze Sekunde lang war es, als hätte es die vergangene schreckliche Woche nicht gegeben.

»Hey«, sage ich schwach, »das ist vollkommen in Ordnung. Es ist nur eine blöde TV-Show für …«

»Nein.« Er unterbricht mich. *»Du* schwimmst für mich. Du musst. Du kennst die Choreo auswendig, und du schwimmst sowieso besser als ich.«

»Aber …«, stottere ich.

»Kein Aber. Und du hast die Badesachen ausgesucht, also hast du selbst Schuld, dass du sie jetzt tragen musst.«

Vor lauter Schreck habe ich einen ganz trockenen Mund. Aber in meinem Magen macht sich ein vertrautes Gefühl breit. Ein herbes, sprudelndes Gefühl. Kampflust. Hallo, Kumpel.

Die Jungs stapeln sich wieder zurück ins Auto. Wir spielen laut Drum 'n' Bass und singen glücklich schreiend mit. Bei Drum 'n' Bass gibt es keine Worte. Eigentlich ist es – FYI, falls Sie ein älterer Leser sind, der das hier liest, – nur Lärm, also schreit man einfach, was sich richtig anfühlt. Und es macht Spaß. Besonders wenn es auf einmal heftig regnet und das Prasseln auf dem Dach die verwirrten Gefühle noch verstärkt.

Ich atme tief ein. In diesem Auto riecht es nach Haargel und leeren Wotsit-Tüten. Ich denke darüber nach, dass der Geruch von Wotsit mich jetzt für immer voller Wehmut an diesen Herbst mit meinen Freunden erinnern wird.

Und dann denke ich, dass das ein ziemlich merkwürdiger Gedanke war und frage mich, wie viele Hirnzellen man einbüßt, wenn man mit dem Kopf gegen ein Haifischbecken prallt.

31

Roman

Lou, mir fällt gerade ein, dass du Gabes Wettkampfanzug gar nicht tragen kannst, oder?

Lou

Ja, Ro, weil ich ein Mädchen bin und …

Gabe

Würg.

Lou

Kein Problem, ich habe jede Menge Badeanzüge. Bist du sicher, dass du nicht mitmachen kannst, Gabe?

Gabe

Sorry, aber den TV-Star musst schon du geben.

Lou

Mir wird schlecht.

Pete

Denk mal an uns. Wir müssen dich aus dem Wasser hieven. Du bist wie anderthalb Gabes.

Roman

Sehr gentlemanlike.

Lou

Mir schwinden die Sinne.

Gabe

Keine. Ohnmacht. Mehr.

Ich bin mit einer halben Stunde Verspätung wieder in der Schule, aber zum Glück habe ich Englisch, und Mr Peters denkt wahrscheinlich, dass ich mich in der Bibliothek versteckt habe, um dem Gerede zu entgehen, weil er zwar auf seine Uhr tippt, aber sonst nichts weiter sagt. Mama hat recht, er hat nette Augen, denke ich, und bin dankbar, dass ich nicht noch mehr Ärger bekomme.

Die Lehrer sind die ganze Woche sehr nachsichtig mit mir, wahrscheinlich weil mein Gesicht immer noch ziemlich ramponiert aussieht. Das ist hilfreich, weil ich wegen des allabendlichen Schwimmtrainings im Unterricht wieder öfter wegdöse. Zum Glück schaffen wir es, Debs aus dem Weg zu gehen, denn ich bin sicher, sie würde das Becken jeden Abend belegen, wenn sie wüsste, dass wir noch im Spiel sind.

Gabe überredet Pete dazu, als »Honigfalle« zu fungieren, was ich sehr lustig finde, als ich herausbekomme, was es bedeutet: Pete soll mit Cammie flirten, um herauszufinden, was sie und ihr Team im Schilde führen. Sie trainieren in einem protzigen Pool für Parlamentsabgeordnete, das Nicoles Vater gehört. Toll für sie. Wenigstens bleibt so das öffentliche Becken frei für uns.

Ich höre von Gabe, der von Ro hört, dass Pete sich vielleicht mit Cammie verabreden will. Er findet sie nämlich »echt süß«. Ha. Süß wie eine *Schlange,* sage ich zu Gabe, und hoffe, dass die Nachricht auf demselben Weg zurückfindet, auf dem sie zu mir gelangt ist.

Ich schlage vor, auch frühmorgens zu trainieren, aber wenn Pete mir schon tagsüber wie ein griesgrämiger Schwachkopf vorgekommen ist, dann ist das nichts verglichen damit, wie er sich frühmorgens aufführt. Wir sind uns einig, dass wir das nicht noch einmal tun. Wie Gabe sagt, der in Pullover gehüllt von der Bank aus zuschaut: Die Nummer würde ein bisschen unausgewogen wirken, wenn einer der Schwimmer die beiden anderen gekillt hat.

Pete fährt mich jetzt nach dem Training immer nach

Hause. Zuerst war Dad skeptisch, aber Pete wartet, bis ich an der Haustür bin, und winkt dann, bevor er wegfährt. Dad scheint sein Benehmen zu gefallen.

Wir kommen gerade von unserem letzten Training zurück, als mein Handy klingelt. Es ist Lav. Sie hält sich nicht damit auf, hallo zu sagen.

»Lou, hast du was von Hannah gehört?«

»Nein«, sage ich und denke nach. »Eigentlich habe ich nichts mehr von ihr gehört, seit ich gefragt habe, ob ich ihre Eltern informieren soll.« Mir wird ganz heiß vor lauter Gewissensbissen. »Es war einfach so viel los …«

»Jemand hat ein paar Mal auf unserer Festnetznummer angerufen, legt aber immer auf, wenn wir abnehmen. Hast du irgendwelche verpassten Anrufe von ihr?«

»Nein«, sage ich. Genau in diesem Moment vibriert mein Handy. Ich nehme es von meinem Ohr weg: Der Bildschirm zeigt sechs verpasste Anrufe von Hannah an. Argh! Großartiges Timing. Wir haben in der Schwimmhalle keinen Empfang. »Warte, ich versuch es bei ihr.«

Ich lege auf und rufe Hannah an, lande aber direkt beim Anrufbeantworter. Ich versuche es noch ein paar Mal, aber entweder ist ihr Handy ausgeschaltet oder sie ist auch in der Schwimmhalle (höchstwahrscheinlich). Ich schaue auf. Wir sind bei mir zu Hause angekommen und die Blicke der Jungs sind auf mich gerichtet. Ich erkläre ihnen kurz, was Sache ist.

Dann springe ich aus dem Auto. Zu meiner Überraschung folgen die Jungs mir.

»Können wir irgendwas tun?«, fragt Roman und hilft Gabe beim Aussteigen.

»Keine Ahnung«, sage ich wahrheitsgemäß. »Ich weiß nicht, was los ist.« Ich taste nach meinem Schlüssel, aber Mum öffnet schon die Tür. »Mum!«, rufe ich. »Das sind Roman und Pete und Gabriel.«

»Wir kennen uns«, sagt sie eisig. »Vom Polizeirevier.«

Na, das ist mal eine Vorstellung! Ich schaue wieder zu den Jungs. Pete und Roman lächeln gequält, aber Gabe schwankt ein bisschen und legt die Hand auf die Hauswand, um sich abzustützen. Mum macht einen Schritt nach vorn.

»Kommt rein«, sagt sie, und ich denke, dass alles gut wird.

Aber die Situation mit Hannah ist so weit entfernt von »gut«, dass »gut« nur als winziger Punkt am Horizont erscheint. Offenbar hat sie sich bei ihrem letzten Anruf dann doch gemeldet. Sie sagte Mum, sie wolle das Training hinschmeißen, ihre Eltern dürften aber nichts davon erfahren.

»Dann will sie abhauen?«, frage ich verdutzt. »Aber die Trainer rufen doch bestimmt gleich ihre Eltern an, wenn sie merken, dass sie weg ist. Und wohin soll sie, wenn nicht nach Hause?«

»Sie ist vollkommen außer sich«, sagt Mum. »Sie klingt komplett überfordert und panisch. Ich habe Sorge, dass sie eine Dummheit macht. Es tut mir leid, Lou, wir müssen ihre Eltern benachrichtigen. Dein Dad telefoniert gerade mit ihnen.«

Arme Han. Kaum geht es mit meinem Leben aufwärts, kann man ihres in die Tonne treten, und ich habe so viel Spaß, dass ich es nicht mal mitkriege. Miese Freundin.

Mum macht allen eine Tasse Tee und zwingt Gabriel dazu, zwei Pullover überzuziehen. Er meint, wenn uns langweilig sei, könnten wir »Gib das Paket weiter« spielen. Pete und Roman lehnen ab. Lav hebt die Augenbrauen in meine Richtung.

Halt die Klappe, antworten ihr meine geblähten Nasenlöcher. Ich will ihn nicht auspacken.

Wir quetschen uns alle in unsere winzige Küche. Ich sitze auf der Arbeitsplatte, und Lav hockt auf dem Kühlschrank, während die Jungs herumhängen, wo sie eben Platz finden. Dad geht telefonierend im Wohnzimmer auf und ab. Ich fühle mich sicher, weil er alles unter Kontrolle hat. Er hatte schon immer ein Händchen für Hannahs Mum. Seine Taktik, sagt er, sei immer gewesen, keine Angst zu zeigen und nicht zu blinzeln.

Mum bahnt sich vorsichtig ihren Weg zwischen den Gliedmaßen der Jungs hindurch und stellt sich vor mich. Ich lege das Kinn auf ihren Kopf und umarme sie. Sie kommt mir so klein vor, aber sie riecht nach Mum: Feuchtigkeitscreme, Trockenshampoo und Weichspüler.

»Was bin ich froh, dass du nicht im Trainingslager bist!«, sagt sie. Ich stoße ein kleines zittriges Lachen aus. Dieses Gefühl habe ich auch.

»Froh, dass ich lahme Arme habe?« Debs würde einen Anfall bekommen, wenn sie uns hören könnte.

»Ja, Goldfisch«, sagt Mum in meine Haare.

Wir lösen uns voneinander. Gabe tut so, als würde er sich in seinen Pullover übergeben.

Dad ist inzwischen in den Garten hinausgegangen. Er sieht verärgert aus und gestikuliert so heftig, dass er versehentlich ein paar Rosen köpft.

»Ob sie sauer auf uns sind, weil wir ihnen nicht früher Bescheid gegeben haben?«, überlegt Mum. »Ich rate ihm gut, meine Geranien in Ruhe zu lassen.«

Auf einmal fallen ihr die Jungs ein.

»Wisst ihr, was ihr jetzt braucht?«

»Mir reichen die Pullover, danke«, sagt Gabe ein bisschen gedämpft.

»Suppe!«, verkündet sie und geht zum Küchenschrank. »Wenn ich Tomate und Gemüse mische, wäre das was?«, sinniert sie.

»Nein«, antworten alle.

Nur Mum schafft es, sogar Dosensuppe zu verderben; deshalb kocht Dad immer.

Ein paar Minuten später schlürfen wir alle Suppe aus Bechern, weil die Küche zu voll ist, um die Schublade mit den Suppentellern zu öffnen. Als ich gerade einen letzten langsamen Schluck nehme, sehe ich, wie Dad auflegt und über den Rasen zu uns stapft.

»Oh, oh«, sage ich.

Dad bringt einen Schwung kalte Luft und den Geruch nach Garten mit durch die Tür. Er holt tief Luft und betrachtet das Telefon.

»Hannahs Eltern denken, sie macht nur Theater«, berichtet er uns. Wir reißen erstaunt die Augen auf.

»Was? Hast du ihnen nicht von den Mails erzählt?«, will ich wissen.

»Wir haben sie ihnen geschickt«, antwortet Dad. »Sie haben sie während unseres Telefonats gelesen, aber alles auf pubertäre Angstgefühle und ein bisschen Eifersucht auf *deiner* Seite geschoben. Offenbar ist das für Hannah eine einmalige Chance im Leben und sie muss dortbleiben und durchhalten. Ich sagte, dass sie meiner Ansicht nach tatsächlich richtig krank sei oder jedenfalls bald sein würde. Aber sie haben gar nicht zugehört.«

Und ich dachte, Hannahs Mum und Dad würden ausflippen, und ich würde Ärger bekommen, weil ich nicht schon viel früher Bescheid gesagt habe. Aber eigentlich hätte ich wissen müssen, dass sie bescheuert sind.

»Dann holen *wir* sie eben«, sage ich. Das ist ein total

verrückter Plan, aber es ist genau der richtige Monat dafür, und natürlich müssen wir das tun. Wir sind schließlich die Einzigen, die wissen, dass ihre Mum und ihr Dad echt schrecklich sind. »Von Essex nach Dorset ist es nicht *so* weit, oder?«

Alle schauen mich an.

»Nicht so weit«, beharre ich. »Ich meine, ich habe nicht vor, zu Fuß hinzugehen, ich brauche eine Mitfahrgelegenheit, aber …«

Mum fährt sich mit einem Finger übers Auge. »Ich weiß nicht, was wir am besten tun sollten.« Sie klingt unsicher. Das sieht ihr gar nicht ähnlich.

»Dann fahre eben ich nach Dorset«, verkündet Dad, »wenn Hannahs Dad nicht fährt.« Das sieht ihm gar nicht ähnlich. Mutig, gebieterisch und ein bisschen kampflustig. Mum schaut ihn dankbar an. Heute Abend sind alle verrückt.

»Wir kommen mit«, verkündet Roman unerwartet.

»Äh, ich glaube nicht, dass das eine gute Idee ist, nachdem du erst kürzlich mit dem Gesetz in Konflikt geraten bist, mein Sohn«, belehrt Dad ihn, aber nicht unfreundlich.

»Und wenn Sie ein paar Muckis brauchen?« Pete steht auf und sieht auf einmal sehr männlich aus.

»Dafür nehme ich Louise mit.«

Pete sieht trotzig aus. »Ich will mich nicht aufdrängen,

aber ich würde gerne helfen. Nach all dem Ärger, den wir Ihnen gemacht haben.«

Dad nickt ihm zu und Mum sagt: »Aber Gabe nicht.«

Gabe widerspricht nicht: Er hat dunkle Ringe unter den Augen und sein Kinn ruht auf seinen Händen. Mum wird ihn nach Hause bringen und seinen Eltern erklären, wo Roman steckt. Sie fragt, ob sie Petes Eltern anrufen soll, aber der lacht nur. Ich kann mir nicht vorstellen, dass Pete Senior die Schlafenszeiten seines Sohnes besonders eng sieht.

Roman, Pete, Dad, Lav und ich drängen uns in Dads Auto und fahren in Richtung Autobahn los. Mein Bauch gluckert vor lauter Aufregung. Natürlich mache ich mir Sorgen um Hannah, aber andererseits bin ich sehr froh, dass wir endlich etwas tun. Ich kann es kaum erwarten, meine Freundin wiederzusehen.

Außerdem ist es *total cool,* an einer nächtlichen Rettungsmission teilzunehmen! Dad und Pete sitzen vorn; ich, Lav und Roman auf dem Rücksitz; Lav in der Mitte, weil sie so klein ist. Sie teilt sich eine Decke mit Roman und sie geben ein wirklich schönes Paar ab. Ich fange ihren Blick im Rückspiegel auf, und sie macht ein so sittsames Gesicht, dass ich in meinen Schal hineinlächeln muss.

Und wir fahren bis nach Dorset, das sind ungefähr drei Stunden hin und drei Stunden zurück! Eine richtige

Urlaubsfahrt, und es fühlt sich auch ein bisschen wie Urlaub an: Alle sind müde und essen in Frischhaltefolie verpackte belegte Brote.

Ich versuche immer wieder Hannah anzurufen, aber ihr Handy ist aus. Mir fällt ein, wie sie gesagt hat, dass sie ihr Handy wegschmeißen würde, wenn es mich und Candy Crush nicht gäbe. Ich habe ein schlechtes Gewissen, weil ich den Kontakt in letzter Zeit nicht so gehalten habe, wie ich es hätte tun sollen. Ich schreibe ihr.

Hau nicht ab. Wir holen dich.

Ich merke, dass das ein bisschen bedrohlich klingt.

GEFÄNGNISAUSBRUUUCH!

Nach ungefähr einer Stunde halten wir an einer Tankstelle, um zu tanken und uns mit Chips und Keksen einzudecken. Nach wenigen Minuten ist alles aufgegessen und wir sammeln die Krümel aus unseren Haaren und Schößen. Roman und Lav sind einander dabei sehr behilflich. Das war ja so vorhersehbar.

»Ähm«, sagt Pete.

»Ja?«, fragt Dad.

»Ist Hannah ein … ist sie … Wie groß ist sie?«

Meine Güte, muss sich heute Abend jeder was angeln?

»Lou, was würdest du sagen?«, fragt Dad taktvoll.

»So wie ich. Vielleicht sogar ein bisschen größer«, informiere ich Pete.

»Hervorragend«, sagt er. »Wir haben nämlich keinen Platz für sie. Wir haben eine Person zu viel zur Rettungsaktion mitgenommen.«

Wir alle denken darüber nach.

»Okay«, sagt Dad schließlich. »Wenn sie nicht verrückt ist, lassen wir sie da. Und wenn sie total verrückt ist, binden wir sie auf den Dachträger.«

»Dad!« Lav schlägt ihm von hinten auf die kleine kahle Stelle.

»Hey!«, protestiert er. »Ich bin ein Held im Rettungseinsatz. Zeig ein bisschen Respekt und wickle mir ein Sahnebonbon aus.«

32

Wir fahren noch zwei Stunden und hören eine Menge Songs, die nur Dad kennt. Ein tiefer Seufzer der Erleichterung ertönt, als er kurz vor dem Ziel das Radio ausschaltet, damit er sich »konzentrieren« kann. Schließlich verkündet sein Navi, dass wir da sind. Es sieht aus wie ein großes herrschaftliches Anwesen. Ich hatte keine Ahnung, dass das Trainingslager so vornehm ist. Wie Hogwarts! Vor einem Monat noch hätte mich das schrecklich eifersüchtig gemacht. Zum Glück war Hannah zu sehr mit ihrer Thigh Gap beschäftigt, um mir davon zu erzählen.

Das Gebäude steht in einiger Entfernung von der Straße an einer Auffahrt. Das große eiserne Eingangstor steht offen vor uns. Dad zögert und biegt dann langsam ein. Wir schauen uns nach einem Wachmann in einer Hütte um oder nach einem Schild »Empfang« oder »Für Besucher« – aber da ist nichts.

Knirschend fahren wir die dunkle gekieste Einfahrt hinauf.

»Ich hab das Gefühl, wir sollten nicht hier sein«, flüstere ich.

»Also, ich dreh jetzt nicht um«, sagt Dad.

»Sollen wir vielleicht das Licht ausschalten, damit wir nicht das ganze Haus wecken?«

»Gute Idee«, sagt Lav.

Dad schaltet die Scheinwerfer aus und wir schieben uns langsam über den Kies vorwärts.

»Jetzt kommen wir wirklich wie Einbrecher daher«, flüstert Lav mir ins Ohr. Da ist was dran. Hoffentlich werden die Jungs nicht gleich das zweite Mal in diesem Monat verhaftet.

Auf einmal ertönt ein dumpfer Schlag und der Wagen bleibt mit einem Ruck stehen. Die Dunkelheit ist wirklich unheimlich.

Dad gibt ein verwundertes Geräusch von sich und dreht die Scheinwerfer wieder an. Alle schreien erschrocken auf, als sie die Frau vor unserem Auto sehen.

Wir sind mit einer Statue zusammengestoßen, einer ernst aussehenden Frau mit einem Krug auf dem Kopf. (Kein Wunder, dass sie schlecht gelaunt ist, sie benutzt lauter falsche Muskeln. Muss die Hölle sein.)

Dad stößt langsam zurück … und sie folgt uns! Alle rufen vor lauter Schreck »Oh!« Wahrscheinlich hat sich ein Teil von ihr am Kühler des Autos verhakt. Diese Rettungsaktion entwickelt sich rasant in die falsche Richtung.

»Hat jemand die *Doctor-Who*-Folge *Blink* gesehen?«, fragt Lav und von allen Seiten ertönt ein verärgertes »LAV!« Was vermutlich Ja heißen soll.

Pete steigt seufzend aus, um sich um das schlecht gelaunte Fräulein Krug zu kümmern. Sie ist ein bisschen sperrig, und er hat offenbar Angst, die Arme oder den Krug abzubrechen, deshalb legt er nach kurzem Zögern von hinten je eine Hand auf ihren Busen.

Wir im Auto lachen prustend. Er wirft uns über ihre Schulter einen Blick zu, der sagt: *Ach, werdet erwachsen!* Aber nein! Werden wir nicht. Sorry.

Roman zieht sein Handy heraus und beugt sich nach vorn, um zu fotografieren. Pete hakt die Statue mit einem kratzenden Geräusch vom Kühler los, das Dad zusammenzucken lässt, und steigt dann mit einem Schwung kalter Luft wieder ins Auto ein.

»Hat sie dir ihre Nummer gegeben?«, frage ich. Er schweigt hochmütig, während die anderen kichern. Wir setzen unsere Fahrt den Kiesweg hinauf fort. Ich versuche noch einmal, Hannah anzurufen, und auf einmal wird mir klar, dass diese Rettungsaktion extrem schwierig wird, wenn unsere Jungfrau in Not sich beruhigt hat und ins Bett gegangen ist.

Es klingelt! Sie geht ran.

»Lou!«, flüstert sie. Sie klingt, als wäre sie erkältet.

»Ich hab mir solche Sorgen gemacht, wo warst du?«, sage ich. »Bist du schon weggelaufen oder bist du noch da, ich meine *hier?* Magst du heimkommen? Du musst nicht. Wir können umdrehen und zurückfahren, aber …«

Lav bedeutet mir mit den Händen, das *Tempo zu drosseln.* Am anderen Ende der Leitung herrscht Stille.

»Bist du hier?«, sagt Hannah, als könnte sie es nicht glauben.

»Ja!«

»Mit meiner Mum und meinem Dad?« Sie wartet die Antwort nicht ab. »Ja! Ich will heim.«

»Siehst du uns in der Einfahrt?« Ich flüstere jetzt auch. Sie geht ein paar Schritte, und ich höre, wie sie einen Vorhang zurückzieht.

»Das ist nicht das Auto meiner Mum. Warum seid ihr in einem anderen Auto gekommen?«

Jetzt ist nicht der Augenblick zu sagen: »Han. Fakt ist: Deine Mum und dein Dad sind für den Arsch. Tut mir leid. Aber ich hab nicht nur schlechte Nachrichten, denn meine Eltern sind super, und wir können sie uns teilen.«

»Ähm. Ist das von meinem Vater. Ich erzähl es dir gleich. Kannst du rauskommen? Sagst du ihnen, dass du gehst?«

»Ich schreib einen Zettel.«

»Es liegt nicht an euch. Es liegt an mir«, schlage ich vor und sie kichert ein bisschen.

Dad flüstert mir etwas zu.

»Han, soll mein Dad reinkommen und mit deinem Trainer sprechen?«

»Ich schaff das jetzt nicht. Ich mach es, aber im Augenblick will ich einfach nur heim.«

»Okay. Wir treffen uns am Eingang.« Wir legen auf.

Lav und ich steigen aus. Roman und Pete machen Anstalten, uns zu folgen, aber Lav hält sie zurück.

»Wir gehen alleine«, sagt sie. »Sie kennt euch nicht.« Das leuchtet den Jungs ein und sie bleiben sitzen.

»Beeilt euch, Mädels«, zischt Dad. »Das fühlt sich alles andere als legal an.«

»Alles gut, Dad«, beruhige ich ihn. »Ich hab genügend Krimis gesehen.«

Wir schleichen über den Kies. Lav hat meinen Oberarm in einem festen Griff und führt mich in Richtung Eingangstür. Ich sehe nachts sehr schlecht, wie ein Wasserfass und ein umgedrehtes Fahrrad bestätigen können. Ich schaffe es dennoch, über ein paar sehr kleine Statuen zu stolpern.

»Lass es«, faucht Lav in mein Ohr. »Nicht noch einmal.«

Das amüsiert mich, und wir kichern beide leise, als die schwere Holztür knarrend aufgeht und Hannah sich als Silhouette gegen das schwache Flurlicht abzeichnet.

Das Lachen bleibt uns im Hals stecken. Sie sieht schlecht aus (und das sage ich, die von Kratzern und Prellungen übersät ist) – dünn und blass, mit dunklen Ringen unter den Augen, die es mit Gabes aufnehmen können. Sie krümmt sich unter dem Gewicht ihrer Tasche.

Ich schau Lavender an und habe keine Ahnung, was ich sagen soll. Ich bin fünfzehn. Das ist so eine Situation, in der ich sagen möchte: »Sorry, aber ich bin ein *Kind.* Ich geh jetzt ins Bett, schaue die *Simpsons* und tunke Kekse in Milch. Kann ich es einfach euch überlassen, dieses ziemlich erwachsene Chaos aufzuräumen? Merci!«

Lav lässt mich nicht im Stich. Ihr eines Jahr Vorsprung vergrößert sich und sie streckt Hannah die Hand hin.

»Han, dass sieht lahm hier aus. Sollen wir heimgehen?«

Hannah stößt ein leises Geräusch aus, halb Lachen, halb Schluchzen. Lavender nimmt ihre Tasche und ich lege den Arm um sie. Zusammen gehen wir zurück zum Auto. Die Jungs tun so, als würden sie nicht zu uns rüberstarren. Ich wette, sie dachten, das hier wäre mehr Action- und weniger Gefühlskino.

Beim Gehen spüre ich, wie dünn Hannah geworden ist. Dad blendet die Scheinwerfer auf und wir winken zurück. Er blinkt noch einmal, schneller diesmal. Lav und ich schauen uns an und winken ihm noch einmal zu. Macht er Spaß? Alles zu seiner Zeit, Dad.

Er deutet mit aufgerissenen Augen hinter uns und

kämpft mit seinem Gurt. Wir schauen über die Schultern und blinzeln: Zwei *riesige* Wachhunde kommen in großen Sätzen lautlos über das Gras näher.

Wir zucken zusammen und schreien unnötigerweise, dann rennen wir Richtung Auto los, aber der Kies unter unseren Füßen bremst unsere Schritte. Lav trägt eine Reisetasche, und ich trage im Grunde Han, die zwar weniger wiegt als die Tasche, aber eine schwierigere Form hat. AUSGESCHLOSSEN!, dass wir es schaffen.

Meine Beine fühlen sich an wie Wasser. Sind die Wachhunde dafür ausgebildet zu töten? Zu beißen auf jeden Fall – bestimmt – oder? Das Auto rast jetzt auf uns zu, Kieselsteine spritzen auf, als Dad scharf einschlägt und den Wagen zwischen uns und die Hunde schleudern lässt.

Roman packt mich mit einem vertrauten Griff am Arm und zieht mich und Hannah auf den Rücksitz, während Pete Lav auf den Beifahrersitz schiebt und dann hinter ihr ins Auto springt.

Bums!

Bums!

Wir zucken zusammen, als uns klar ist, dass die Hunde gegen das Auto geprallt sind.

Dad dreht in einem weiten Bogen um und wir rasen in Richtung Tor. Im Rückspiegel sehen wir, dass die Hunde die Verfolgung wieder aufgenommen haben. Zwei Sicherheitsleute bilden die Nachhut.

Einer von ihnen zieht etwas aus seiner Tasche und richtet es auf das Auto. Auf der Heckscheibe erscheint ein roter Punkt.

»Er hat eine Waffe!!«, kreischt Lavender. Alle schreien erschrocken auf und ziehen die Köpfe ein. Ich spüre Romans Arm schützend auf meinem Nacken. Das ist zwar süß, aber erstaunlich schmerzhaft, weil meine Knie sich in meine Augenhöhlen bohren. Als nichts passiert, richte ich mich vorsichtig auf und schiebe seinen Arm weg.

»Echt?«, frage ich. Wir setzen uns alle auf. Dad behält das Tor im Auge, tastet aber mit einer Hand herum, um nachzuschauen, ob wir alle okay sind.

»Nein!«, sagt Hannah mit einem zaghaften kleinen Lachen und wir entspannen uns.

»Nein«, sagt Pete. »Es ist eine Fernbedienung für das Tor.« Wir folgen mit den Blicken seinem ausgestreckten Finger und sehen, wie sich die massiven Eisentore, die vor einer Minute noch weit offen standen, jetzt schließen.

»FESTHALTEN!!«, schreit Dad und gibt Vollgas. Die Reifen drehen durch und hinter uns spritzt Kies auf. Einen Augenblick lang empfinde ich eine gewisse Sorge um die Wachhunde, die einen echt schlimmen Tag erwischt haben. Dann brausen wir plötzlich mit imposanten 30 km/h los und brechen durch das Tor, wobei wir beide Außenspiegel einbüßen.

»'tschuldigung!«, ruft Dad aus dem Fenster, während

wir jubeln und schreien und gegen das Autodach schlagen.

»Können wir zurück und meine Außenspiegel holen?«, fragt Dad.

»Nein«, teile ich ihm mit, »das war die coolste Flucht aller Zeiten. Wir machen jetzt nicht alles kaputt, indem wir zurückkriechen und fragen: *Hi Jungs, hab ich mein Ladegerät vergessen?*«

»Keine Sorge, Mr Brown«, meldet sich Pete zu Wort. »Mein Onkel ist Automechaniker, er kriegt das wieder hin.«

Wir fahren durch die Nacht zurück, langsam, denn es ist dunkel und regnet und Dad muss sich tief über das Steuer beugen und angestrengt auf die Straße starren.

»Hannah, das sind Roman und Pete. Sie gehören zu dem Synch… Schwimmteam, von dem ich dir erzählt habe.« (Ich kann sie immer noch nicht als Synchronschwimmer bezeichnen, ohne sie mir mit geblümten Gummi-Badekappen vorzustellen. Das würde diesen »Gefängnisausbruch« sehr viel weniger cool erscheinen lassen.)

Lav ruft Mum an, und Roman und Pete rufen ihre Eltern an. Hannah zieht ihr Handy hervor und betrachtet es nachdenklich. Es zeigt vierzehn verpasste Anrufe von mir an und *einen* von »Zuhause«.

»Also … meine Eltern haben euch nicht geglaubt?«

Dad späht noch angestrengter auf die Straße und Roman und Pete interessieren sich auf einmal sehr für die Innenfächer des Wagens. Pete öffnet sogar mit dem Anschein größter Neugier das Handschuhfach: *Ein Fach für Handschuhe, was? Also, das muss ich sehen …*

»Na ja, vielleicht dachten sie, dass es doch nicht so schlimm war, wie es aussah«, sage ich diplomatisch.

»Man sollte ihre verdammten Köpfe gegeneinanderschlagen«, sagt mein Dad – weniger diplomatisch. »Mach dir keine Sorgen, Hannah«, fügt er hinzu. »Du kannst sie morgen früh anrufen und bei uns bleiben, so lange du willst. Meine Frau ist sehr freundlich zu Straßenkindern. Wie mich, zum Beispiel.«

Lav greift über Roman hinweg und kneift mich ins Bein.

Meine Frau, was? In-te-re-ss-ant.

Auf dem Heimweg fahren wir bei einem 24-Stunden-Drive-Thru vorbei. Ich nehme eine komplette Mahlzeit und schütte meine Pommes in die eine Hälfte der Burger-Schachtel, die ich dann mir und Hannah auf den Schoß stelle. Sie isst nicht viel und kaut lustlos. Aber das ist okay. Eins nach dem anderen.

Am liebsten würde ich über alles mit ihr reden, aber nicht in Gegenwart von Roman und Pete. Ich bin mit coolen neuen Freunden bei ihr aufgetaucht und will nicht, dass sie denkt, ich hätte ihnen alles über sie erzählt.

Schließlich ist sie immer noch meine beste Freundin. Ich drücke ihre Hand.

Viel mehr weiß ich nicht mehr von dieser Nacht. Eine undeutliche Erinnerung an beschlagene Fenster, das Rattern von Reifen und den fettigen Geruch alter Burger. Jemand half mir aus dem Auto, und ich war gerade lange genug wach, um mich zu vergewissern, dass mit Hannah alles in Ordnung ist. Aber dann fing mein Kopf an zu pochen und die Prellungen aus dem Aquarium machten mir zu schaffen. Es war eine Erleichterung, in mein Bett zu kriechen.

33

Ich wache in einer merkwürdigen Stellung am Rand meines Bettes auf und weiß, dass ich nicht genug Schlaf bekommen habe. Es liegt eine gewisse Feuchtigkeit in der Luft, die mir sagt: ES IST ZU FRÜH, SCHLAF WEITER!

Langsam drehe ich den Kopf und … ARGH! Ich liege Nase an Nase mit Hannah. Ihre Augen schimmern in dem matten Licht. Ich lache leise und sie lächelt.

'tschuldigung, formt sie mit den Lippen.

Ich flüstere langsam und bedächtig: »Bist … du … nicht … mehr … depri?«

Das bringt sie zum Lachen, aber sie fängt sich, bevor sie zu laut wird. »Ich fühle mich viel weniger depri«, sagt sie. »Diese Jungs waren cool.«

»Mein Freund und mein Ex«, erkläre ich.

Sie grinst.

»Jetzt bin ich aber beleidigt«, sage ich, »dass du das nicht mal *eine Sekunde lang* geglaubt hast.«

Von der anderen Seite des Zimmers krächzt Lav: »Wenn ihr nicht sofort die Klappe haltet, bring ich euch beide zurück in diese Klapsmühle.«

»'tschuldigung, Lav.«

»Sorry.«

Es ist noch früh, aber im Haus herrscht Unruhe und ich höre geflüsterte Stimmen und Geräusche aus der Küche.

»Sollen wir frühstücken?«, frage ich Hannah und zucke dann zusammen. Das war vielleicht ein bisschen taktlos.

»Okay«, stimmt sie zu, »aber ist heute nicht euer Casting?«

Ja, *genau. Deshalb* sind alle so früh auf! Sind die Jungs eigentlich noch hier? Ich stürme nach unten in die Küche.

Pete und Roman lehnen in Klamotten von meinem Vater an der Spüle. Es sieht aus, als wären sie auf dem Weg zu einer Mein-Dad-Themenparty. Gabriel sitzt in sein Handy vertieft am Küchentisch. Er muss gerade gekommen sein. Mum belädt die Spülmaschine und Dad packt das Auto. Wie abgefahren. Roman und Pete haben offenbar hier übernachtet.

Wenn du mir im letzten Schuljahr erzählt hättest, dass all das in meiner Zukunft passieren würde, hätte ich dir ein Glas Wasser gegeben und dir gesagt, du sollst dich hinlegen.

Pete entdeckt mich und starrt mich mit offenem Mund an. »Ja«, ich fahre mir züchtig über die Haare, »das *ist* ein schöner Schlafanzug, danke, dass du das bemerkt hast, Pete.«

»Warum bist du noch nicht angezogen und fertig?«, blafft er mich an.

»Was bist du überhaupt für eine Trainerin?«, stimmt Ro ein.

»Eine, die nur vier Stunden Schlaf hatte!«, verteidige ich mich, renne aber schon wieder die Treppe hoch.

Ich bin froh, dass Mum und Dad das mitbekommen haben. Nachdem sie so in Sorge waren, weil ich mit drei älteren Jungs rumhänge, sehen sie jetzt selbst, dass ich nur bei drei Chefs gelandet bin, die mich herumkommandieren.

Ich hüpfe in die Dusche und entdecke dort Lavs Gesichtspflege. Vielleicht sollte ich mir heute ein bisschen Mühe geben. Möglicherweise kommen wir ins Fernsehen! Auf einmal hämmert es gegen die Tür. Ich erstarre, schaumbedeckt.

»Benutzt du meine Gesichtspflege?«, kommt Lavs Stimme vom Flur. Es ist unheimlich. Woher weiß sie das? Was für eine überflüssige psychische Fähigkeit.

»N-Nein«, lüge ich. Sie lässt sich nicht täuschen.

»Spar deine Augen aus und widme dich besonders deiner Kieferpartie. Ich hab gesehen, dass du genau da Pickel bekommst.« Wie charmant. Aber ich mache, was sie sagt – mit sorgfältigen, fremd anmutenden Gesten.

Geduscht flitze ich aus dem Bad ins Schlafzimmer und rufe: »AUGEN ZU! AUGEN ZU!«, während ich mir das Handtuch vom Leib reiße, den Badeanzug anziehe und ein paar Klamotten aus meiner Kommode nehmen will. Aber die Kommode ist leer.

Wenn Mum die paar Kleidungsstücke, die ich besitze, *alle* gewaschen hat, fängt mein neuester Albtraum an und ich gehe unbekleidet zu BHT.

Hannah liegt im Bett und schaut zu, wie ich in Panik gerate.

»Meine Sachen sind alle schmutzig, aber nimm dir gern was.« Sie zeigt auf ihre Tasche. Zerknitterte Klamotten quellen heraus, als ob die Tasche sich übergeben würde. Das ist also meine letzte Rettung.

Ich lasse den Blick über das Chaos in unserem Zimmer schweifen und versuche vergeblich, etwas zu finden, das mir gehört, bevor ich Lav um Hilfe bitten muss. Sie war in letzter Zeit sehr nett, aber ich bezweifle, dass sie mir etwas zum Anziehen leiht. Letztes Mal war alles voller Blut und Schmutz und wurde mir im Krankenhaus vom Körper geschnitten.

»Komm schon, Lou!« ruft Dad von unten. Tja, hier hat

wirklich jemand Blut geleckt – vor zwei Wochen war ihm mein Schwimmclub noch ziemlich egal.

»INEINERMINUTE!«

»Du bist nicht mehr so muskulös wie früher.« Han mustert mich.

»Gut oder schlecht?«, frage ich, denn wenn jetzt der Augenblick für ein vertrauliches Gespräch über Körperwahrnehmung gekommen ist, dann muss es *schnell* gehen.

»Gut.« Sie setzt sich auf und steckt ihre Haare hoch. »Du siehst jetzt echt aus wie ein Mädchen.« *Igittt!* Ich verziehe im Spaß angewidert das Gesicht und sie antwortet mit demselben Gesichtsausdruck.

Als wir noch zusammen geschwommen sind, waren ein Busen und Hüften das Schlimmste für die Zeiten einer Schwimmerin.

Apropos.

»Ich hab meine Tage bekommen«, erzähle ich ihr.

»Ohhhh.« Sie sieht fasziniert aus. »War es … okay?«

Ich halte inne und denke an das Aquarium, das Krankenhaus und die Polizei. Aber das ist wahrscheinlich eine Geschichte für einen anderen Zeitpunkt. Die meisten Monatsblutungen verlaufen bestimmt weniger dramatisch.

»Kommst du mit zu BHT?«, frage ich. »Wir müssen ungefähr hundert Stunden Schlange stehen, da kann ich es dir erzählen.«

»Was hab ich für ein Leben.« Sie verdreht die Augen.

»Die Wahl zwischen im Regen Schlange stehen, über Monatsblutungen sprechen und meine Eltern treffen.«

»Viel Glück mit deinen Eltern.«

Sie macht ein nicht ganz ernst gemeintes, betrübtes Gesicht und sagt mir, dass sie danach zu uns kommen würde. Dann schnappt sie sich ein Handtuch und geht ins Bad, vorbei an Lav, die mit einem Stapel Klamotten im Arm in der Tür steht.

»Okay«, fängt Lav an und sieht untypisch nervös aus, »schrei mich nicht an. Ich habe die Quittungen aufgehoben, aber … Ich-hab-das-Geld-aus-deinem-Schuhkarton-genommen-und-dir-ein-paar-neue-Sachen-gekauft. Bis du jetzt sauer?«

»Nein, gar nicht, ich *hasse* shoppen! Her damit!«

»Wie kann man shoppen hassen?«, überlegt Lav, als wäre ich ein permanentes Rätsel für sie.

Ich wühle mich durch die Kleider. »Du hast mir nichts in Pink gekauft oder ein *Kleid?*«

Sie schüttelt verächtlich den Kopf. Sie ist doch nicht blöd.

Ich ziehe ein blassgrünes T-Shirt an. Es fühlt sich wie frisch gestärkt an und riecht nach Geschäft. Dann versuche ich es mit einer Jeans. *Ach, Lav. Skinny Jeans?*

»Du musst dich hinlegen und dich in sie hineinziehen«, erklärt sie. Ich werfe ihr einen strengen Blick zu, lege mich hin und schlängle mich in die Jeans.

Ich wette, es gibt Bankschließfächer, in die man leichter hineinkommt.

»Sieht gut aus«, versichert sie mir, während ich mich auf dem Boden winde. »Du hast einen wunderbaren Körper.«

»Du sagst das, als hätte ich ihn auf dem Müll gefunden«, maule ich, aber endlich bin ich in meinem Denim-Gefängnis und will zur Tür, als Lav sie zuwirft und sich davorstellt.

»Zwei Minuten noch«, befiehlt sie. Ich bin zu überrascht, um zu widersprechen. Sie tritt zu mir, die Hände erhoben wie ein Comic-Bär, und fährt mir wieder mit dem Öl durch die Haare. Dann hält sie mein Kinn fest, und auf einmal stürzt sich ein Mascarabürstchen auf meine Augen.

»La-av«, jammere ich. »Ich muss schwimmen.«

»Die ist wasserfest«, seufzt sie und entlässt mich schließlich die Treppe hinunter.

Mum, Dad und die Jungs warten ungeduldig im Flur.

»Pete ist so aufgeregt, dass er zwei Tassen Tee umgekippt hat«, sagt Dad. »Also fahre ich.«

»Und ich komme auch mit.« Lav taucht hinter mir auf. »Zur Unterstützung.« Sie zwinkert unschuldig und wirft Ro einen Blick zu. Hmmmm.

Mum winkt uns zum Abschied, wahrscheinlich braucht sie dringend ein bisschen Ruhe und Frieden, und wir quetschen uns alle wieder in Dads Auto. Er weist uns verschiedene Aufgaben zu, wie nach hinten schauen, nach rechts und nach links, denn er hat ja keine Außenspiegel mehr.

Auf der Fahrt zu dem Kongresszentrum haben wir nur zwei Beinahe-Unfälle, als Dad die Spur wechselt und die menschlichen Außenspiegel gerade Twitter checken.

Die Schlange sieht noch länger aus als beim letzten Mal. Und ich wage nicht mir vorzustellen, wie sehr die Leute am Anfang dieser Schlange stinken.

Ich spüre, wie die Stimmung im Auto sinkt, und entlocke meiner Pfeife einen leisen Ton.

»Los, Leute«, rufe ich fröhlich, »aller guten Dinge sind drei.«

Vorsichtig krabbeln wir hinaus, Roman und Lav ein bisschen widerstrebend.

Wir gehen in Richtung Eingang und überlegen, ob wir uns wohl wieder anstellen müssen.

»Nö. Sie haben uns eingeladen.« Roman klingt sehr vernünftig. »Wer lädt einen Gast ein und lässt ihn dann vor der Tür in der Schlange stehen?«

Wir zögern einen Augenblick und hören dann »He! Jungs?« hinter uns. Es ist der Wachmann vom letzten Mal. Der Typ, der mit seinem Handgelenk gesprochen hat. Letztes Mal war er ein bisschen mürrisch, aber heute s*trahlt* er geradezu. Ist er betrunken? Verwechselt er uns mit jemandem?

»Moin, Moin!« Er stürzt auf uns zu.

»*Hiiiii?*«, antworten wir ungläubig.

»Wir *lieben* euer Video«, sagt er. »Wir sind totale Fans.«

»Danke!«, strahle ich ihn an. Lav sieht amüsiert aus. Na ja, sie ist daran gewöhnt, dass Leute um sie herumscharwenzeln. (Ich nicht, und es ist *wunderbar.)*

»Habt ihr die Remixes gesehen?«, will unser Wachmann wissen. »Die Tonspur, die dieser belgische DJ hinzugefügt hat, ist fantastisch. Ist er ein Freund von euch?«

»Keine Ahnung«, antworte ich. *Keine Ahnung von nichts,* will ich hinzufügen.

»Werdet ihr vertreten?«, fragt er.

Wir schauen uns ratlos an.

»Habt ihr einen Agenten? Oder Manager?«, drängt er.

»Ähm, nein, wir tanzen ja sozusagen nur unter Wasser in einem öffentlichen Schwimmbad«, sagt Gabe vorsichtig.

»Sollen die Kinder reingehen oder müssen sie sich irgendwo anmelden?« Dad stellt uns hin, als wollten wir zu einer Party für Zehnjährige. Showbiz!

Der Handgelenk-Mann führt uns in den Flugzeughangar. Sofort hab ich eine Kamera im Gesicht und ein Mikrofon noch dichter vor der Nase.

»Louise Brown, die Trainerin der Aquarium-Jungs!«, sagt ein Mann, den ich nicht wiedererkenne. »Wir haben gehört, dass es ein paar Probleme mit der Polizei gab, nachdem euer Video gedreht war. Was war da los?«, fragt er mit einem schadenfrohen Lächeln.

»Ach, ja.« Ich zögere, gehe in Gedanken all die verrückten Ereignisse jener Woche durch und verwerfe die meisten, weil sie zu grauenvoll sind für so ein Geplauder.

Pete zieht mich am Arm weg und ich folge zusammen mit Dad, Lav und den Aquarium-Jungs weiter dem Handgelenk-Mann. Er führt uns auf die Bühne. Lav und Dad bleiben zurück, als wir vor blendend helle Scheinwerfer treten. Wir blinzeln und stoßen miteinander zusammen. Der Handgelenk-Mann zeigt uns den hochgereckten Daumen und lässt uns stehen.

»Hallo, Leute!«, kommt eine Stimme aus der Dunkelheit vor uns.

»Hallo …?«, rufen wir zögernd zurück, beschirmen unsere Augen mit den Händen und sehen dann einen Tisch mit drei Stühlen dahinter und eine Frau mit Headset und Klemmbrett, die uns übertrieben zuwinkt.

»Okay, Leute, ganz schnell«, sagt sie und hakt Dinge mit den Fingern ab, als sie eine Liste durchgeht:

»Ihr werdet in der Kulisse gepreppt.« (Was ist gepreppt? *Tut das weh?)*

»Dann kommt ihr auf die Bühne, zieht euer Programm durch, *wartet* auf das Feedback der Jury, dann Abgang.

Und zwar schnell. Es wird *laut* sein hier mit dem Publikum, seit darauf gefasst.

Und KEINE SCHIMPFWÖRTER, wenn die Kamera läuft.«

»'tsuldigung«, murmle ich. Mein Mund ist trocken und meine Zunge total angeschwollen. *»Pubikum?«*, frage ich, aber sie ist schon weg.

Wir schauen uns eine Sekunde lang an. »Bühne frei, bitte!«, dröhnt eine Stimme aus dem Nichts. 'tschuldigung, 'tschuldigung, 'tschuldigung.

Wir verlassen die Bühne und stehen mit Dad und Lavender in den Kulissen und haben einen kleinen Nervenzusammenbruch.

»Das ist nicht einfach eine öffentliche Vorauswahl«, sagt Pete.

Wir schütteln schweigend die Köpfe.

»Sondern?«, fragt Lav.

»Das ist das im Fernsehen übertragene Casting«, sagt Ro.

Wir nicken. Lav und Dad reißen die Augen auf.

»Diese Schlange«, sage ich und alle schauen mich an. »Diese Schlange … Niemand hatte ein Frettchen mit Hut dabei …«

»Du hast recht …«, sagt Gabe schwach.

Diese gigantische Schlange, die sich durch die halbe Stadt windet, sind nicht Kandidaten, sondern das Publikum.

34

Lou! Hab gehört, dass ihr heute bei BHT seid, das ist ja mehr als cool. Besorgst du uns ein paar Karten? Zehn wären super. Ich gebe am Wochenende eine Party, sorry, Süße, hab vergessen, dich früher einzuladen, aargh, dumm gelaufen! Wir sehen uns bei BHT!

Xoxoxo – Imogen (Lavenders Freundin)

Ich weiß, wer Imogen ist. Sie hat einmal (jetzt zweimal) in sechs Jahren zur Kenntnis genommen, dass es mich gibt. Ich lese ihre Nachricht und schalte mein Handy aus. Gerade habe ich wichtigere Sorgen. Wir müssen drei Stunden warten. Diese Zeit kann man richtig gut dafür nutzen, Übelkeit zu entwickeln und viel auf und ab zu gehen. Roman verstaucht sich fast den Knöchel, als er über Kamerakabel stolpert, deshalb zwingen wir ihn dazu, sich hinzusetzen. Er darf sich auf keinen Fall verletzen. Wir haben jetzt keinen Ersatzmann mehr.

Der Ausdruck »Garderobe« ist ein bisschen übertrieben, aber wir haben eindeutig einen kleinen Raum ohne Fenster für uns. Außerdem hängt ein mit Sternen verziertes Schild an der Tür: DIE AQUARIUM-JUNGS. Gabe zieht seinen Stift heraus und korrigiert zu: LOU BROWN UND DIE AQUARIUM-JUNGS.

Lav ruft Mum an und sagt ihr, dass »die Sache ein bisschen ausgeufert ist«, so kann man das natürlich auch ausdrücken. Mum und Hannah eilen herbei und der Handgelenk-Mann bringt sie in unsere Garderobe. Romans und Gabes Eltern sind bei der Arbeit, und ich glaube, Pete ist es ein bisschen peinlich, seinem Dad Bescheid zu sagen. »Abwarten, was der Tag bringt«, meint er nur.

Die Stimmung im Raum gleicht dem Inhalt einer geschüttelten Cola-Dose. Ich versuche, beruhigend auf die anderen einzuwirken. Trainerin als Retterin in der Not.

»Los, Jungs, dehnt euch, bleibt gelenkig.«

Die Jungs schauen mich an. Gabe lächelt schief und da fällt es mir ein: Ich schwimme ja auch.

Es ist, als hätte jemand Mentos in die Cola-Dose geworfen.

Ich verlasse die Garderobe, angeblich um zur Toilette zu gehen, aber in Wirklichkeit brauche ich einfach einen Augenblick für mich allein, um mich zu beruhigen. Auf dem Rückweg komme ich an Türen vorbei, die Schilder haben wie das unsere. Pete lungert im Flur herum. Ich merke, dass er auf mich wartet. Er zeigt mit dem Kopf auf eine der Türen.

Auf dem Schild steht: HÜBSCH SYNCHRON. Ich verstehe nur Bahnhof. Er grinst und öffnet den Mund, da geht die Tür auf und Nicole erscheint auf der Schwelle.

»Oh!« Sie ist überrascht, Pete zu sehen. Ich bin für sie buchstäblich unsichtbar. »Pete Denners?«, sagt sie laut, damit die anderen im Zimmer sie hören. »Wartest du auf Cammie?«

»Nein«, sagt er wahrheitsgemäß. »Tschüss dann!« Er nimmt mich am Arm und zieht mich zurück in unsere Garderobe.

»Ich dachte, sie wäre süß?«, ziehe ich ihn auf.

»Süß wie eine *Schlange!*«, antwortet er. Vielleicht ist es gehässig, aber ich bin froh, dass die Nachricht ihn erreicht hat.

Jemand klopft und wir drücken uns an die Wand, damit wir die Tür öffnen können. Unsere Besucher sind drei hübsche, sehr hübsche Mädchen.

»Leute«, lächelt eine von ihnen, »wir sind hier, um euch ein bisschen Make-up für die Kameras zu verpassen.« Ihr Blick streift alle im Raum und bleibt hoffnungsvoll an Lav hängen.

»Es sind die drei«, sagt Gabe und zeigt auf uns. Die

Maskenbildnerinnen verbergen ihre Enttäuschung und machen sich an unseren müden Gesichtern an die Arbeit.

Es fühlt sich merkwürdig an, als sie die kleinen Bürsten über mein Gesicht tupfen und streichen. Nach ungefähr zehn Minuten tritt meine Maskenbildnerin zufrieden einen Schritt zurück und ich spähe an ihr vorbei in den Spiegel. Zum ersten Mal in meinem Leben sehe ich aus, als könnte ich mit Lavender verwandt sein.

Meine neue Eitelkeit zerplatzt mit einem pupsenden Geräusch, als ich bemerke, dass Roman und Pete mehr Make-up tragen als ich und aussehen wie Super-Models. Seufz. Ich sehe hübscher aus denn je, aber die Jungs sind immer noch hübscher.

Hannah fängt meinen Blick im Spiegel auf. *Du siehst fantastisch aus!*, formt sie mit den Lippen in meine Richtung.

»Du könntest ein bisschen weniger überrascht aussehen«, sage ich streng zu ihr.

Auf einmal kommt vom Flur laut donnernde Musik.

»Es geht gleich los«, sagt meine Maskenbildnerin und wirft mir einen Sei-Tapfer-Blick zu. Ich erwidere ihn mit einem Halt-Abstand-sonst-könnte-ich-dich-vollkotzen-Blick. Sie hält Abstand.

Mein Gesicht fühlt sich ganz starr an durch das wasserfeste Make-up. »Dnke«, ist alles, was ich rausbringe, als die drei Mädchen uns toi, toi, toi wünschen und gehen.

Dass Pete so nett zu mir ist, sagt mir, dass ich total ängstlich aussehe.

»Wir sind erst in ungefähr einer Stunde dran«, sagt er sanft, als wäre ich ein Hund, der beim Tierarzt wartet. »Magst du beim ersten Teil der Show aus den Kulissen heraus zuschauen?«

Wir tappen barfuß und in Handtücher gewickelt den Flur entlang, Gabe, Hannah und meine Familie im Schlepptau. Ich bin mir sicher, dass ich schon seit ein paar Jahren gehen kann, aber jetzt sind meine Beine wie aus Gummi und fühlen sich an, als wären sie zweieinhalb Meter lang. Wir erreichen den Bereich hinter der Bühne und die Typen mit den Headsets winken uns durch. Sie wissen offenbar, wer wir sind, das beruhigt mich ein bisschen, denn ich weiß nicht, ob ich mich im Augenblick an meinen Nachnamen erinnern würde. Seit der Qualifikation bin ich nicht so nervös gewesen.

Keine hilfreiche Erinnerung. Pssssst, Lou.

Und anders als bei der Qualifikation sind Mum, Dad und Lav bei mir. Die Headset-Typen zeigen auf einen Spalt im Vorhang, durch den wir hindurchspähen und die Show sehen können. Wir wählen unsere Schritte vorsichtig, damit wir nicht über die Bühnenausrüstung stolpern, die überall auf dem Boden liegt.

Ich beuge mich ein bisschen hinunter, sodass mein Gesicht neben Petes ist. Er bewegt den Vorhang, damit ich auch was sehen kann. *(Hör auf, so nett zu sein, das macht mir Angst!)* Die Frau auf der Bühne könnte eine unserer Mütter sein und tanzt mit einem Band an einem Stab herum. Die Zuschauer sehe ich nicht, aber ich höre, dass sie unbekümmert über sie lachen. Ich weiche ein bisschen zurück: Was sind das bloß für Leute?

Noch einen Schritt zurück finde ich mich neben Dad wieder, der mir den Arm um die Schulter legt und mir ins Ohr flüstert: »Du musst das nicht tun.«

»Irgendwie schon, oder?«, flüstere ich zurück.

»Na ja«, räumt er ein, »aber wenn du dich aus dem Staub machen willst, hole ich das Auto.«

Wir nicken einander zu. Abgemacht.

Die Jury spricht ihr Urteil über die Frau und ihr Band und sie sind wirklich brutal. Sie sagen ihr die schlimmste Sorte von YouTube-Kommentaren direkt ins Gesicht! Ich habe plötzlich das dringende Bedürfnis, mich zu waschen.

Als Nächstes sind ein Vater und sein Sohn dran, die als Kühe verkleidet Popsongs auf Kuhglocken spielen. »Auf einmal kommt einem unter Wasser zu tanzen ganz normal vor«, flüstert Gabriel mir ins Ohr. Ich lächle ihn an oder versuche es zumindest, denn, was immer sie mir auf mein Gesicht gesprüht haben, hat sich zu einer steinharten Schicht verfestigt. Ich zucke zusammen und halte mir die Wange, während er ein Lachen unterdrückt. Seit wir in Petes Mini saßen, war ich ihm nicht mehr so nahe, und ich frage mich, ob er seither daran gedacht hat. Ich überhaupt nicht. Nö-nö.

Die Nummer ist vorbei und Vater und Sohn verschwinden auf der anderen Seite der Bühne. Jetzt wird ein riesiges Becken in sechs Teilen auf die Bühne heruntergelassen. Kaum berührt das erste Teil den Boden, stürmt ein ganzer Trupp von Leuten mit Werkzeugen herbei, um sie zusammenzubauen. Ich schaue zu, wie sie einen Schlauch auf die Bühne ziehen und das Becken füllen, während sie es noch einmal umrunden und alle Verbindungen und Kanten überprüfen.

Bald steht das Becken gefüllt da und die Showmusik erwacht zum Leben. Ich höre undeutlich den Kommentator und an der Art und Weise, wie er das letzte Wort lang ausdehnt, erkenne ich, dass er jemanden ankündigt.

Warte, was? Sind wir jetzt dran? Es hieß doch, erst in fünfzehn Minuten. Habe ich vielleicht die Zeit vergessen? Aargh!

Ich werfe mein Handtuch hinter mich und stolpere los. Einen schrecklichen Augenblick lang bin ich von den Bühnenscheinwerfern geblendet, dann schiebt mich jemand nachdrücklich zur Seite.

Debs hält mich an der Schulter zurück, während ihr Team an mir vorbeitänzelt. Sobald sie die Bühne betreten, leuchtet in ihren Gesichtern ein eingeübtes gekünsteltes

Lächeln auf. Cammie, Nicole, Amanda und Melia – alle in den gleichen pinkfarbenen Badeanzügen.

Zum ersten Mal an diesem Tag verspüre ich den wirklich verzweifelten Wunsch, das hier nicht zu tun, sondern einfach heimzugehen, meine Bettdecke über zwei Stühle zu werfen und darunter Käsetoast zu essen.

Ohne Debs auch nur anzuschauen, gehe ich einfach zurück zu meinem Team. Roman und Pete grinsen. Worüber freuen sie sich so? Sie sollten lieber nicht mehr so begeistert davon sein, wie scharf Debs' Mädels sind. Die beiden beugen sich zu mir und flüstern mir jeweils in ein Ohr.

»Du weißt, dass ihr Team schon vor Wochen weitergekommen ist?«, erzählen sie mir stereo.

Ich nicke.

Roman flüstert vergnügt: »Also, wir haben gehört, wie Debs ausgerastet ist und Backstage einen armen Typen zur Sau gemacht hat, weil es jetzt zwei Schwimmteams gibt und nur eines heute weiterkommt.«

Er schaut mich mit hochgezogenen Augenbrauen an. Wir! Der Gedanke, dass jemand denken könnte, ich und mein Team könnten mit Debs gleichziehen … Ich bin überrascht.

Debs dreht sich zu mir um, und ich kann mich nicht davon abhalten, ihr mein breitestes Lächeln zu schenken. Das dank Make-up-Spray nicht besonders breit ausfällt, aber sie versteht und sieht total genervt aus, als sie sich wieder zur Bühne umdreht.

Das Publikum jubelt laut.

»Klingt, als würden sie ihre Sache gut machen«, sagt Pete nervös. Klar, Blödmann. Er will mit Roman zusammen zuschauen, aber ich packe sie beide am Ellbogen und schüttle den Kopf.

»Du schwimmst immer nur dein eigenes Rennen«, sage ich fest. Sie zögern, aber ich weiß, dass ich recht habe. Ich werfe ihnen einen Hört-auf-euren-Trainer-Blick zu und sie gehorchen.

Weil ich so weise und eine schreckliche Heuchlerin bin, riskiere ich einen Blick, als sie nicht schauen. Debs' Team zeigt richtiges Synchronschwimmen. Es sieht gut aus, richtig professionell, perfekt synchron. Vielleicht bin ich voreingenommen, aber *ich* finde es ein bisschen langweilig.

Unsere Nummer ist spannender – an manchen Stellen sogar ein bisschen zu spannend, fast schon gefährlich. Hoffen wir, dass die Ersatzschwimmerin nicht alles ruiniert. Mir wird auf einmal schlecht und entweder meine Kehle ist zu eng geworden oder die Luft hier ist zu dick.

Ihre Nummer kommt zu einem triumphalen Ende. Ich höre lauten Applaus, der sich nur langsam legt, aber das Feedback der Jury verstehe ich nicht. Ich lege mein Ohr an den Vorhang, um einzelne Worte rauszuhören, werde aber fast von den Mädels umgeworfen, die dem Publikum über die Schulter hinweg zuwinkend selbstbewusst die Bühne verlassen.

Ihre Hochstimmung ist nicht von Dauer, denn Debs stürzt sich aus der Dunkelheit wie ein Hai auf sie.

»*Was* war da beim Tauchen los, Melia?«

Würg, denke ich, darauf kann ich verzichten.

Ich drehe mich um und fange Hannahs Blick auf. Sie denkt offenbar dasselbe. Debs bemerkt ihre ehemalige Starschwimmerin nicht einmal, weil sie zu sehr damit beschäftigt ist, ihre Mannschaft runterzuputzen, wie sie es früher auch mit mir gemacht hat, damals, als ich sie noch interessiert habe.

»Okay«, flüstert Pete und unterbricht meine zufriedenen Gedanken. »Es geht los.«

Wir rücken unsere Schwimmbrillen zurecht. Gabriel streckt den Arm aus und wir hängen unsere Handtücher darüber. Ich merke, dass ich immer noch die Pfeife trage. Nach kurzem Zögern nehme ich sie ab und lege sie ihm um den Hals.

»Viel Glück, Goldfisch«, sagt er und küsst mich auf die Wange (aber irgendwie ziemlich nah am Mund). Das könnte streng genommen als mein erster Kuss gelten.

Beeindruckend heiße Schamesröte steigt in mir auf. Auf meinem Kopf könnte man jetzt vermutlich ein Ei braten. Los, Leute, konzentriert euch! (Ja, ich rede mich jetzt mit »Leute« an.)

Die Bühnenarbeiter haben das Wasser aufgewischt, die Musik setzt wieder ein und ich höre die dröhnende Stimme aus dem Off.

»Bwuuuuur bwuuurr BWUUUUUUUURRRRRRR!«, schreit sie.

Das sind wir. Wir sind BWUUUUUUUURRRRRRR.

Roman marschiert zuerst hinaus, ich folge ihm und dann kommt Pete hinter uns. Auf einmal bin ich ganz ruhig. Es bringt nichts, sich zu fürchten, jetzt passiert es einfach.

Mein jahrelanges Schwimmtraining setzt sich durch und ich kontrolliere meine Atmung.

Du denkst wahrscheinlich, es müsste sich komisch anfühlen, wenn man fast nackt vor so vielen Menschen steht. Tut es aber nicht.

Ich lasse die Träger meines Badeanzugs schnalzen – einmal rechts, einmal links, das bringt Glück.

Wir klettern die Leiter außen am Becken hinauf und meine Knie zittern bei jedem Schritt. Mein Körper reagiert nicht auf mich, als hätte ich ihn für eine Stunde von jemand anders ausgeliehen. Wie *fährt* man dieses Ding? Wo sind die Gänge?

Wir drei stellen uns am Beckenrand auf. Ich schaue hinunter und dann gleich wieder nach oben, voller Panik. Aber es ist nur ein Wasserbecken wie das letzte Mal.

Die Seitenwände sind undurchsichtig! Bitte sagt mir nicht, dass uns das noch einmal passiert …

Aber da kommen schon ein paar Typen aus den Kulissen und entfernen mit einer dramatischen Bewegung die Plastikteile, die das Becken umgeben. Ein lauter Schlag ertönt und Licht flutet durch das Wasser, sodass die Gesichter der Jury und der Zuschauer gesprenkelt sind von blauen Lichtpunkten. Die Lichter bewegen sich langsam über das Becken – als ob sie das Aquarium-Video nachspielen wollten. Hoffentlich lassen sie den Aal weg.

Zum ersten Mal erhasche ich einen Blick auf die Juroren. Ich kenne sie aus dem Fernsehen, es sind zwei Männer und eine Frau, die uns mit leicht gerunzelter Stirn unverwandt anschauen. Was kommt jetzt?, denken sie offensichtlich.

Jetzt kommen Lou Brown und die Aquarium-Jungs.

35

Die Musik wird lauter und erfüllt den ganzen Zuschauerraum. Wir sind wochenlang zu Musik geschwommen, die aus Lavs blöder kleiner Lautsprecheranlage gekommen ist, aber diese Musik ist wie ein Feuerball, der über die Bühne wirbelt. Ich spüre den Bass in meinen Rippen vibrieren!

Wir heben die Hände über den Kopf. Die Zuschauer sind auf einmal ganz still, während wir auf unseren Einsatz warten. Ich darf nicht darüber nachdenken, wie viele Leute uns aus der stillen Dunkelheit hinter den Bühnenscheinwerfern zuschauen, deshalb richte ich meinen Blick auf das Wasser und stelle mir meinen Sprung vor.

Er gelingt perfekt. Ich spüre, wie die Jungs rechts und links von mir sauber ins Wasser eintauchen. Wir schrauben uns zum Grund hinunter, wo alles still und ruhig ist.

Synchron schlagen wir einen Salto rückwärts, und ich

werde schneller, während Ro und Pete ihre Bewegungen verlangsamen. Aus dem Augenwinkel beobachte ich die beiden Jungs genau, dann steige ich auf, während sie unter mich tauchen, sich am Boden abstoßen, mich jeweils an Fuß und Wade packen und hoch in die Luft heben. Ich durchbreche die Wasseroberfläche und falle fast um, weil mich der brüllende Lärm im Studio betäubt. Alle jubeln!

Die Jungs werfen mich in die Luft und ich schlage, die Knie fest an die Brust gezogen, einen Salto. Bevor ich wieder zum Beckenboden hinuntertauche, erhasche ich einen kurzen Blick auf den Tisch der Jury. Dann bin ich wieder mitten in der Choreografie.

Wir schwimmen im Kreis umeinander herum. Dann löst sich Pete, um sich auf den Grund zu legen. Ich folge, dann kommt Roman. Das hört sich nicht besonders spektakulär an, bedarf aber höchster Körperkontrolle. Man muss alle Luft aus seinem Körper rauslassen. Wir atmen alle zu einem bestimmten Augenblick aus, sodass die Luftblasen zuerst von Pete aufsteigen, dann von mir und dann von Roman. Dann schlagen wir mit den Füßen und Oberarmen auf den Grund des Beckens, stoßen uns hart ab und schwimmen mit Delfin-Beinschlag in Richtung Wasseroberfläche. Zu diesem Zeitpunkt haben wir keine Luft mehr in den Lungen und uns wird eine fast übermenschliche Anstrengung abverlangt.

Ich dachte immer, dass Gabe in diesem Teil absaufen

würde. Mir klopfte das Herz bis zum Hals, wenn ich ihm zusah, und ich war immer bereit, ihn zu schnappen und aus dem Becken zu ziehen, aber er kämpfte sich immer durch. In meinem Kopf dreht sich alles und meine Ohren klingeln – deshalb haben wir diesen Teil ans Ende gesetzt.

Wir liegen auf dem Rücken im Wasser, Arme und Beine verschränkt wie ein Seestern. Dieser Teil ist notwendig, damit wir für den Abschluss-Move zu Atem kommen. Während die Musik sich aufbaut, atmen wir heftig und warten auf unseren Einsatz. Sobald der Bass anschwillt, werfen wir die Arme über unsere Köpfe und tauchen rückwärts unter Wasser.

Die Nummer endet damit, dass wir drei vollkommen bewegungslos sind.

Die Arme über der Brust verschränkt.

Unter Wasser.

Mit den Köpfen nach unten.

Wumm!

Sogar *mir* liefen Schauer den Rücken hinunter, wenn die Jungs das machten, obwohl ich ihnen durch eine beschlagene Schwimmbrille in unserem Schulschwimmbecken zusah, wo Warzenpflaster im Wasser treiben. Der Anblick jetzt muss unglaublich sein!

Wir tauchen auf und finden uns spritzend zu einer schmerzhaft festen Gruppenumarmung zusammen – viel schlüpfrige nackte Haut auf schlüpfriger nackter Haut.

Ziemlich schnell lösen wir uns voneinander.

Gabe stürzt die metallene Leiter hinauf, um Roman zu umarmen, der ihn ins Wasser zieht, und wir alle umarmen uns noch einmal. Dann sinken wir nach unten, denn das passiert im Wasser. Wir umarmen uns und tauchen immer wieder unter, weil wir zu aufgeregt sind, um einen klaren Gedanken zu fassen. Nicht zu glauben, dass wir es getan haben! Es ist mir sogar egal, was die Jury denkt!!

Na ja … Nicht ganz. Also schwimmen wir schwer atmend an den Rand des Beckens und nehmen unsere Schwimmbrillen ab. Die Juroren lachen und applaudieren, und der Comedian wischt sich sogar über die Augen.

»Nun«, sagt der Fiesling und breitet die Arme weit aus, als fände er keine Worte, worauf die Zuschauer wieder in jubelndes Gebrüll ausbrechen. Es ist ohrenbetäubend, fast schon schmerzhaft, aber wir verziehen nur lachend das Gesicht.

»Und was genau ist das?«, fragt der Popstar-Juror lachend, und ich zucke bescheiden die Achseln, *einfach so ein moderner Krampf*. Wir schauen uns an. Wir haben der Sache eigentlich nie einen Namen gegeben. Wenn ich die Worte »synchron« und »Schwimmen« vor allen aussprächе, würde Pete mich wahrscheinlich aus dem Becken schmeißen.

Meine Hand rutscht vom Beckenrand und ich lege sie wieder zurück, aber sie rutscht wieder weg und Gabe passiert dasselbe. Wir schauen auf unsere Hände und dann schauen wir uns an, aber die Juroren reden immer noch, deshalb versuchen wir, uns auf sie zu konzentrieren. Auf einmal kräuselt sich das Wasser. Roman und Pete scheinen die merkwürdige Erschütterung, die mich an Jurassic Park erinnert, nicht wahrzunehmen, Gabe und ich dagegen schon.

Die Wasseroberfläche sieht merkwürdig aus und andere Leute bemerken das auch langsam. Zwei Bühnenarbeiter eilen herbei und die Zuschauer verstummen verwirrt.

In meiner Erinnerung verläuft dieser Moment immer in Zeitlupe. Vielleicht waren die Ereignisse so unerwartet, dass ich sie nur in dieser Geschwindigkeit verarbeiten konnte.

Ein Seitenteil des *gewaltigen* Beckens löst sich, kippt um und fällt von der Bühne hinunter.

Ich schaue mit träumerischer Gleichgültigkeit zu, wie es fällt, und bin mir undeutlich bewusst, dass ich schreie. Jemand packt mich an den Armen, kann mich aber nicht festhalten. Meine Beine sind kalt und auf einmal verschwimmt alles.

Wir vier stürzen nach unten, als der Rest des Beckens zusammenbricht und das Wasser auf die Jury zuströmt. Jetzt läuft nichts mehr in Zeitlupe ab. Gabe und ich klammern uns aneinander fest, als wir zum Tisch der Jury gespült werden und mein Kopf unter die Wasseroberfläche gerät. Brennend schießt mir das Wasser in die Nase hinauf. Ich muss husten und recke den Kopf nach oben, aber da ist nur noch mehr Wasser. Wo *ist* oben? Ich höre meinen Herzschlag in den Ohren, dann Schreie, dann wieder meinen Herzschlag, während mein Kopf immer wieder unter Wasser getaucht wird.

Ein scharfer Schmerz schießt in meinen unteren Rücken, als ich gegen etwas stoße – den Tisch, eine Kamera, ein Mensch …? Gabriels Hand entgleitet mir. Ich greife ins Leere, kann ihn aber nicht wieder fassen und verliere zum zweiten Mal in diesem Monat das Bewusstsein.

36

Ich wache auf. Frisch gestärkte Laken rascheln und ein merkwürdig vertrauter Druck lastet auf meiner Brust. Nur im Krankenhaus wird man so ins Bett gepackt.

Es ist wohl ein Anzeichen für ein »interessantes« Leben, wenn man so regelmäßig im Krankenhaus aufwacht, dass man schon mit geschlossenen Augen genau weiß, wo man sich befindet.

Als ich die Augen öffne, sehe ich Mum und Lav an meinem Bett sitzen. Dad belegt einen Stuhl in der Ecke – wie bei unserem letzten Aufenthalt. Nur dass diesmal niemand weint.

Sie scheinen sich zu freuen, dass ich wach bin, und grinsen mich an. Die Stimmung ist definitiv weniger ernst. Eine Schwester kommt herein, überprüft meine Infusion und checkt meine Werte. Ich glaube, ich erkenne sie vom letzten Mal.

Bäh, diesmal fühlt es sich an, als würde ich einen Rollkragenpullover aus Zement tragen. Man hat mir eine Halskrause umgelegt, die mir ein unvorteilhaftes Doppelkinn verpasst. Ich schiebe meinen Unterkiefer zur Seite und hoffe, es hilft.

Lav kommt mit der für sie typischen Feinfühligkeit gleich zum Thema.

»Da du offenbar nicht tot bist – willst du zuerst die gute Nachricht oder zuerst die schlechte?«

Meine Kehle schmerzt, deshalb halte ich einen Finger hoch und wähle Option eins.

»Du hast fast die Jury von BHT umgebracht.«

Ich hebe die Augenbrauen.

»Na ja.« Sie zuckt die Achseln. »Sie nerven. Ich finde, das ist eine gute Leistung.«

»Die Jungs sind okay«, sagt Dad. »Dich hat es am schlimmsten erwischt.«

Ich verdrehe die Augen. War ja klar.

»Jetzt ruh dich ein bisschen aus.« Mum legt mir eine kühle Hand auf die Stirn. Ich drehe den Kopf zur Seite und versuche eine bequeme Position zu finden, aale mich im Glanz unserer fantastischen Vorstellung. All die harte Arbeit, die Angst und die Katastrophen – sie waren es wert gewesen! Wir sind Fernsehstars!

In mich hineinlächelnd schließe ich die Augen. Ich glaube, ich war noch niemals so glücklich. Ich bin wieder eine Siegerin. Der Goldfisch ist von den Toten auferstanden!

Ich habe das eindeutige Gefühl, dass ich beobachtet werde, und öffne die Augen: Mum, Dad und Lav stehen dicht um mein Bett herum und schauen mich an. Dad streicht mir die Haare aus dem Gesicht. Ach, ich liebe meine Familie.

Ich schließe wieder die Augen.

Dann öffne ich sie wieder. Die Familie ist immer noch um mein Bett versammelt.

Okay, Leute. Es war wirklich sehr emotional, aber lasst mir ein bisschen Luft. Wie soll ich schlafen, wenn ihr mich alle anstarrt, als wäre ich gerade geboren? Aber wahrscheinlich sollte ich mich daran gewöhnen. Berühmte Menschen müssen die ganze Zeit mit so was klarkommen.

Wie wohl meine Mitschüler auf mich reagieren? Cammie ist bestimmt herb enttäuscht! Vielleicht hat Melia endlich den Mumm, mit mir zu reden? Kann nicht versprechen, dass ich allzu scharf drauf sein werde. Schließlich habe ich jetzt Freunde, richtige Freunde.

Mum unterbricht die kleine Siegesparade in meinem Kopf.

»Lou, du warst einfach wunderbar. Es war eine wunderschöne Nummer, nicht wahr?« Sie wendet sich an Dad und Lav.

»Megacool.« Lav nickt. »Du bist die geborene Choreografin.«

»Das Merkwürdigste, was ich je gesehen habe«, gibt Dad zu. »Keine Ahnung, was in deinem Kopf vorgeht.«

»Wir sind alle so stolz auf dich.« Mum streicht mir die Haare hinters Ohr. »Aber ihr seid nicht weitergekommen.«

Ich blinzle.

Ich glaube, ich bin vorübergehend verrückt geworden. Denn, und du wirst lachen, wenn ich es dir sage, weil es so lächerlich ist, aber es *klang* so, als hätte sie gerade gesagt, dass …

»Nicht ihr seid weitergekommen, sondern Debs' Team«, sagt Lav. Sie gehört eindeutig zu der Fraktion derer, die »das Pflaster schnell abreißen«.

»*Was?*«, krächze ich. Mein Kiefer rutscht von der Halskrause herunter.

»Liebes«, sagt Mum, »sie konnten das Filmmaterial nicht verwenden.«

»Die Schäden an der Bühne, der Crew und den Zuschauern bewegen sich im sechsstelligen Bereich«, mischt Dad sich ein.

»Vielleicht müssen sie die nächsten Ausstrahlungen verschieben, weil so viele von der Crew und der Jury verletzt sind.« Lav beschließt den Reigen der schlechten Nachrichten.

»Ach so. Sonst noch was?«

»Ich habe einen Strafzettel bekommen«, beklagt sich Dad. »Den ich anfechte, weil auf dem Schild stand …« Auf einen Blick von Lav hin verstummt er. »Nein, das war alles.«

»Versuch, ein bisschen zu schlafen«, sagt Mum, und sie verlassen alle auf Zehenspitzen den Raum, um mich »in Ruhe« zu lassen. Das heißt, vor Wut kochen zu lassen.

Die nächsten Tage verbringe ich im Krankenhaus und werde geröntgt, um auszuschließen, dass ich mir nicht doch die Wirbelsäule gebrochen hab oder etwas ähnlich Lustiges. Gott sei Dank bin ich nicht der größte Pechvogel der Welt und habe nur Prellungen.

Nach ungefähr einem Tag humpelt Gabe herein, um mich zu besuchen. Er hat sich den Knöchel verstaucht und trägt am Hals ein Pflaster. Mit stolzem Lächeln überreicht er mir das Schild von unserer Garderobe: LOU BROWN UND DIE AQUARIUM-JUNGS.

»Haben sie es dir mitgegeben?«, frage ich erfreut.

»Nicht direkt.«

Ich drehe das Schild um und sehe große Farbreste, wo er es von der Tür gerissen hat.

Ein bisschen befangen unterziehe ich das Schild einer sehr sorgfältigen Untersuchung. Gabe sitzt auf meinem Bett, aber die Bettdecke ist so gut festgestopft, dass ich dadurch immer weiter zu ihm rutsche, bis ich mich auf die Seite lege. Wir sind uns jetzt sehr nahe, und wenn ich aufschaue, ist sein Gesicht direkt vor meinem. Und ich kann nur denken: *Beau Michaels Zunge schlängelt sich, Beau Michaels Zunge schlängelt sich.*

Lav! Sie hat mir einen psychischen Schaden verpasst, noch bevor ich die Gelegenheit hatte, selbst irgendwen zu küssen! Aber ich bin nur eine Sekunde lang sauer, denn Gabe senkt sein Gesicht dichter zu meinem und auf einmal *küsse ich ihn.* Gabes Lippen sind weich und es gibt überhaupt kein Gezüngel oder so. Ich bin sehr zufrieden mit mir. Ich erlebe offenbar einen besseren Kuss als Lav. Der süße Duft des Shampoos aus dem Aquarium steigt mir in die Nase, und ich weiß jetzt, dass es Gabe gewesen war, und nicht Roman.

Wir halten Händchen, während wir uns küssen, aber als er näher rückt, lösen wir uns lachend voneinander. Ich weiß nicht, ob du jemals versucht hast, jemanden zu umarmen, während ein großes Schild aus Pappe zwischen euch liegt, aber es ist richtig schwierig und riskant. Wir gehen auf Abstand und reiben uns reumütig das Kinn, wo das Schild uns gepiekt hat.

»Hast du Lust, was mit mir zu machen, wenn du aus dem Krankenhaus raus bist?«, fragt er.

»Was machen? Ein neues Schwimmteam oder so?«, schlage ich vor. Nur falls er kein Date meint. Ich will mich nicht lächerlich machen.

»Nein, so was wie ein Date!«, ruft er und verdreht die Augen.

ER WILL EIN DATE MIT MIR!

»Cool, klar, warum nicht.« Ich zucke die Achseln. »Mal sehen, wann ich Zeit habe …«

Gabe steht auf und stellt das Schild auf das Fensterbrett, wo ich es sehen kann. »Schlaf noch ein bisschen, du Nervensäge«, sagt er und küsst mich auf die Wange.

Er geht, aber ich schlafe nicht ein, sondern liege einfach da und betrachte mein Schild.

Nach einer Weile habe ich einen steifen Hals und drehe den Kopf zur Tür. Im Türrahmen steht eine kleine Plastiktüte – wie ein Besucher. Ich stehe auf, um sie zu untersuchen, aber Schwester Juliet bemerkt es und stürzt sich auf mich. »*Bettruhe!*«, zischt sie, und ich klettere wieder zurück ins Bett. Sie reicht mir die Tüte, und als ich darin herumwühle, finde ich zehn neue Hosen. Ehrlich gesagt, brauchte ich neue Hosen, aber keine geheimnisvollen.

Hm. Entweder

1) habe ich einen heimlichen Bewunderer, der merkwürdig ist, aber hilfsbereit.
2) oder ich hatte Besuch von der Hosen-Fee.
3) oder sie sind magisch und ich habe tatsächlich einen Platz in Hogwarts ergattert.

Ein paar Stunden später kommt Gabe zusammen mit Pete (gebrochene Finger), Roman (geprellte Rippen, Schnittverletzungen an den Beinen) und Lav (absolut gesund) wieder zu mir. Die Jungs haben keine Bettruhe verordnet bekommen, deshalb waren sie aktiver als ich und haben schon alle Nachrichten zusammengesammelt, die wir verpasst haben, nachdem wir das Studio von *Britain's Hidden Talent* unter Wasser gesetzt hatten.

Pete ist total aufgeregt. »Wir haben zwar keine Chance, ins Fernsehen zu kommen, weil die Studiokameras alle einen Wasserschaden haben. Aber x Leute haben uns mit ihren Handys gefilmt und die Videos auf YouTube gestellt. Inzwischen haben sie mehr Views als unser erstes Video!«

Ro ist davon überzeugt, dass das viel besser ist, als im Fernsehen zu sein, weil wir allein den ganzen Ruhm bekommen und die ganze Sache noch einen speziellen Underground-Touch bekommt.

»Gut, da bin ich aber froh«, sage ich unbestimmt. »Das ist genau der Touch, den ich immer wollte.«

Ich bin abgelenkt – Lav sitzt *ein bisschen zu nahe* bei Roman auf meinem Bett. Ich schaue sie eindringlich an.

Später, als die Jungs weg sind, kommt sie mir zuvor: »Aber er ist so süß!«

»Ich weiß!«, sage ich. »Deshalb bist du auch besser nett zu ihm.«

»Er war so besorgt um dich. Er wollte erst in den Krankenwagen, als er gesehen hat, dass du okay bist.«

Das ist total süß. Und ich freue mich für die beiden. Ob Ro auch diese Wurmsache mit der Zunge macht? Ich grinse in mich hinein. Es wäre lustig, wenn Lav die schlechten Küsser abkriegen würde und ich die guten. Allerdings ist es nicht sehr nett, damit anzugeben.

Lav springt vom Bett runter und will gehen. »Hast du die Tasche mit den Hosen bekommen, die ich für dich hingestellt habe?«, fragt sie.

Das Grinsen auf meinem Gesicht verschwindet. »Ähm. Ja, danke.« Ich streiche meine Decke glatt und vermeide den Blickkontakt mit ihr. »Wann hast du sie hingestellt? Einfach nur aus Interesse.«

Lav schaut auf die Uhr. »Ich weiß nicht genau. Wann hast du angefangen, mit Gabe rumzuknutschen? Ich war ungefähr eine Sekunde vorher da.«

Ich starre auf die Bettdecke und spüre, wie das Blut in meine Ohren steigt.

»Danke, dass du vorbeigekommen bist, Lavender.«

»Seid ihr jetzt zusammen?«

»Bitte geh, ich bin sehr krank, ich brauche meine Ruhe.«

»Das ist ja süß. *Gabe!!*«

Ich stecke den Kopf unter das Kissen, bis meine Ohren abgekühlt sind.

Ende 2

Ich renne zwei Stufen auf einmal nehmend auf ein mir unbekanntes Sportzentrum zu.

»Beeil dich!«, rufe ich über die Schulter.

Ich stürme hinein und schaue mich hektisch um. Ah, da entlang! Wieder drehe ich mich um und zeige mit dem Finger. »Da lang, beeil dich!«

Gabe taumelt schwer atmend hinter mir durch die Tür. »*Beeil dich* zu schreien, macht meine Beine nicht länger. Wenn das funktionieren würde, dann würde ich sie auch anschreien.«

Das versetzt mir einen schuldbewussten Stich (vielleicht sind es aber auch die Schmetterlinge der Liebe). Ich nehme ihm seine Tasche ab.

»Ich kann sie tragen, wenn du müde bist.«

»Halt die Klappe und mach voran.«

Wir mussten dreimal umsteigen, hetzen uns seit zwei

Stunden ab und sind *immer noch* zu spät dran. Der Chlorgeruch wird intensiver, als wir mit schnellen Schritten den Flur entlanggehen. Dann stoße ich ein paar schwere Türen auf und befinde mich auf der Zuschauertribüne in einem riesigen Raum mit gläsernem Dach und vier Becken.

Ich lasse mich auf eine Bank fallen und suche unter den Schwimmern nach einem vertrauten Gesicht. Eine Sekunde später landet Gabe mit einem Plumps neben mir. Unsere Wangen glühen verschwitzt. Gabe zieht seinen Pullover aus. Ich nicht. Noch nicht.

»Ich bin ja froh, dass dein Dad einen Job gefunden hat«, grummelt er, »aber den kostenlosen Taxiservice vermisse ich schon.«

»Mit dem Essen ist es auch bergab gegangen«, erzähle ich ihm. »Mum hat gestern übrig gebliebene Pasta angebraten! Da!« Ich entdecke sie und kneife Gabe versehentlich sehr fest.

»Au! Gut!« Er reibt sich den Arm und wir winken beide.

Hannah steht bei den Startblöcken und bereitet sich auf ihr Rennen vor. Ich bin so froh, dass wir es rechtzeitig geschafft haben. Heftig winkend versuche ich, ihre Aufmerksamkeit zu erregen. Die Familie hinter mir mokiert sich, aber das ist mir egal. Hannah entdeckt mich und hält mir kampflustig die hochgereckten Daumen hin.

Ich öffne den Reißverschluss von meiner Kapuzenjacke und zeige mein T-Shirt.

Es ist ein Bespoke-T-Shirt. (Leck mich, Debs.) Mit einem großen Foto von Hannahs schlafendem Gesicht. Ich stehe auf und zeige darauf. Sie sieht nicht sehr erfreut aus. Für das ungeschulte Auge irgendwie genervt und beschämt.

Ich setze mich neben Gabe und wir schauen nach vorn gebeugt aufmerksam zu. Kein Rumgeflachse mehr. Hannah kämpft darum, wieder ins Hochleistungstrainingslager aufgenommen zu werden. Ich weiß, dass sie die Zeiten schaffen kann, und diesmal wird sie auch besser mit dem Druck umgehen. Vor allem, seit sie mit ihren Eltern ein ernstes Wort gesprochen hat.

Ich sehe, wie Debs mit ihr spricht. Sie trainiert sie wieder. Hannah hört zu und nickt. Debs' Team, »Hübsch Synchron«, hat es bis ins Halbfinale von *Britain's Hidden Talent* geschafft. Als die Mädels vor dem Finale hinausflogen, stürmte Debs auf die Bühne und wurde von Sicherheitsleuten vom Tisch der Jury weggezogen. Kurze Zeit war sie berühmt.

Ich glaube, die öffentliche Schande war gut für sie. Charakterbildend oder so. Ich für meinen Teil bin begeistert und habe mir das Video wirklich *oft* online angeschaut. Wie viele tausend andere Menschen auch.

Hannah steigt auf ihren Startblock. Es wird ruhig in

der Halle. Jetzt schaut Hannah nicht mehr zu den anderen Schwimmern, sondern nur noch direkt geradeaus. Du schwimmst immer dein eigenes Rennen.

Hoffentlich weiß sie, dass ich immer für Gefängnisausbrüche zur Verfügung stehe, wenn es ihr auch diesmal im Trainingslager nicht gefällt.

Sie beugt sich nach vorn und greift mit den Fingern um den Rand des Startblocks. Eine kurze Pause folgt, dann knallt die Startpistole und sie stößt sich fest ab.

Ich beobachte Hannah und Gabe beobachtet mich. Ich spüre seinen Blick, lächle und greife nach seiner Hand. Ich schwimme mein eigenes Rennen.